華山戰哨

참마도 新무협 판타지 소설

화산진도 6
참마도 新무협 판타지 소설

초판 1쇄 찍은 날 § 2007년 5월 7일
초판 1쇄 펴낸 날 § 2007년 5월 17일

지은이 § 참마도
펴낸이 § 서경석

편집장 § 문혜영
편집책임 § 유경화
편집 § 이재권 · 유혜림

펴낸곳 § 도서출판 청어람
등록번호 § 제1081-1-89호
등록일자 § 1999. 5. 31
어람번호 § 제2-1193호

주소 § 경기도 부천시 원미구 심곡1동 350-1 남성B/D 3F (우) 420-011
전화 § 032-656-4452 팩스 § 032-656-4453
http://www.chungeoram.com
E-mail § eoram99@chollian.net

ⓒ 참마도, 2006

ISBN 978-89-251-0687-8 04810
ISBN 89-251-0308-7 (세트)

※ 파본은 구입하신 서점에서 교환하여 드립니다.
※ 저자와 협의하여 인지를 붙이지 않습니다.

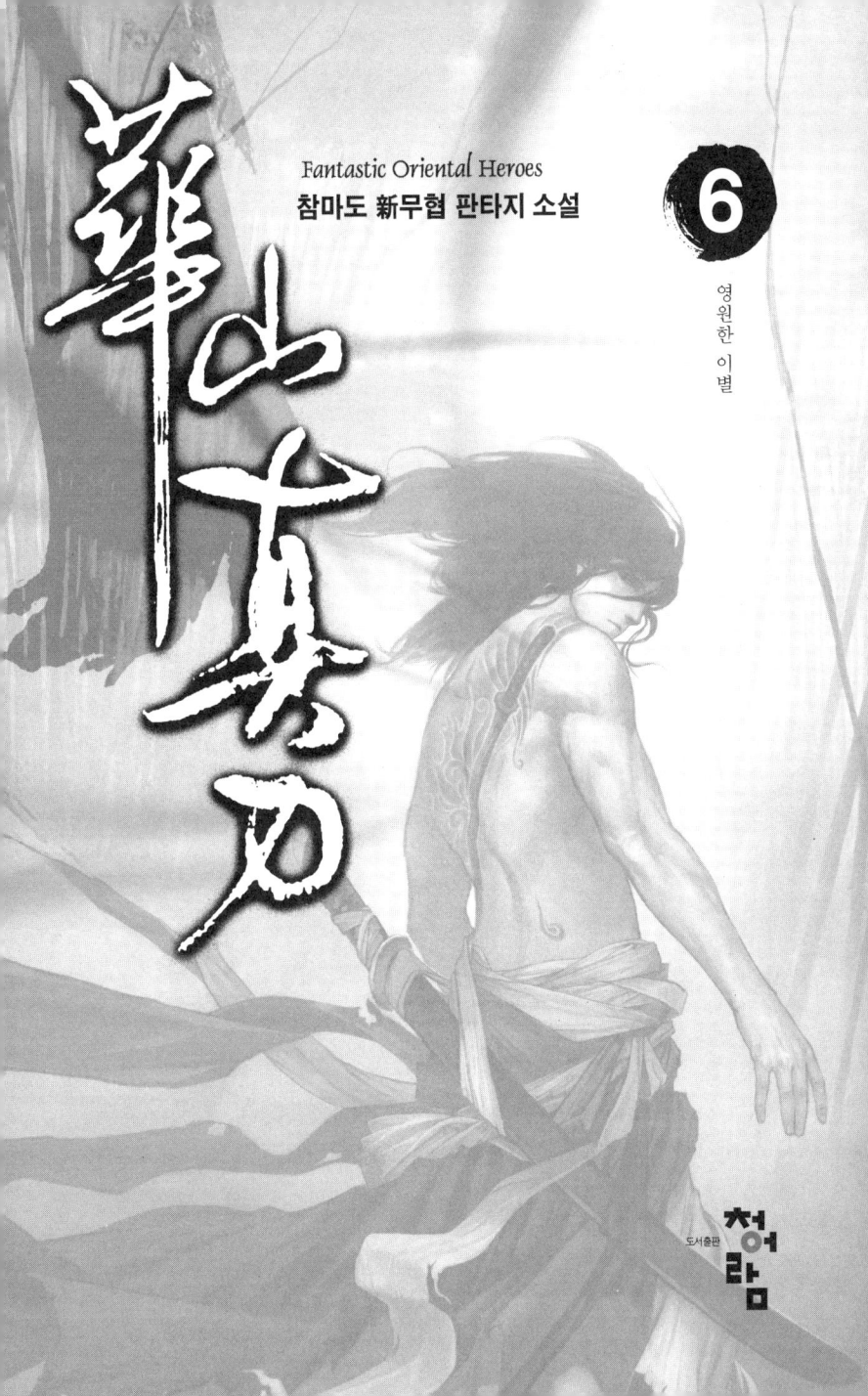

목차

第一章 길을 찾아서 / 7
第二章 화산에서 일어난 일 / 41
第三章 강호 폭풍 / 77
第四章 슬픈 운명 / 115
第五章 칠군항을 찾아서 / 155
第六章 화산과 개방 / 207
第七章 현백의 힘 / 245
第八章 스러져 간 사람들 / 283
第九章 끝나지 않은 폭풍 / 323

第一章

길을 찾아서

1

천하의 절경이란 말은 이럴 때 하는 말이었다. 끝없이 펼쳐진 구름의 바다 속에 보이는 몇 개의 봉우리는 마치 신선이라도 와서 노닐어야 될 듯한 느낌을 줄 정도였다.

화산의 절경은 이렇듯 사람을 웅혼하게 만드는 무엇이 있었다. 호연지기라 불러도 무방한 심정을 느끼기 위해 오늘도 이격은 산을 올랐다.

"후우… 언제나 그대로구나, 그대로야. 변한 것은 나뿐인가?"

뜻 모를 소리를 중얼거리며 그는 다시금 큰 호흡을 내쉬었다. 청량한 한줄기 기운이 몸 안으로 들어오자 또다시 그의 몸 깊은 곳에서 힘이 모이고 있었다. 이격은 그렇게 몇 번이나 같은 동작을 되풀이하고 있었다.

"약속대로 나왔으니 그만 말씀하시구려. 아직도 주위를 둘러봐야 하오이까?"

한데 갑자기 이격의 입이 열리며 조금은 불쾌한 듯한 목소리가 흘러나오고 있었다. 여태껏 즐겨왔던 분위기와는 아주 다른 음성이었다. 그러자 그 음성에 화답하는 소리가 들려왔다.

"하하하, 이 장문인의 심상을 건드리고 싶지 않았을 뿐 의심 따윈 없습니다. 과연 화산의 절경은 대단하군요. 저도 온 목적을 잊을 정도입니다."

한줄기 청아한 음성이 들려오자 이격은 쓴웃음을 지었다. 지나칠 정도로 세심한 자였다. 그에게 장문인의 호칭을 붙인 것만 봐도 잘 알 수 있는 대목인 것이다.

작금의 장문인은 엄연히 화주청, 아직 자신이 화주청과 어깨를 나란히 한다고는 볼 수가 없었다. 의도적으로 자신을 띄워주려 하고 있었던 것이다.

대관절 무엇을 의미하는지는 모르지만 확실한 것은 하나 있었다. 이자는 자신에게 무언가를 바라고 있는 것이다.

"흰소리는 그만 하고 본론을 이야기하는 것이 어떻소? 시간 흐르는 것이 부담스러운 나이가 되었소이다."

"하하하! 이 장문께서 이토록 화끈하게 나오시니 저 역시 모든 것을 다 보여 드려야겠지요. 그럼 말씀드리겠습니다."

목소리만 들리던 사내가 어느새 이격의 뒤편으로 와 있었다. 문득 이격의 얼굴이 살짝 굳었는데 사내의 무공은 이격의 아래가 아니었다. 적어도 동급의 무공을 소유한 사람이었던 것이다.

"우선 당금의 정세에 대해 먼저 말씀드려야겠군요. 이 장문께서도 잘 아시듯 당금의 강호는 그야말로 폭풍 전야입니다. 어떤 일이 언제 어떻게 일어날지 전혀 알 수 없는 것이 지금의 정세입니다."

사내는 깊숙이 생각하며 입을 열고 있었지만 그건 그리 놀라운 일도 아니었다. 이격은 피식 웃으며 사내의 의중을 파악하려 애썼다.

강호의 정세는 언제나 안개 속이다. 그것은 비단 지금뿐만의 이야기가 아니었는데 그렇지 않으면 그건 강호가 아니었다.

항상 자신의 이익을 원하는 사람들, 물론 그것은 강호인이 아니더라도 마찬가지였지만 특히나 강호에선 그것이 심했다. 하나 언제나 보이지 않게 일을 추진함은 당연한 노릇이었다.

보이지 않는 곳에서 이토록 사람들이 움직이기에 이를 일컬어 암투라 이야기했다. 일반 사람들은 그 암투의 정도가 결국 서로의 생각만을 견주는 것으로 끝나는 경우가 다반사지만 무림은 달랐다. 권력이 있는 곳의 암투는 그 결과를 상상하기 힘들 정도였던 것이다.

물론 황궁의 암투와는 비교하기 힘든 것이겠지만 무림인의 암투 역시 무섭다. 바로 무공이라는 거대한 힘을 가지고 있기 때문이다.

지금 사내는 그 이야기를 하고 있었다. 너무나 뻔한 이야기인 데다 항상 원론적인 이야기, 하나 그 이야기만큼 사람을 홀리는 이야기는 없었다. 성공한다면 남자로서 누릴 수 있는 모든 것을 가질 수 있으므로…….

"설명이라… 그대의 입으로 듣는 설명도 중요하겠지요. 하면 그대는 어찌 보는 것이오? 현 강호의 정세를 말이오."

일단 중요한 것은 상대의 패를 보는 것이었다. 서로 간의 말로 이야기하는 것이지만 설전이야말로 모든 승부의 시작이었다. 이격은 눈으로는 저 아래의 풍광을 바라보지만 이젠 그의 눈에 전혀 들어오지 않고 있었다.

오로지 그는 귀를 활짝 열고 사내의 말을 경청하고 있었다. 사내는 씨익 웃으며 이격에게 말문을 열었다.

"단도직입적으로 말씀드리겠습니다. 향후 일이 년 사이 최소한 세 개 문파 이상이 무림에서 그 흔적을 지우게 될 것입니다. 이것이 제가 말하는 현 강호의……."

"무어라!"

너무나 놀라운 소리에 이격은 커다란 소리를 지르며 신형을 돌렸다. 목소리만 봐도 그의 놀라움이 어느 정도인지 잘 알 수 있었는데 이격은 그제야 사내의 얼굴을 똑똑히 바라볼 수 있었다.

언제나처럼 갸름한 얼굴에 날카로운 턱 선, 거기에 작지도 크지도 않은 눈을 가진 사내는 한두 번 만난 것이 아니었다. 언제나처럼 낯익은 얼굴이었지만 오늘은 왠지 낯선 사람처럼 보이고 있었다.

아마도 그의 입에서 나온 말 때문인 듯했다. 적어도 세 개 이상의 문파가 문을 닫게 된다니, 진정 놀라운 일이 아닐 수 없는 것이다.

"하나만 묻겠네."

침잠한 눈을 하며 이격은 그를 향해 말문을 열었다. 왠지 요즘 일어나는 일련의 사건들이 이상하게 생각되는 참이었다.

"소림에서 기이한 일이 벌어졌다고 들었네. 누군가 간도 크게 소림을 건드렸다고 하더군. 혹 그 일이 귀문파와 관련이 있는가?"

"…훗!"

이격의 말에 사내는 아무런 말도 하지 않고 있었다. 대답 대신 그는 그저 살짝 웃을 뿐이었는데 문득 그의 입술이 다시금 열렸다.

"그럴 리가 있겠습니까? 감히 무림의 태산북두인 소림을 건드린다는 것은 상상할 수도 없는 일입니다. 어떻게 그런 생각을 하게 되셨는지 의문스러울 정도군요."

"……."

한마디로 억측이라 일축하는 사내였지만 이격은 의심의 눈초리를 지울 수가 없었다. 왠지 이 사내는 그 일에 깊은 연관이 있는 것같이 보였다. 그때였다. 사내의 입술이 다시금 열렸다.

"그것이 힘의 논리이든 아니면 순리이든 그건 중요한 것이 아닙니다. 중요한 것은 반드시 그렇게 된다는 것, 그렇기에 제가 지금 이곳에 있는 겁니다. 화산은 이번 일을 통해 큰 비상을 할 수 있는 여건을 마련할 수 있으니 말입니다."

"…도무지 자네의 말을 이해할 수가 없군. 어째서 그렇게 된단 말인가? 우리 화산과 자네의 문파와는 교류조차 없거늘……."

씁쓸한 미소를 지으며 이격은 입을 열었지만 그건 그저 말과 표정일 뿐이었다. 그의 눈 깊숙한 곳에서는 걷잡을 수 없는 불길이 일어나고 있었던 것이다.

오래전부터 가지고 있던 불길이지만 식혀야 했던 것, 바로 그것이 지금 다시 타오르려 하고 있었다. 화산에 입문하여 화산에서 하나둘을 다투는 사람이 된 바로 지금, 그가 원하는 것은 단 하나. 화산의 비상이었던 것이다.

"간단합니다. 이 장문님, 저희는 화산에 모든 것을 다 드리겠습니다. 화산의 무공이 진일보함은 물론이고 문도의 수 역시 늘게 될 것입니다. 이는 당연한 노릇이 아니겠습니까?"

"뭣이……?"

쉽게 믿을 수 없는 소리에 이격은 눈을 살짝 찡그렸다. 너무나 달콤한 조건이었다. 얻는 것을 따지자면 엄청난 이득이었다. 적어도 무림인이라면 거절하기 힘든 조건이었던 것이다.

그것은 사내의 뒷배경이 가진 이름 때문이었다. 그 이름 때문에 이격은 현 장문인인 화주청과 반목 아닌 반목을 하고 있었다. 이 강호에서 그 누구나 인정하는 유일한 이름… 솔사림이니 말이다.

"도무지 믿을 수가 없군. 내 언젠가 그토록 솔사림에 매달린 적이 있었다. 우리의 무공까지 모두 보여주는 패를 던졌음에도 그대들은 이를 거절했었다. 세상 사람들은 알지 못하는 이야기지."

"……"

"그런데 지금에서 모든 것을 잊고 다 내어준다? 나에게 지금 그 이야기를 믿으라 하는 말인가? 아니, 내가 믿을 것 같나?"

말을 하는 이격의 목소리는 조금 격앙되어 있었다. 하나 이격의 입장에선 충분히 그럴 만했다. 세상 사람들 모두가 이격이 한 일에 대해 잘 모르는 것이 한 가지 있었던 것이다.

과거 이격이 화산의 것을 내어주다시피 해서 솔사림과의 관계를 찾으려 한 것은 거의 대부분의 무림인들이 알고 있었다. 물론 이격의 앞에서 그 일을 꺼내는 사람은 없었다. 이격이 속한 화산에서도 그 일을 이야기하지 않는데 어떻게 다른 사람이 이야기할 수 있겠는가?

아마도 이격은 그 일로 인해 많은 마음고생을 했을 터였다. 화산에서도 뭔가 불이익을 당했을 것이 뻔했고, 비단 화산이 아니라 강호의 사람들은 이격의 행동을 좋게 보는 사람이 없었다. 발전을 위한다는 명목으로 전통을 버리려 했던 사람이니 말이다.

그런데 이 모든 것을 주도한 사람은 이격이 맞지만 문제는 그 이후였다. 이후 화주청이 반대를 하면서 틀어진 것이 일반적인 사람들이 아는 순서였다. 한데 진짜 원인은 그게 아니라 이 솔사림에 있었던 것이다.

"당신들은 우리의 제의를 일언지하에 거절했었지. 내가 장문 사형을 얼마나 설득해야 했는지 굳이 말하지 않겠소. 그러나 거기에서 끝났다면 내 말을 하지도 않지. 우리의 이런 노력을 강호에 흘린 것이 바로 당신들 아니었나?"

"……."

비틀린 웃음을 지으며 이격은 사내를 노려보았다. 새삼 이격의 뇌리엔 그때의 기억이 다시금 떠오르는 듯했는데 이격은 이 일로 화산에서 거의 모든 것을 잃었다. 일이 틀어진 데

대해 모든 것을 책임져야 했던 것이다.

아니, 희생양이 필요했다. 그 희생양이 바로 자신이었고 이격은 죽음을 생각했었다. 그러나 마지막 순간 그의 손을 잡아준 것은 바로 화산의 장문 화주청이었다.

화주청은 그에게 묘한 위치를 주었다. 향후 강호에서 함부로 나서지 못하게 만들었고 온 제자가 보는 앞에서 호통을 쳤다. 이격으로선 정말 죽기보다 힘든 순간이었다.

하지만 그는 살아야 했다. 화주청의 대의를 위해 참아달라는 그 말에 그는 참아내었다. 그리고 지금까지 오게 된 것이다.

"그럼 이 장문께서는 지금 거절하시는 것입니까? 들어보시지도 않구요?"

"……"

하지만 사내는 얄미울 만치 침착한 모습을 보여주고 있었다. 살짝 웃음을 짓는 그의 얼굴은 마치 그래도 넌 내 말을 듣게 될 것이다라는 말을 하고 있는 것처럼 보였다. 이격은 결국 어금니를 꽉 깨물었다. 일단은 들어봐야 하는 것이다.

"그만한 조건을 내걸 땐 원하는 것이 있을 터… 그것이 무엇인가?"

결국 그가 먼저 이야기할 수밖에 없었다. 그만큼 그에겐 솔사림이란 이름이 크게 느껴졌던 것이다.

"한 사람의 신병만 저희가 확보하겠습니다. 그뿐입니다."

"…한 사람?"

좀처럼 놀라는 게 없는 이격이지만 오늘 여러 번 놀라고 있었다. 문파에 가장 도움이 되는 무공 부분에서도 손을 내밀면서 바라는 것이 그냥 한 사람의 신병이라니…… 그만큼 중요한 사람이 화산에 있었는지 의문이 드는 순간이었다.

"그렇습니다. 한 사람의 신병… 그것만이 저희가 원하는 것입니다. 다른 것은 어떤 것도 원하지 않습니다."

"……."

그의 말을 듣는 순간 이격의 머릿속은 치열하게 움직이고 있었다. 대체 그토록 중요한 사람이 과연 누구인지가 가장 궁금한 것인데 그때 다시금 사내의 입술이 열렸다.

"귀파에 한 사람이 있을 것입니다. 아마도 이 장문인께서도 잘 아시는 사람이겠지요. 칠군향이란 이름을 쓰고 계십니다."

"……! 지금 무슨 소리를 하는 것이냐! 칠 사제의 신병을 넘겨달라니!"

도무지 이해할 수 없는 것은 둘째 치고 그의 자존심이 허락하지 않는 일이었다. 칠군향이면 그의 사제를 이야기하는 것이다. 장문 사형과 그, 그리고 칠군향만이 남았거늘 그중 한 사람의 신병을 바라는 것이다.

"어째서… 어째서 너희들이 칠 사제의 신병을 원하는 것이냐! 칠 사제는 그 누구에게 해를 끼친 적도 없는 사람이다. 한데 무슨……!"

 화가 나 소리치던 이격의 뇌리에 차가운 이성이 끼얹어지고 있었다. 칠군향을 원한다면 그가 가진 모든 것을 다 생각해야 했다. 왜 그를 원하는지 알려면 말이다.

 물론 칠군향이 가진 것은 없었다. 하늘을 뒤엎는 무공을 소유한 것도 아니고 그렇다고 대단한 금은보화를 소지한 것도 아니었다. 신비로운 법술 하나만 가진 그를 원하는 이유는 단 하나뿐이었던 것이다.

 현백, 그것이 연결점이었다. 칠군향을 얻음으로 인해 움직일 수 있는 것은 그뿐인 것이다.

 "잘 아실 것입니다. 저희는 한 사람을 원합니다. 그래서 그분이 필요하지요."

 "어째서 솔사림이 현백을 원하지? 너희들에게 현백은 조무래기가 아닌가? 아무리 그의 무공이 신묘하다 한들 솔사림의 무공에 비할 바가 아닐 텐데?"

 이격은 마음속에 떠오르는 의문을 담아 말했다. 진정 이해하기 힘든 일이었다. 만일 자신이 몸을 담고 있는 화산에서 칠군향을 가지고 현백을 움직이려 했다면 이해가 가는 일이었다.

 무림의 거대한 문파, 구대문파 중에 당당히 화산은 그 이름을 올린다. 하나 당금 화산은 그리 내실이 좋은 편이 아니었다. 그건 지금 고수의 수만 봐도 충분히 알 수 있는 일인 것이다.

화산엔 고수가 없다. 물론 있기야 하지만 타 문파에 비해 그 수가 형편없이 적었다. 과거 강호에 혈겁이 불었을 때 화산의 사람들은 그 누구보다 앞서 나가 싸웠고 목숨을 버렸다. 당금 화산의 모습은 그래서 유지될 수 있었던 것이다.

지금 장로급 인사가 하나도 없는 것이 바로 화산의 모습이었다. 알면서도 보고 싶지 않은 그 모습에 이격은 아랫입술을 질끈 깨물었다. 그래서 그토록 현백을 화산에 두고 싶었건만……

"내가 결정할 문제가 아니군. 돌아가 전하시게. 이 일은 현 장문인이신 화 장문……."

"그럴 필요가 없음을 잘 알고 있습니다. 지난번에도 그러셨듯이 이번에도 설득하실 수 있을 것입니다."

"……."

이격은 어금니를 꽉 깨물었다. 그와 함께 그의 전신에선 작은 기운이 솟구치고 있었다. 옅은 보라색의 기운이 감돌기 시작한 것이다.

구우우우우우…….

아주 크게 들리지는 않았지만 분명히 소리가 들리고 있었다. 이격의 몸에서 나오는 기운, 그 기운은 틀림없는 화산의 자하신공이었다. 장문인만이 가질 수 있다는 무공을 그 역시 가지고 있었던 것이다.

"역시 대단하십니다. 드디어 자하신공을 연성하셨군요. 화산의 단결을 보는 것 같아 마음이 뿌듯합니다."

"……."

여우 같은 자였다. 이격이 자하신공을 쓰는 것 한 가지만으로 모든 상황을 추측할 수 있었다. 이격과 화주청이 서로 반목하는 사이가 아니라는 것을 말이다.

그렇지 않았다면 그가 자하신공을 익히고 있을 이유가 없었다. 그가 모든 책임을 지는 대신 자하신공이 전수되었을 확률이 높았다. 두 사람이 싸우는 것은 어쩌면 세상을 속이는 연극일 수도 있는 것이다.

답답한 순간이었다. 뭐라고 시원하게 이야기하고 싶었지만 그것이 그리 쉽지가 않았다. 대의를 위한다면 칠군향을 넘겨야 했지만 그건 자존심이 허락하지 않았다.

"결정을 바랍니다. 안 되겠습니까?"

"……."

다시금 사내의 채근이 들려왔다. 왠지 사내의 얼굴에는 확신이 서 있었다. 마치 이격이 어떤 결정을 하게 될지 미리 알고 있다는 듯이 말이다.

말을 하기는 해야 했다. 그러나 그 얼굴을 보며 솔직히 선뜻 그러자고 할 수가 없었다. 하나 상대의 눈치는 보통 이상이었다.

"잠시 화산이 시끄러울 것입니다. 물론 인명 피해는 없을 것입니다. 칠군향 어르신은 거의 혼자서 독거하다시피 하니 어쩌면 아무도 그가 없어진 것을 알지 못할 수도 있지요."

"그럴 리는 없을 것이오!"

사내의 말에 이격은 차가운 목소리를 내었다. 그러자 사내는 다시금 빙긋 웃었다. 그리곤 바로 입을 열었다.

"그렇겠지요. 제가 실언을 했군요. 이 자리에 계신 분이 바로 그분의 종적을 알고 찾으시게 될 것이니… 하하."

멋쩍은 웃음을 흘리며 사내는 뒤로 돌아섰다. 이젠 더 볼일이 없으니 화산에 있을 필요가 없다. 이젠 돌아가 자신이 해야 할 일을 하면 되는 것이다. 이미 거래는 성사된 것이니 말이다.

"사제의 신변은! 말 안 해도 알고 있겠지?"

"물론입니다. 그 누구도 칠군향 어르신의 몸에 손끝 하나 댈 수 없을 것입니다. 우리가 원하는 것은 현백일 뿐, 칠군향 어르신이 아닙니다."

사내는 가려다 말고 방긋 웃으며 입을 열고 있었다. 그런 사내를 향해 이격의 말은 계속되었다.

"자네의 이름을 걸고 이야기할 수 있나? 오서솔의 이름을 걸고?"

정말 큰 확답이 필요한 듯 이격은 재차 입을 열었다. 그러자 사내가 말을 이었다.

"오서솔의 관립, 제 이름을 걸고 말씀드립니다. 오늘의 말이 어긋난다면 스스로 목을 이곳에 두도록 하겠습니다."

"……."

스스로를 관립이라 부른 청년의 말에 이격은 그제야 고개를 끄덕였다. 이제 이격조차 신형을 돌리며 산 아래를 내려다보는 가운데 관립은 천천히 움직이기 시작했다.

하나 그의 신형은 이내 연기가 되었다. 천천히 발걸음을 하는 듯했지만 실상 그의 걸음은 빨랐다. 어느새 이격의 이목 속에서 관립의 신형은 느껴지지 않고 있었다.

"하아……."

그가 사라지고 난 후 이격은 깊은 한숨을 쉬었다. 모든 것을 다 포기하고 정공을 선택하려 했다. 문파의 비전이라 불리는 것들을 모두 제자들에게 보여주며 미래를 도모하고자 했던 것이다.

그런데 지금 또 하나의 길이 생겼다. 문파 최후의 힘이라 여겨지는 비전의 힘을 묵혀둔 채 하나의 길이 생긴 것이다. 가장 쉽지만 그 위력 또한 강성한 힘이 말이다.

그러나 그 힘엔 대가가 따랐다. 칠군향, 아니, 현백이 그 대가였다. 어쩌면 가장 좋은 조력자가 될 사람을 그는 지금 내친 것이다. 하나 이미 그건 정해진 수순이었다. 현백이 만인이 보는 앞에서 자신의 이름에 먹칠을 하는 순간 정해진 것이다.

이격으로선 굳이 생각할 것도 없었다. 현백의 목숨이 필요하고 그 대가로 문파의 발전이 온다면 당연히 문파의 발전에 무게를 둘 수밖에 없었다. 현백의 생사 따윈 이미 먼 이야기였던 것이다.

다만 한 가지, 그의 사제 칠군향이 마음에 걸렸다. 이제 늙은 모습이 완연한 그 사제는 언제 하늘로 갈지 모르는 상황이었다. 이상하게도 현백을 만나고 난 후 그의 모습은 하루가 다르게 늙어갔던 것이다.

그에게는 정말 미안한 생각이 들고 있었다. 이 화산에 남은 마지막 법술사, 평생 화산을 위해 일해온 진정한 일꾼에게 못할 짓을 한다는 마음만은 어쩔 수 없었던 것이다.

"부디 이 우형을… 용서해 주게……."

결국 그가 낼 수 있는 것은 이렇듯 작은 독백뿐이었다.

2

"후우우읍!"

이도는 큰 숨을 들이쉬었다. 가슴속 깊숙이 느껴지는 강렬한 기운을 느끼며 양손에 힘을 주고 있었다.

특별히 의도한 것이 아니었다. 저절로 그러한 힘이 느껴지자 이도는 두 눈을 치떴다. 정광 어린 그의 눈 속에서 이젠 고수의 풍모가 느껴지고 있었다.

"차아압!"

파아아앙…….

한줄기 낭랑한 기합성과 함께 이도의 몸은 바람이 되었다. 그리고 그 바람은 곧장 전방으로 쏘아지고 있었다.

"좋아! 어서 오라고!"

맞은편에 한 사람이 호기롭게 외치고 있었다. 그는 다름 아닌 그의 사숙 명사찬. 두 눈 가득 담긴 정광은 이미 그가 상당한 무공을 끌어올렸다는 것을 이야기하고 있었다.

"찻!"

피이이잇…….

볼 것도 없다는 듯 이도는 주먹을 내밀었다. 살짝 떨리는 듯하면서 그 궤적이 불투명하자 명사찬은 이채를 띠었다. 이젠 그도 경시할 수 없는 경지에 이도는 올라서고 있었던 것이다.

"아직은 멀었지!"

휘릭… 파아앙!

양쪽 어깨를 한번 흔들며 명사찬은 뒤로 주욱 빠지고 있었다. 그냥 빠지는 것은 아니었고 그의 오른발이 허공을 휩쓸고 있었다. 그러자 이도의 주먹은 한쪽으로 튕겨 나갔다.

"좋아요! 기다리고 있었다구요! 합!"

부우웅…….

명사찬의 휘돌리는 기운을 이용하여 이번엔 이도의 왼손이 날아오고 있었다. 명사찬은 목울대를 크게 놀리며 이도의 신형을 바라보고 있었다. 이도의 무공인 용음십이수가 제대로 펼쳐지려 하고 있었던 것이다.

한번 회전력을 탄 이도의 무공은 이제 걷잡을 수가 없었다. 탄력있는 신형의 움직임이 보였고 그 움직임을 파악하기도 전, 강렬한 타격이 명사찬의 주변을 감싸고 있었다.

스파파파파팡!

"야아압!"

명사찬은 거대한 소리를 지르며 양손을 쭈욱 뻗어내었다. 그러자 그의 몸에서 강렬한 기운이 날개처럼 솟아나고 있었다. 언젠가 현백과의 승부에서 보여주었던 비룡익포천을 펼치려 하고 있는 것이다.

과아아아아······.

거대한 기운이 이도의 신형을 둘러싸는 가운데 이도는 들어가려던 동작을 멈추었다. 그리곤 온 힘을 모아 정면을 향해 크게 일권을 날렸다.

쩌어어어엉!

귀청을 찢는 소리와 함께 명사찬은 이를 악물었다. 소리만 나는 것이 아니라 온몸에 쩌릿한 감각이 느껴지고 있었다. 더 이상 비룡익포천을 펼쳐 보지도 못한 채 이도와 명사찬은 거리를 두고 서 있었다. 두 사람의 거리가 한 이 장여가 넘게 되었을 때 이도의 볼멘소리가 흘러나왔다.

"칫! 사숙님은 꼭 잘나가다 안 되면 그겁니까? 너무하잖아요?"

"너야말로 하다 안 되면 그짓이더라. 누가 누굴 탓해?"

두 사람 다 볼멘소리를 하고 있지만 사실 명사찬의 놀람은 이루 말할 수가 없었다. 이도의 무공, 그 성장이 심상치가 않았던 것이다.

특히 방금 전에 보여주었던 그 한 수. 비룡익포천을 펼쳐 막아내긴 했지만 정말 쉽게 자신의 전면을 내줄 수밖에 없었던 것이다.

주먹으로 땅을 쳐 용천혈을 자극하는 것도 있지만 이도는 이렇게 공기를 울려 하나의 막을 형성하고 있었다. 아주 잠깐의 시간이지만 그 시간 동안 명사찬은 움직이기가 힘들었다. 강렬한 저항이 온몸에 느껴졌던 것이다.

그 저항을 이용해 이도는 몸을 빼내었다. 진짜 신기한 일인데 이건 어떻게 봐야 할지 몰랐다. 천하에 이런 무공은 아직 들어본 적도 없었던 것이다.

"맨날 이런 식이면 더 이상 할 것도 없겠어요. 에이!"

"내가 할 말이다, 이 녀석아! 절루 가! 친한 척하지 말고."

흥건하게 흘린 땀 때문에 이도의 옷은 몸에 착 달라붙고 있었다. 가까이 와 살갑게 장난치는 이도를 명사찬은 손을 내밀어 가슴을 밀어내었는데 또 한 번 놀라고 있었다.

정말 단단한 가슴이었다. 그러고 보니 키도 조금 큰 것 같았고 몸도 한참 불어 있었다. 이젠 완벽한 남자가 된 것이다.

그간 현백과 붙어 다닌 시간이 그리 길지 않았음에도 이렇

길을 찾아서

게 된 것은 얼마나 힘든 길을 걸어왔는지 단적으로 증명하는 것이었다. 그만큼 현백이 헤쳐 온 길은 쉽지 않았던 것이다.

"에이, 나 오유에게 가볼래요. 그리고 같이 현 대형에게 가볼 건데, 사숙님은 어쩌실 거예요?"

"응? 아, 그래 거기서 보자. 현백이 할 말도 있다는 것 같으니… 좀 씻고 보자."

"네, 사숙님. 그럼……."

정중하게 포권을 한 후 이도는 쪼르륵 어딘가로 달려가고 있었다. 아마도 오유가 있는 곳으로 가는 듯했는데 오유라는 이름에 명사찬은 근심 가득한 얼굴을 만들었다.

달라졌다. 무슨 일이 있었는지 모르지만 오유 역시 이전의 오유가 아니었다. 세상 무서운 줄 모르고 날뛰던 오유였지만 요즘은 눈에 띄게 조용해졌다.

아니, 막상 말을 걸어보면 이전의 밝은 오유가 맞지만 혼자 있을 땐 정말 침울해 보였다. 이도는 그런 오유의 변화를 알기에 이토록 신경 쓰는 것이다.

일행이 있는 곳은 추풍곡에서 그리 멀리 떨어지지 않은 곳이었다. 약 반 시진 거리에 객잔이 하나 있었고 그곳에서 여장을 푼 지 벌써 오 일째였다.

일단 현백이 몸을 추스르는 것이 최우선이었기에 그리한 것인데, 이제 현백도 거의 움직이는 데 지장이 없었다. 현백은 곧 떠날 것처럼 몸을 풀고 있었다.

그를 따라 다 함께 움직여야 할 것이었다. 이제 그가 할 일은 한 가지, 사라졌다는 천의종무록을 찾아야 하는 것이었다. 그게 어디 있는지 아직 감을 못 잡고 있지만 말이다.

"후… 복잡한 세상이야……."

생각하면 할수록 꼬여가는 정세에 명사찬은 고개를 좌우로 흔들었다. 일단은 현백의 말을 들어야 할 때였다. 분명 이 일행의 책임자는 그였으니 말이다.

명사찬은 잠시 이도가 사라진 방향을 보다 움직이기 시작했다. 저 앞 약 오 장 거리에 있는 작은 별채, 바로 현백이 있는 곳이었다.

"허허, 이도는 이제 걱정할 필요가 없겠군. 정녕 대단한 무공을 익혔어."

"성장이 빠른 아이 같습니다. 이 정도라면 저희 나이 때쯤엔 강호에서 손꼽히는 고수가 될 것 같습니다만……."

방긋 웃으며 말하는 모인에게 주비가 이어 말했다. 확실히 그의 말처럼 이도의 무공은 이제 일류고수 이상이었다. 이름 있는 사람들과 어깨를 나란히 할 때가 머지않았던 것이다.

"어때, 현백. 자네가 보기에도 그렇지 않아? 난 아직도 저 무공의 정체를 잘 모르겠군. 모든 것이 다 자네가 가르쳐 준 용음십이수라 하던데."

"……."

주비의 말에 현백은 조용히 고개를 좌우로 흔들었다. 분명 그가 전해준 용음십이수가 맞지만 이미 형상은 달라져 있었다. 현백이 아는 용음십이수와는 전혀 다른 것이 되어 있었던 것이다.

아니, 모습은 비슷했다. 그러나 그것은 모습만 그럴 뿐 실상은 많이 달랐다. 그 위력이나 운용, 모두 변해 있었던 것이다.

"내가 가르쳐 주기는 했어도 이젠 그렇게 말할 수가 없어. 저 몸 안에 어떤 기운이 어떻게 휘도는지 너도 봤을 터, 굳이 말하지 않겠다."

"흐음……"

주비는 흥미로운 얼굴을 하며 입을 닫은 채 생각을 거듭하기 시작했다. 확실히 이도의 무공은 이제 자신이라도 한번 싸우고 싶을 정도로 커져 있었다. 물론 지금 눈앞에 있는 현백만큼은 아니지만 말이다.

"허허허, 무공이 발전한 것이야 이도가 아니라 네가 더 크지. 너의 무공은 이제 내가 알던 무공이 전혀 아니야. 천의종무록의 무공이 그런 것인가? 사실 난 이제 너의 무공에 대해 짐작하기도 어렵구나."

"……"

모인의 말에 현백은 쓴웃음을 지었다. 확실히 그건 맞는 말이었다. 현백 자신도 앞으로 어찌 될지 모르니 말이다. 분명 뭔가 있기는 있었지만 아직 확실한 것은 아무것도 없었다.

모든 것은 조금 더 시간이 흘러야 알 수 있었다. 좀 더 많은 시간이 흐르고 경험이 생기면 현백의 무공은 또 한 번 자리매김할 것이었다. 지금은 그 정도로 생각하는 것이 좋았다.

"그건 저도 동의하는 바입니다. 솔직히 이도가 아니라 현백과 다시금 붙어보고 싶은데 아마 힘들 거 같네요. 큭!"

아마도 들어오다 들었는지 명사찬이 말하자 모인과 주비는 동시에 고개를 끄덕였다. 이젠 현백의 무공도 함부로 추측할 수 없는 지경이니 말이다.

"그쯤 하고 들어와 앉지. 이제 향후의 일을 논의해야 할 것 같으니."

현백이 손사래를 치며 입을 열자 명사찬은 빙긋 웃으며 들어왔다. 조금 있으면 이도와 오유도 올 터이니 그때 이야기하면 될 일이었다.

"그나저나 들리는 이야기가 심상치 않던데… 소림에서 좋지 않은 일이 있었다니."

"세상에 간도 큰 놈들이지요. 감히 소림을 건드리다니요. 우리만 해도 가만히 있지 않을 텐데… 무승이 아니라 법승 상당수가 유명을 달리하셨다고 들었습니다만……."

"문 앞에서 엿듣고 오는 것이 유행이냐? 할 말 있으면 앉아서들 해라."

어디선가 새로운 목소리가 들려오자 모인은 한쪽 입술을 비틀며 말했다. 다름 아닌 이도의 목소리였는데 작은 문을 빠끔 열며 입부터 열었던 것이다.

"네, 장로님. 들어가자, 오유."

"그래."

오유까지 들어오자 이제 일행 모두가 모인 상태였다. 아직 이도는 씻지도 못했는지 땀내음이 진동했지만 그런 것을 가지고 뭐라고 할 사람은 없었다.

"어디까지 이야기했지? 그래, 소림에서 일이 일어났다는 것까지지. 하나 그것은 그들의 일이고 우린 우리의 일을 해야겠지. 이봐, 현백. 대체 앞으로 계획이 어떻게 되는 거야?"

명사찬은 단도직입적으로 현백을 향해 물었다. 현백은 자리에서 일어나며 주위를 바라보았는데 모두의 눈이 자신을 향하고 있었다.

처음에 만났던 사람들 그대로. 달라진 것이라면 한 사람의 존재감이었다. 지충표, 그의 신형만이 보이지 않았던 것이다.

"그 일이 크긴 하지만 그건 당장 우리가 상관할 문제가 아니지. 지금 내가 해야 할 일은 따로 있다."

"그래, 그건 나도 그렇게 생각한다. 지금 멀리 있는 소림의 문제를 상관할 때는 아니다. 하나 천의종무록을 뒤쫓아야 하지만 그 단서가 전혀 나오지 않으니……."

현백의 말에 명사찬은 바로 동의했다. 사실 그건 다른 사람 모두가 마찬가지였는데 어디까지나 현백의 의사를 존중하고자 하는 것이 일행의 마음인 것이었다.

"굳이 단서를 따지자면 추풍곡에서 만난 사람들이 그 단서가 되겠지요. 오유에게 들었던 사람들이 말입니다."

이도가 심각한 얼굴로 입을 열자 사람들의 반응 역시 그리 다르지 않았다. 이미 오유에게 들은 것이 있었기에 그런 것이다.

오유는 자신이 아는 것을 모두 말했다. 아직 움직이는 고도간의 일행과 정체를 알 수 없는 자들, 그 초호라는 자 밑에 있는 사람들의 움직임을 말이다.

일단 그들을 주목해야만 했다. 초호와 그 아래에 있던 사람들, 낭인왕 옥화진과 밀천사 양각의 움직임에 주목해야 했다. 오유의 말을 빌자면 그들이 저들 흑월과 연계하려는 움직임을 보이고 있으니 말이다.

흑월이란 단체에 대해 더 이상의 생각은 필요없었다. 강호에 그들이 나와 어떤 일을 벌이는지는 알 수 없지만 그것이 좋은 일이 아니라는 것은 굳이 알지 않아도 느낄 수 있었다. 특히나 현백에게 자신을 미호공주라 밝혔던 여인이 한 일은 아주 잘 알고 있으니 말이다.

"그래, 그렇지 않아도 묻고 싶었는데 잘되었군. 이보게, 창룡. 한 가지 물어도 되겠나?"

조금은 심각한 표정을 지으며 모인이 입을 열자 모두들 모인의 얼굴을 주목하기 시작했다. 모인은 창룡의 눈치를 보며 다시 말을 이었다.

길을 찾아서 33

"그 초오란 자, 왠지 자네는 알고 있는 것 같더군. 그와의 인연이야 우리가 알 이유가 없지만 왠지 우리의 적인 듯한데 어느 정도는 알려주어도 무방하지 않은가?"

"……"

모인의 말에 주비는 아무런 대답도 하지 못했다. 아직은 말하기 조금 주저하고 있는 듯 보였는데 이어 모인의 말은 계속되었다.

"아무래도 내 생각부터 먼저 말해야 될 것 같군. 언젠가 자네는 저 호북 무한에서 한 사람을 위협한 적이 있었네. 기억하나, 포정사 종요를?"

"……"

주비는 그저 묵묵히 입을 다물 뿐이었다. 한번도 그 일을 잊은 적이 없었다. 어쩌면 절대로 해선 안 되는 일을 한 것이니 말이다.

"보통 사람이라면 그러한 일을 하면 비록 잘했다고 한들 어느 정도 처벌은 감수해야 하지. 무림의 고수라 해도 이는 달라지지 않아. 한데 자네는 아니더군. 아무도 자네에게 책임을 묻는 사람은 없었어. 심지어 꽤나 깐깐해 보이는 도지휘사사 각운평까지도 말일세."

"…그러고 보니 그렇군요. 까맣게 잊고 있었네요."

이도 역시 모인의 말에 긍정의 의미를 표시하고 있었다. 확실히 호북 무한성에서 그러한 일이 있었었다. 그 당시는 이도 역시 궁금하게 생각했지만 일단 지충표와 오유의 신변이 더욱더 급한 과제였기에 아무런 말을 하지 않았던 것이다.

"이는 자네의 신분에 대해 한 가지를 알려주고 있네. 적어도 자넨 관부의 사람이라고 말일세."

"……."

계속되는 모인의 말에도 주비는 그저 묵묵부답이었다. 무표정한 얼굴에서는 기분 나쁜 흔적도, 어떠한 감정도 떠오르지 않았다.

분명 저 주비는 무언가를 숨기고 있었다. 그것이 해가 되든 도움이 되든 간에 꺼림칙한 일임은 분명했었다. 한데 주비는 답답하게도 아무런 이야기를 하지 않고 있었던 것이다.

물론 주비는 적이 아니다. 그러니 더 이상의 추궁 역시 할 수가 없었기에 모인은 이쯤에서 입을 닫았다. 이만큼 문제제기를 한 것만 해도 그의 역할은 충분히 한 셈이었다. 나머진 주비, 혹은 현백의 판단뿐인 것이다.

주비의 판단이란 주비 스스로가 밝히려는 것을 말했다. 모든 것을 다 털고 그가 이야기한다면 별문제될 것은 없었다. 하나 주비의 표정으로 봤을 때 그럴 일은 거의 없을 듯 보였다.

그렇다면 이젠 현백의 결정만 남았다. 이렇듯 속내를 지니고 있는 사람을 데리고 가든지 아닌지 판단해야 하는 것이다. 그리고 그때 현백의 목소리가 들려왔다.

"누구나 비밀은 있지……."

작은 소리였지만 누구도 듣지 못한 사람은 없었다. 그만큼 현백의 판단에 귀를 기울이고 있는 것이었는데 현백은 이어 입을 열었다.

"그 비밀이 어떤 것인지 굳이 알 필요는 없겠지. 특히나 개인적인 일이라면 더더욱 그렇게 될 것이야. 하나 문제는 너의 개인적인 비밀이 우리의 행보와 관련이 되어 있다는 것에 있지만 말이야."

현백의 말에 모인의 고개가 끄덕여졌다. 그가 내내 이야기하는 것도 바로 이것이었다. 의혹이 있다면 지금 풀어야 했다. 주비가 저들과 안면이 있다는 것 하나만으로 일행에서 제외될 상황은 충분했던 것이다.

"하나만 묻자, 주비."

"……."

"너… 관부의 사람이냐?"

"……."

답답하리만치 침묵으로 일관하는 주비였다. 웬만하면 이쯤에서 말을 하면 될 텐데 그는 그렇게 하지 않았다. 이래선 현백이라도 그를 제외시켜야 할 판이었다.

그러나 현백은 기다리고 있었다. 왠지 그는 더 이상 말을 하지 않은 채 주비의 대답을 기다리고 있었다. 마치 영원히 나오지 않을 대답을 기다리는 사람 같았다. 그때였다. 기어이 주비의 목소리가 들려오고 있었다.

"그래, 굳이 따지자면 관부의 사람이겠지……. 그렇다."

"……."

왠지 이상한 수식어를 달며 이야기하지만 현백은 고개를 끄덕였다. 그렇다면 많은 것을 이야기할 수 있었다. 저 초호란 자, 아무래도 관부의 사람일 확률이 높았던 것이다.

그러나 그가 관부의 사람이든 아니든 그건 현백이 알 바가 아니었다. 현백이 중요한 것은 단 한 가지뿐인 것이다.

"그럼 하나 더 묻겠다, 주비. 이것으로 더 이상의 질문은 없을 거다."

"……."

"초호는 적인가?"

"……!"

너무도 직설적인 현백의 말에 주비는 두 눈을 살짝 치떴다. 그는 이제야 현백의 의중을 알 수 있었다. 지금 현백에게 주비가 어떤 사람이고 무슨 의도로 자신을 따라왔는지는 그리 중요한 것이 아니었던 것이다.

중요한 것은 그들의 앞에 놓인 적, 그들의 정체를 판단하기 위함이었다. 그래서 그는 주비의 판단을 얻고 싶어한 것이다.

그런 의도라면 주비는 얼마든지 이야기할 수 있었다. 그는 잠시 생각을 거듭하다 이내 입을 열었다.

"확실하게 말할 수는 없지만 적이라는 생각은 유보하는 게 좋을 것 같군. 그는 그저 하수인일 뿐, 그 하수인이 하는 짓에 장단을 맞출 필요는 없다고 본다."

신중하게 내린 판단이었다. 하나 그 판단 속엔 많은 것이 내포되어 있었다. 특히 그 초호라는 자가 하수인이라는 것, 그렇다면 그는 초호의 상관을 알고 있다는 뜻이니 말이다.

"하면 언제쯤 확실하게 알 수 있겠나? 당장이라도 가능한가?"

"…아니, 당장은 무리다. 그를 만날 수는 없을 것이야. 쉽게 만날 수가 없는 놈이라……."

조금은 무안한 표정을 지으며 주비는 말을 하고 있었다. 현백은 고개를 끄덕이며 바로 입을 열었다.

"우리가 갈 길은 이미 정해졌군. 흑월, 그들을 쫓겠소. 오유가 말한 곳을 향해 출발할 것이오."

이윽고 현백의 말이 허공에 울렸다. 이제 갈 길은 정해졌다. 흑월의 뒤를 쫓게 되는 것이다. 물론 흑월을 감싸고 있는 사람들 역시 마찬가지였다. 그 초호란 자가 흑월을 감싸고 있다면 그를 쫓게 되는 것이다.

"좋아요. 언제쯤 출발할까요?"

"뭐 머뭇거릴 일이 있나? 당장이라도 출발하는 것이 좋을 듯한데?"

이도의 말에 명사찬이 바로 입을 열었다. 그들에게 더 이상 주비에 대한 의심은 없었다. 현백이 그를 내쫓는다고 말하지 않는 이상 그를 데리고 움직여야 할 터였다.

"그럼 준비를 해야 될 것 같군요. 저와 오유는 그만 가보겠어요."

"그래, 나도 가야겠군. 장로님은 안 가세요?"

"허허허, 가자꾸나. 어서 준비해야지."

이도와 오유, 명사찬과 모인은 방을 나서고 있었다. 빨리 움직이기로 했으니 그만큼 빨리 준비해야 할 것이다. 그러나 진짜 의도는 따로 있었다. 바로 주비와 현백의 독대를 마련해주려 한 것이다.

무언가 주비는 현백에게 이야기할 터였다. 사람이 너무 많아 이야기하지 못한 것이라면 피해주면 그만이었다. 그리고 주비는 사람들의 의도를 잘 알고 있었다.

"현백… 네가 알아야 할 것이 있다."

살짝 쓴웃음을 지으며 그는 입을 열었다. 적어도 현백만은 그의 진심을 알고 있을 것이라 믿었지만 그래도 할 말은 해야 했다. 이건 일행을 위해서였다.

"사실 난……."

"말하고 싶지 않다면 이야기하지 않아도 된다, 주비."

"……."

그의 말을 자르며 현백이 입을 열었다. 돌연한 현백의 태도에 오히려 놀란 것은 주비였는데 현백은 계속 말을 이었다.

"네가 말하지 않는 것을 굳이 듣고 싶은 생각 따윈 없다. 서로 간의 지킬 것은 지키는 것이 오히려 지금은 도움이 된다고 생각한다, 주비."

"……."

확실한 대답이었다. 현백의 대답에 주비는 아무런 말도 할 수가 없었다. 현백은 한술 더 떠 자리에서 일어나고 있었다.

"준비해라, 주비. 우릴 떠날 생각이 아니라면 나 역시 널 쫓고 싶은 생각은 없다. 우릴 떠날 건가?"

"……훗!"

현백의 말에 주비는 살짝 웃었다. 일행을 떠날 생각 따윈 해본 적도 없었던 것이다.

"준비하마, 현백. 곧 다시 오겠다."

저벅저벅…….

짧은 인사말을 남기고 주비는 방을 나섰다. 현백은 나가는 그의 뒷모습을 물끄러미 바라보고만 있었다.

탁.

작은 소리와 함께 그가 있는 방문이 닫혔다. 그리고 그렇게 모두가 떠난 방 안에서 현백의 작은 목소리가 허공에 울리고 있었다.

"나 역시… 비밀은 있다……."

울리는 그 목소리는 현백 자신에게만 들릴 뿐이었다.

第二章

화산에서 일어난 일

1

"허허, 벌써 가을이 오는 것인가? 이젠 날이 선선하구만."

"……."

사내의 말에 초호는 그저 묵묵부답이었다. 눈앞에 있는 사내, 아니, 그의 주군은 지금 마치 유랑이라도 나온 사람인 듯 한가롭게 노닐고 있었다.

언제나처럼 그의 곁엔 온갖 난초들로 꽉 차 있었다. 그의 주군은 오늘도 화분째 가지고 나와 밖에 놓고 있었고 온 신경은 모조리 그 화분에 가 있었다.

그러나 초호는 잘 알고 있었다. 그건 그저 보이는 것뿐, 실제로는 그 어떤 것도 사내의 관심을 끌 수는 없을 터였다. 그는 언제나 이런 식이었던 것이다. 신경을 딴 데 쏟는 것 같으면서도 그렇지 않았던 것이다. 지금처럼 말이다.

"삼계는 잘 진행되고 있는 것이냐, 초호?"

"예, 주군."

툭 던지는 말이지만 소홀히 대답할 수는 없었다. 그의 대답이 어떤가에 따라서 주군의 기분을 건드릴 수도 있으니 말이다.

앞으로 어떻게 될지는 모르지만 초호는 그에게 무능한 사람으로 보이고 싶지 않았던 것이다.

"흠… 그래, 그렇구나."

늘상 그랬던 것처럼 그의 주군은 오늘도 짧게 대화를 끝냈다. 뭔가 미진한 듯한 보고이지만 그런 것을 문제 삼은 적은 한번도 없었다. 오늘 역시 그렇게 대화가 끝나나 싶은 순간이었다.

"한데… 다섯 녀석들이 문제를 일으킨다고?"

"……."

마치 지나가는 듯한 말이었다. 하나 별것도 아닐 수도 있는 이 말에 초호는 긴장했다. 전혀 예측하지 못한 질문이었던 것이다.

"또또 그런 표정을. 하하, 언제나 재미있으면서도 난 아주 난감하네. 대관절 무슨 이야기인지 모르겠다 이건가?"

"…그렇습니다, 주군."

초호는 솔직히 입을 열었다. 다섯 녀석들이 문제를 일으킨다고 하는데 그게 누구인지는 잘 알고 있었다. 세인들이 오서솔이라 부르는 자들, 바로 눈앞의 주군이 거두어들인 제자들인 것이다.

지금 그의 눈앞에 있는 이 사람, 이 사람은 정말 대단한 사람이었다. 자신의 주군이기도 하지만 주군 이상의 의미를 지닌 사람이었다. 오서솔의 스승이라는 말은 다른 무엇인가를 의미하고 있었던 것이다.

"내가 키운 녀석들이지만 제멋대로라 네가 힘들 것 같구나. 허허허, 녀석들 하는 짓하고는……."

"……."

계속되는 사내의 말에 초호는 어금니를 살짝 깨물었다. 대관절 이게 무슨 뜻인지 알 수가 없었는데 다른 사람은 몰라도 그의 주군은 그 다섯 사람을 손안에 넣고 주물러야 했다. 그의 제자이니 말이다.

"어디로 튈지 모르는 녀석들이야. 초호 자네가 좀 봐줘야 할 것 같네. 이번 일만 해도 좀 시끄럽게 만드려는 모양이더군."

"예?"

초호의 얼굴이 살짝 굳어졌다. 이렇게까지 이야기하는데 알아듣지 못한다면 그건 초호가 아니었다. 지금 밖에서 움직

화산에서 일어난 일

이는 다섯 사람 모두 모종의 명을 받고 움직이는 것인 줄 알고 있었다.

한데 지금 주군의 말은 그런 것이 아니었다. 그 다섯 사람이 주군의 명으로 움직이지 않음을 시사하고 있는 것이다.

"내가 녀석들에게 한 말은 한 가지, 난 그저 내 후사를 준비하겠다고 했을 뿐이야. 그런데 그 말 한마디에 아이들이 움직이고 있어. 어떻게 움직이는지 그것이 궁금하면서도 걱정되네, 초호."

"……."

그의 얼굴은 이제 더 이상 굳어질 수 없을 정도로 급격히 딱딱하게 굳어 있었다. 그렇다면 상황은 심각한 것이다.

"주군, 하면 아무런 말씀도 하지 않으신 겁니까? 그 아이들에게 말입니다."

초호는 다시 한 번 되물었다. 이젠 확실하게 이야기를 마무리해야 했다. 진정 그런 것이라면 그냥 두어선 안 되는 것이다.

"하하하! 그렇다네, 초호. 그러니 내 자네에게 이야기하는 것이지. 영원한 내 편은 자네뿐이 아닌가?"

"그렇게 생각해 주시니 감사드릴 따름입니다. 그럼 주의하도록 하겠습니다."

양 주먹을 꽉 쥐며 초호는 결의를 굳혔다. 상황이 이렇다면 그동안 정말 속은 기분이었다. 어쩌면 저 흑월과의 연합도 그의 뜻이 아닐지도 몰랐던 것이다.

만일 그렇다면 초호는 가만히 있지 않을 생각이었다. 어떠한 대가를 치르더라도 함부로 나대지 못하도록 해야 하는 것이다.

"그리고… 그 현백이란 친구, 꽤나 머리 아프게 하는 것 같더군. 아닌가?"

슬쩍 뒤를 돌아보며 그가 초호를 향해 입을 열었다. 초호는 쓴웃음을 지었다. 물론 그렇기는 하지만 그가 신경 쓸 문제가 아니었던 것이다.

"이젠 저도 그를 상대하기 힘들어진 것 같습니다. 이미 강호에서 그의 이름은 상당히 높습니다. 별호까지 생긴 상황을 주군도 아실 것입니다."

"수인도라 불리고 있더군. 정말 어울리는 이름인 것 같아. 진정 야수의 움직임 같지 않던가?"

초호의 말에 그는 조용히 입을 열었지만 초호는 긴장할 수밖에 없었다. 지금 이 말은 비록 이곳에 조용히 앉아 있지만 강호의 정세를 다 꿰뚫어 보고 있다는 뜻이니 말이다.

이는 그가 자신이 아닌 또 다른 창구를 가지고 있음을 의미하는 것이기에 초호는 긴장할 수밖에 없었다.

"삼계가 실행될 날이 얼마 남지 않았다. 초호, 매사에 만전을 기해주길 바라네."

"알겠습니다, 주군. 그럼……."

초호는 고개를 한껏 숙인 채 뒷걸음으로 움직이기 시작했다. 더 이상 할 말도 없었고 하고 싶은 이야기도 없었다. 지금까지 진행된 것만으로도 머리가 아플 지경인 것이다.

초호는 그렇게 장내에서 사라져 갔다. 언뜻언뜻 보이는 황금의 장원 속에서 사내는 잠시 서 있었는데 초호가 사라진 지 채 일각도 안 되었을 때였다.

"삼계라… 결국 나서시는 겁니까?"

낯선 목소리 하나가 들려오고 있었다. 사내는 그 목소리가 나는 곳을 향해 눈을 돌리자 그곳에 시커먼 흑의를 입은 채 괴이한 가면 하나를 쓴 사내가 서 있었다.

"어차피 이리될 일, 예상치 못한 것도 아닐진대?"

흑의인은 빙긋 웃었다. 물론 그의 말처럼 예상한 일이었다. 이럴 줄 알고 그동안 준비해 왔고 앞으로도 준비할 것이니 말이다.

"물론 그렇습니다만 정말 무섭습니다. 그토록 자신을 따르던 초호에게까지 속을 보이시지 않는군요. 두려울 따름입니다… 형님."

"큭, 말하는 것이 너답지 않구나. 아니면 오늘이 승부를 지을 때인가?"

형님이라 불린 사내는 천천히 눈을 치켜뜨고 있었다. 그와 함께 담담한 황금색의 기운이 주변에 깔리기 시작했는데 한순간 주위의 공기가 모두 무겁게 느껴질 정도로 대단한 힘이었다.

"그럴 리가 있겠습니까? 당대의 솔사림주에게 어찌 도전을 한단 말입니까? 제가 정신이 제대로 박힌 이상 그럴 수는 없지요."

"말을 곱게 하는구나. 그것이 강호에 피바람을 일으키러 온 흑월의 수장이 할 말인가?"

두 사람의 말은 조근조근 들려오지만 그들의 눈은 전혀 그렇지가 않았다. 온통 날카롭게 빛나고 있었던 것이다.

"돌아가라. 최후의 결전을 위해 힘을 아껴야지. 그것이 너도 원하고 나도 원하는 것 아니었느냐?"

"큭! 물론입니다. 그리해야지요."

흑월의 수장, 그는 바로 월성이었다. 그가 놀랍게도 초호의 주군과 아는 사이였던 것이다.

"곧 다시 만나게 될 것입니다. 그날을 준비해야지요. 그건 그렇고······."

월성은 나가려고 하다 문득 걸음을 멈추었다. 바닥에 쫙 깔려진 수백여 개의 화분 중 하나에 손을 뻗으며 말을 이었다.

"이놈… 마음에 드는군요. 가져가도 되겠습니까?"

"가져가면 키울 수나 있고? 넌 그리 한가한 인생이 아니라 보는데?"

림주의 목소리에 월성은 고개를 좌우로 흔들었다. 그리곤 다시 입을 열며 신형을 돌렸다.

"미처 몰랐군요. 이렇듯 고상한 여유가 림주님만의 특권임을 말입니다. 그렇게 하지요. 이만 가겠습니다."

스스슷.

말의 여운이 허공에서 사라지기도 전에 월성의 신형은 보이지 않았다. 마치 허공으로 꺼져 버린 듯 사라지자 사내는 잠시 아무런 것도 하지 않은 채 가만히 있었다.

그러다 그가 움직였다. 월성이 손을 댄 화분 앞에 선 그는 잠시 그 화분을 바라보고 있었다. 기화요초라 해도 손색이 없을 만큼 좋은 모양새를 가진 화분이었다. 한데…

파사삭!

사내의 발길질 한번에 기화요초가 박살나고 있었다. 담고 있던 화분까지 가루로 만들고 나서야 사내의 발길질은 멈추었다. 그 발길질이 멈추자마자 그는 신형을 돌렸다.

"쯧! 짜증나는 것은 여전하군……."

그렇게 애지중지하던 화분들을 본체만체한 채 사내는 차가운 얼굴로 사라지고 있었다.

*   *   *

"크아아아!"

콰아아앙!

탁자가 완전히 박살나고 있었다. 고도간은 씩씩거리며 주위를 훑어보고 있었는데 이미 그의 눈은 반쯤 뒤집어진 상태였다.

"뭐야, 이게! 난 모든 것을 다 내걸었어, 내 모든 것을! 그런데 이따위 결과가 뭐냐고!"

콰직!

앉아 있던 의자마저 집어 던진 채 그는 괴성을 고래고래 질러대었다. 흡사 미치지 않았냐는 생각이 들 정도였는데 아무도 그를 말리려 하는 사람도 없었다.

주변엔 그 혼자뿐이 아니었다. 제룡과 소룡이 같이 있었지만 어찌해 볼 도리가 없었던 것이다. 선불 맞은 멧돼지처럼 씩씩거리는데 방법이 있을 리가 없었다.

더욱이 그는 자신들의 상관, 더더욱 그를 말릴 수가 없었다. 제룡은 고개를 좌우로 저으며 대관절 이 상황이 어떻게 된 것인지 생각을 더듬었다.

원인은 간단했다. 그의 무공, 그것이 전부였다. 천의종무록을 익힌 후 그의 무공은 확실히 진일보했다. 하나 그럼에도 불구하고 그는 창룡을 꺾지 못한 것이다.

"최고의 무공… 이게 최고의 무공이야? 다른 것… 다른 것을 내놔! 뭐 해, 제룡! 그 빌어먹을 것들에게 내 말을 전해! 당장 가서 다른 것을 내놓으라고 하라고!"

"……."

고도간은 제룡에게 소리쳤지만 제룡도 할 수 있는 일이 없었다. 분명 그들의 입장에선 약속을 지킨 것이었다. 천의종무록이란 책자는 고도간에게 전해진 것이다.

그리고 고도간의 입장에선 상당한 진보를 보았다. 한데 문제는 창룡의 무위가 예상보다 상당히 높았다는 것에 있었다. 그건 책자를 준 사람의 잘못이 아닌 것이다.

생떼. 굳이 분류를 하자면 그렇게밖에 볼 수가 없었다. 아무리 상관이라도 그가 도와줄 수가 없는 일이었던 것이다.

"제길… 야, 제룡! 네놈이 이제 내 머리 위에 올라서려는 것이냐! 내 말이 들리지 않아!"

"당주님, 잠시만 진정을……."

보다 못한 소룡이 앞에 나서서 입을 열었지만 돌아오는 것은 거의 미친 고도간의 눈길뿐이었다. 소룡은 찔끔한 표정으로 뒷걸음질을 쳤다. 이런 상황에서 고도간에게 무슨 말을 한다는 것은 무리로 판단되었던 것이다.

"진정? 무슨 진정? 내가 창룡에게 이리 짓밟힌 것을 보고도 그딴 이야기가 나와? 엉!"

콰각!

"컥……."

순간적으로 목이 막히는 고통에 소룡은 작은 소리를 내었다. 어느새 고도간의 두툼한 손에 그의 목이 잡힌 것인데 제룡은 한 걸음 앞으로 나서며 소리쳤다.

"당주! 죄송한 말씀이오나 우리가 그들에게 이야기할 수 있는 것은 아무것도 없소이다! 이미 그들의 것으로 효과를 보신 것은 사실이 아니오이까!"

"…뭐라?"

털썩.

"쿨럭……."

고도간의 손이 풀어지자 소룡은 힘없이 나가떨어졌다. 비록 소룡 역시 무공을 하는 사람이지만 고도간의 손아귀 힘은 정말 상당했다. 무공이 많이 는 것은 사실이었지만 지금은 그걸 따질 때가 아니었다. 고도간의 번뜩이는 눈이 이번엔 제룡을 향했던 것이다.

"효과를 봐? 그렇게 생각해?"

"……."

이젠 상대가 소룡이 아니라 제룡이었다. 고도간은 양손을 공중에 툭툭 털면서 앞으로 나오고 있었는데 이대로 놔두다간 정말 무슨 사단이 날 것만 같은 순간이었다.

"틀린 말은 아니지 않습니까? 고 영웅께선 그리 생각하지 않으시나 보네요. 이거… 섭섭합니다."

"……."

한 여인의 비음 섞인 목소리… 고개를 돌리지 않아도 누군지 사람들은 대번에 알 수 있었다. 흑월의 삼사자였던 것이다.

"뭐야? 이보시오, 미호… 아니, 삼사자. 분명 난 무공을 원

했소. 그것도 최고의 것을! 그런데 이 꼴이 뭐지? 왜 내가 창룡에게 당해야 하냐고!"

버럭버럭 소리를 지르는 꼴을 보니 고도간은 진짜 억울한 것처럼 보이고 있었다. 앞뒤 사정 다 아는 사람에게 있어선 참으로 웃기는 이야기였는데 어쨌든 삼사자는 황당한 표정 하나 짓지 않은 채 고도간에게 발길을 옮기고 있었다.

"창룡은 이미 강호일절로 알려진 사람이지요. 물론 고 영웅께서도 그리 녹록한 이름은 아니지만 그래도 이름값으로 따지자면 조금 밀리는 것이 사실이라 생각하지 않으십니까?"

"그 이야기하러 여기로 온 것이오? 내가 창룡보다 못하다고? 불난 집에 기름이라도 끼얹으러 온 거요!"

손에 칼이라도 들었다면 그는 바로 찌를 것처럼 보이고 있었다. 하지만 삼사자는 침착했다.

"호호호, 그럴 리가 있겠습니까? 전 지금 원인을 제공한 사람으로서 일을 해결하기 위해 온 것입니다. 제대로 된 방법을 일러 드리기 위함입니다."

"제대로 된 방법?"

전혀 예상치 못한 이야기에 고도간은 눈을 동그랗게 떴다. 그렇다면 지금 방법이 잘못되었다는 뜻인데 채 다른 생각을 하기도 전에 그녀의 목소리가 들려왔다.

"지금 고 영웅께선 이해할 수가 없을 것입니다. 분명 내력은 전보다 많아졌고 그 운용 또한 좋습니다. 이전과는 비교할 수도 없는 힘을 가지게 된 것이지요. 한데 그 힘을 다 사용할 수 있었습니까? 그럴 수가 있었어요?"

"……."

고도간의 표정이 확 변했다. 과연 정곡을 찔렀다는 표정이 역력했다. 그러자 삼사자의 목소리가 한층 자신감있어졌다.

"제대로 수련하신 것입니다. 하나 한 가지가 빠져 있기에 완전한 힘을 낼 수 없는 것입니다."

"뭐요, 그게? 대체 뭐가 빠졌다는 거지?"

고도간은 두 눈에 빛을 발하며 삼사자에게 물었다. 삼사자는 싱긋 웃더니 이내 작은 목소리로 입을 열었다.

"바로 이것이지요. 이것이 없었기에 그런 것입니다."

"……?"

슬쩍 삼사자가 품속에서 뭔가를 꺼내자 모두의 눈이 그쪽으로 향했는데, 그건 아주 작은 주머니였다. 한데 어떤 것인지 몰라도 차가운 한기가 주머니 밖으로 흘러나오고 있었다.

"이건……."

그 차가운 주머니를 본 순간 고도간은 한 가지를 기억할 수 있었다. 언젠가 호북성에 있을 때, 그녀는 아이들을 데리고 무슨 짓을 벌인 적이 있었다. 이건 그때 그 아이들로부터 얻어낸 것이다.

원정, 아마도 그것일 터였다. 한데 어찌해서 그것이 방법이 되는지는 알 수가 없었다. 바로 그 순간 다시금 여인의 목소리가 들려왔다.

"한쪽의 힘만 키우는 것은 결국 반쪽의 힘밖에 되지 않습니다. 뭔가 내보내려면 그만큼 남겨두어야 하는 것. 세상을 이루는 음양의 힘을 모르십니까?"

"……."

고도간은 멍한 기분이 되었다. 갑자기 음양설을 설파하자는 것도 아니고 여인이 음양학에 도가 튼 것은 더더욱 아닐 터였다. 한데 뜬금없는 음양이라니…….

하나 여인의 말 자체는 틀린 것이 아니었다. 이 세상을 이루는 아주 작은 기초 지식, 만물은 그 형상만 변할 뿐 결국 모자라지도 넘치지도 않는다는 것이 기본 상식이었다. 아마도 그 말을 하는 듯 보였던 것이다.

"반 정도? 힘이 있으되 그 힘의 반 정도밖에 낼 수 없었을 것입니다. 그러니 이것이 있다면 온전한 모든 힘을 낼 수 있을 터입니다. 원하신다면 당장이라도 운용 방법을 알려 드리죠."

"원하신다면? 그 무슨 말을… 믿고 있었소이다. 크하하! 그럼 그렇지, 설마 삼사자께서 이 고도간을 내친 것이 아니었구려. 자, 그럼 한번 해볼까요?"

"그러시지요. 하나 여긴 좀 그러니 장소를 옮기지요. 이쪽으로……."

"험험, 그럼."

언제 언성을 높였냐는 듯 고도간은 삼사자의 뒤를 따라 움직이고 있었다. 꽉 끼이는 가죽옷을 입은 삼사자의 엉덩이에 시선을 맞춘 채 가고 있었는데 제룡과 소룡은 아무런 말이 없었다. 그저 황당할 따름인 것이다.

"나참… 대체 지금 내가 이곳에서 뭘 하는 것인지. 이보게, 제룡. 이래도 되나?"

"……."

소룡의 신세한탄에 제룡은 아무런 말도 없었다. 대신 그는 눈을 가늘게 좁히고 있는 것이 다른 생각을 하는 증거였다.

소룡은 그러한 제룡의 얼굴을 바라보았다. 그렇게 잠시의 시간이 흐르자 이윽고 제룡의 입술이 열렸다.

"이래도 되냐구? 물론 그럴 순 없지. 이보게, 소룡. 아무래도 이젠 우리 스스로 살길을 찾아야 할 것 같으이."

"뭐?"

너무도 갑작스러운 내용의 말에 소룡은 눈을 동그랗게 떴다. 제룡은 고개를 흔들며 다시금 말을 이었다.

"난 알고 싶네. 대체 우리의 윗선이 누구인지. 저 고도간의 윗선이 누군지 따윈 아무런 관심도 없어. 우리 오룡을 키워 세상에 보낸 사람들, 이젠 아무런 말이 없는 그들을 난 알고 싶어."

"이보게, 제룡!"

불길한 생각에 소룡은 입을 열어 제룡의 생각을 돌리려 했지만 이미 제룡은 생각을 굳힌 상태였다. 그는 손을 흔들며 다시금 자신의 생각을 확인시켜 주었다.

"더 이상 우리가 이곳에서 의미가 있다고는 생각하지 않네. 고도간 역시 앞으론 더 이상 사람이라 보기 힘들 것이야. 그러니 우리 나름대로 그 길을 찾아야지."

"그게 무슨 말인가, 자네? 더 이상 사람으로 보기 힘들다니?"

"……."

하나 제룡은 더 이상 말이 없었다. 그저 의자에 앉은 채 생각을 거듭할 뿐이었다. 소룡은 더 묻고 싶었지만 지금은 때가 아니었다. 그는 그저 고개를 좌우로 흔들며 방을 나서고 있었다.

툭.

모두가 사라진 방 안에서 제룡은 발을 움직여 부서진 다탁을 슬며시 걷어찼다. 왠지 이 다탁이 앞으로 자신의 모습이 되지 않을까 하는 그의 마음 때문이었다.

사람은 사람답게 살아야 한다. 비록 무림인이라도 마찬가지였는데, 사람답게 살아야 한다는 것은 바로 자연스러운 그대로를 유지하는 것을 의미하고 있었다.

삼사자의 말, 그건 함정이었다. 조금만 생각해 보면 알 수 있는 것을 지금 고도간은 알지 못하고 있는 것이다. 아니, 깨닫고 싶지 않다는 것이 맞을지도 모르는 일이었다.

남의 원정을 취해 무공을 연성하면 강할지는 몰라도 부작용은 필수였다. 그 부작용이 어떨지는 모르나 그건 꽤나 심각한 것일 터였다. 사람답게 되지 못한다는 그의 말은 이렇게 해석할 수 있는 것이다.

"…이젠 움직일 때가 되었어, 움직일 때가……."

그의 작은 음성이 흐르는 가운데 제룡은 그렇게 멍하니 방 안에 앉아 있었다.

2

파락…….

적막한 산사 속에서 들려오는 소리는 단 한 가지, 책장을 넘기는 소리뿐이었다. 양피지로 만들어진 두터운 책이지만 워낙 오래되어서인지 조금만 힘을 주면 바삭거릴 것만 같았다.

"흐음… 괴이한 날이로구나. 허허허."

잠시 손을 멈춘 후 책장을 넘기던 사내는 웃었다. 뭐가 괴이하다는 것인지는 모르나 그는 하얗게 세어버린 귀밑머리를 슬쩍 흘겨 넘기고 있었다.

"반갑고도 어려운 사람들이라… 대관절 누구일까나?"

살짝 혀를 차며 노인은 양팔에 힘을 준 채 앞으로 내밀었다. 그리곤 앞에 놓인 작은 다탁의 좌우측 끝을 잡고 버겁게 일어나고 있었다.

"어디 보자… 어디 차가 남은 것이 있을 터인데."

부산스럽게 차를 준비하는 노인의 모습은 남들이 본다면 미쳤다고밖에 할 수가 없었다. 노인은 그 혼자만 마시려 하는 것이 아닌 듯싶었다. 작은 다탁 위엔 잔이 두 개가 놓여 있었던 것이다.

흡사 동심으로 돌아가 소꿉장난이라도 하는 듯이 보였지만 분명한 것은 소꿉장난은 아니었다. 누군가의 기척이 방문 앞에서 들려왔던 것이다.

"사숙님, 칠 사숙님 계십니까?"

"허허허, 어서 오시게."

젊은 사내의 기척에 노인, 칠군향은 자리에서 다시 한 번 일어섰다. 일어서는 그의 얼굴엔 반가움이 가득 묻어나고 있었는데 그건 너무나도 당연한 일이었다.

이 산사엔 그밖에 살지 않는다. 물론 현백이 같이 있을 땐 둘이 살았지만 지금은 그렇지 않았다. 이젠 그 혼자만이 살고 있는 것이다.

사실 칠군향으로선 그리 힘들지 않은 세월이었다. 어차피 혼자 있는 시간이 많았던 그인지라 새삼스러울 것도 없었다.

한데 그렇게 지내던 그의 신변에 작은 변화가 생기기 시작했다.

현백이 강호로 돌아오던 날… 아마도 그 무렵인 것으로 생각되었다. 현백을 만난 화산의 사람들, 그 사람들의 눈이 바뀌었다. 현백을 키워낸 사부로서 은연중에 인정하는 분위기가 형성되었던 것이다.

하나 사실 그것은 칠군향으로선 달갑지 않은 것이었다. 그는 그저 지금처럼 화산과 함께 살고 싶었다. 화산 속에서 있는 듯 없는 듯한 사람이 되고 싶었던 것이다.

물론 그는 그렇게 살 수 있었다. 사람들의 눈만 바뀌었을 뿐 그 외의 생활은 여전했다. 법술로서 돈을 벌어오는 생활도 그렇고 날마다 조용히 독경을 하는 생활도 여전했는데 하나만 달라져 있었다.

한 사람. 한 사람만이 그의 처소로 거의 매일 방문하고 있었다. 바로 눈앞에 있는 이 젊은이, 장호익이란 이름을 가진 사내였다.

"좀 늦었습니다, 사숙님. 이것저것 일들이 생기는군요."

"헛허, 내 어찌 그 속을 몰라주겠는가? 어서 들어오시게. 이 순간만은 모든 것을 다 잊고 편히 쉬시게나."

반가움에 칠군향은 입을 열었다. 그러자 장호익은 싱긋 웃으며 방 안으로 들어왔고 이내 칠군향의 옆에 자리를 잡았다.

"이거 미거한 제가 사숙님의 청정을 방해하는 것이 아닌가 모르겠습니다. 거의 매일 찾아와 제 푸념만 늘어놓으니 죄송할 따름입니다."

"허허허, 잊지 않고 이렇듯 찾아와 주는 것만으로도 고마울 따름이야. 어찌 그런 말을 하는가?"

칠군향은 자신의 마음을 속이지 않았다. 그가 솔직하게 마음을 연 건 사실이었다. 이젠 칠군향도 이 장호익을 보지 않으면 뭔가 허전했던 것이다.

단 한 번도 이런 적이 없었다. 그저 혼자서 세상을 위해 희생하는 것이 최선이라 생각했건만 그것이 아니었다. 외로움은 그의 친구인 것만 같았다.

한데 그 생각이 깨어지고 있었다. 바로 이 친구에 의해서 말이다.

"오늘도 차를 끓이시는군요. 사숙님의 차맛은 정말 일품입니다. 솔직히 이 정도의 실력이신 줄 알았다면 전 손에서 검을 놓았을 것입니다. 그리곤 이리 와 차를 배웠겠지요. 그래서 다루 하나 내놓고 잘살았을 것입니다."

"허허허, 농도 그런 농을……. 내 차맛이 일품인 데다 자네의 손에서 검을 놓는다라… 과연 그것이 가능할까 모르겠구만. 내 차는 맹물맛만 살짝 가릴 뿐이고 자네 팔자엔 검이 끝없이 보여."

다른 사람도 아니고 천기를 보고 법술로 사는 칠군향의 말이다. 그의 말이 그렇다면 믿는 수밖에 없었다. 하지만 왠지 장호익은 한쪽 가슴이 아릿해져 오는 것을 느꼈다.

어느 정도 그는 진심이었다. 무공을 하며 평생을 살아왔지만 왠지 그는 자신이 선택한 이 길에 회의가 들고 있었다. 한데 왜 그렇게 생각이 되는지는 알 수 없었다.

분명 그는 무인이고 이 화산의 무인이었다. 그것도 화산의 다음 대를 좌지우지할 다섯 손가락 안에 드는 인물이 바로 자신이었던 것이다. 한데 그의 본심이 흔들리고 있는 것이다.

칠군향. 그래서 더욱더 대단해 보이고 있었다. 평생을 무공과는 거리가 멀면서도 화산의 이름을 가지고 사는 사람. 그러면서도 그 사람의 존재가 그리 가볍지 않아 보였던 것이다.

누가 뭐래도 그는 현백을 키워낸 사람이다. 물론 현백 스스로 혼자 컸다면 조금 다른 이야기가 전개되겠지만 확실한 것은 현백은 그에게 많은 영향을 받았다는 것이었다.

그리고 그 영향이 뭔지 그는 알 것 같았다. 이렇게 쉽게 느낄 수 있는 편안함. 이곳 화산엔 없는 것이 바로 여기 있었다. 그 편안함으로 인해 지금 자신이 끌리고 있었던 것이다.

이러한 변화에 대해 사실 장호익은 당황스러웠다. 단 한 번도 그는 자신이 이런 편안함을 맛볼 수는 없을 것이라 보았다. 언제나 긴장된 생활. 특히나 화산의 분열을 보는 사람으로서 가슴이 답답해져 왔던 것이 사실이었다.

감히 화산에 대놓고 이야기하지는 못하고 있지만 세상 사람들 모두가 화산에 대해 수군거리고 있었다. 장호익은 외부

쪽 직책이기에 밖에 많이 나갔다. 해서 그는 누구보다도 세상의 소리에 민감했다.

세상 사람들은 화산을 욕했다. 화산의 분열을 보며 비웃었고 그 비웃음을 그저 듣고 있어야만 하는 그로선 화가 날 수밖에 없는 노릇이었다. 그가 생각해도 현 화산의 상황은 비웃을 수밖에 없는 상황이니 말이다.

이제 그 비웃음을 끝내고 싶었지만 그럴 수가 없었다. 앞으로 움직이는 상황을 봤을 때 그리 쉽게 끝날 것 같은 상황이 아닌 것이다.

아마 그래서 이곳에 오고 싶은 것일 터이다. 답답한 마음에 걸음을 걷다 우연히 온 이곳. 그곳에서 여유롭게 세상을 사는 칠군향을 보았을 때 그는 솔직히 다른 세상을 보는 것 같았다. 그 어느 곳에서도 볼 수 없는 진짜 여유를 말이다.

"하나 자네가 이렇듯 이곳에 오는 것이 난 마음에 걸리네. 행여 해야 할 일을 하지 않고 오는 길은 아닌가 해서 말일세."

"하하, 그럴 리가 있겠습니까? 뭐… 그렇다고 해서 다 끝내고 온 것은 아니지만 조금 있다 시작해도 됩니다. 아직 산새 우는 시간부터 나설 때는 아닙니다만."

싱긋이 웃으며 입을 열었던 장호익은 말을 하다 이내 미간을 살짝 찌푸렸다. 뭔가 이상한 느낌이 들고 있었던 것이다.

다른 때 같았으면 부산한 시간, 이른 시간 산새들이 시끄럽게 울어대야 할 시간이었는데 오늘은 이상하게 조용했다. 자신과 앞에 있는 칠군향의 말소리만이 전부였던 것이다.

"아니, 무슨 일인가?"

"사숙님… 잠시만……."

두 눈을 살짝 좁히며 그는 자리에서 일어났다. 그리곤 신형을 돌려 모옥을 나섰는데 모옥을 나서자마자 그는 그 자리에서 멈추었다.

작은 사립문까지 갈 것도 없었다. 그야말로 아무것도 들리지 않는 적막. 그 적막 속에서 장호익은 허리춤의 검파에 손을 올렸다.

"참으로 괴이한 일이로구나. 이 격조한 곳에 손님이라니……. 아니지, 부를 이름이 없는 손님이라면 손님이 아닌가?"

스르르릉.

오른손으로 검집에서 검을 뽑아 올리며 그는 살짝 외쳤다. 비록 그리 큰 소리는 아니었지만 어느 정도 내력을 실었기에 소리는 주변으로 쫙 퍼져 갔다. 그리고 그 소리의 여운이 채 끝나기도 전에 반응이 나타나고 있었다.

파아아앙… 파팡!

거뭇한 그림자, 그렇게밖에 표현이 될 수 없었다. 그저 흐릿한 무엇인가가 눈앞에서 좌우로 흔들리자 장호익은 한 걸음 뒤로 신형을 물렀다.

파아아아앗…….

피피핏…….

"……!"

한순간 그의 가슴 어림에 섬뜩한 감각이 치달아오자 장호익은 등줄기로 한줄기 식은땀이 흐르는 것을 느꼈다. 가슴에 느껴지는 것은 작은 검풍, 두 눈으로 보기는커녕 반사적으로 피한 것이 다행으로 느껴질 정도였다.

"차아앗!"

피리링.

그러나 그냥 당할 수만은 없기에 장호익은 수중의 장검을 휘둘렀다. 가슴께로 들어 올렸다가 바로 앞으로 내밀며 장호익의 검세가 흐름을 타기 시작했다.

카라라라랑!

"찻!"

우렁찬 소리와 함께 장호익이 움직이자 허공에 불꽃이 튀고 있었다. 딱히 눈앞이라고 표현하기 힘들 정도로 여기저기서 불꽃이 일고 있었는데 마치 그의 몸 주위를 모두 돌면서 무섭게 때려내는 듯한 느낌이 들었다.

"크큭!"

단순히 자신의 검이 튕기는 동작에서도 상당한 내력들이 검을 타고 흘러들어 오고 있었다. 상대의 무위가 정말 두려울 정도라는 뜻이었는데 그야말로 이해할 수 없는 순간이기도 했다.

어떻게 이런 세력들이 화산의 본산에 쳐들어온 것인지 이해가 되질 않았던 것이다. 더욱이 이만한 사람들이 움직이고 싸우는데 아직도 본전 쪽에선 어떤 반응도 나타나고 있지 않았다.

"와룡(渦龍)!"

피이이이잉!

어쨌든 이젠 누구를 믿을 상황이 아니었다. 뒤에 있는 칠군향이 무공을 하는 사람은 아니었기에 이 모든 상황을 장호익 혼자서 해결해야만 했던 것이다. 그는 커다랗게 소리를 지르며 철판교의 수법을 써 허리를 뒤로 젖혔다.

"삼화격(三花擊)!"

파아아앙!

장호익은 바로 몸을 뒤집으며 오른손을 들어 올렸다. 그의 신형은 한줄기 돌개바람이 되어 허공을 휘돌기 시작했는데 그건 그의 성명절기였다. 은화검(隱花劍)이라는 변형된 검세를 사용하는 것이 바로 장호익의 검이었는데 장호익은 이 은화검을 거의 십일성에 가깝게 익히고 있었다.

은화검의 모태는 바로 매화십삼수. 그 화려한 변화 속에서 섬(閃)과 변(變)을 극대화시킨 것이 바로 이 은화검이었다. 원래 매화십삼수가 그 변화가 강렬하고 화려한 것이 특징이었지만 이 은화검은 그보다 더한 효과를 가지고 있었다.

물론 은화검에도 약점은 있었다. 화려한 모양새와 빠른 검놀림에도 불구하고 그 위력이 그리 강하진 않았다. 기본적으로 내력의 힘보다는 오랫동안 운용할 수 있는 점에 초점을 맞춘 것이 바로 은화검이었던 것이다.

그러니 사실 지금 자신이 밀린다고 해서 크게 힘들어할 것은 아니었다. 그가 밀리기는 해도 당장 당할 수는 없었다. 은화검의 빠른 움직임은 이를 메꾸어주고도 남을 테니 말이다.

그런데 뭔가 좀 달랐다. 분명 자신은 예상대로 움직이고 있었지만 상황이 전혀 나아지질 않았던 것이다. 물론 무공이라는 것이 언제나 그의 예상대로 될 수는 없었다.

하나 예측은 가능한 것인데 지금 현 상황은 그 예측마저 불허하고 있었다. 대체 무슨 일이 일어나고 있는지 그 자신도 알 수 없었던 것이다.

따다다다당!

그나마 다행이라면 이렇게 다가오는 공격을 쳐내는 것인데 그거야 장호익에겐 아주 당연한 일일 뿐이었다. 다만 방어 외에 공격이 안 된다는 것이 예상외인 것이다.

일단 적을 굴복시킨다면 상황이 좀 나아질 것이란 생각에 지금까지 장호익은 최선을 다했었다. 한데 지금 그는 적이 몇 명인지조차 알 수가 없었다. 그럼 이제 작전을 바꾸어야 했다.

우우우웅―

"이야아아압!"

커다란 소리와 함께 그는 장검 가득 검기를 주입했다. 그리곤 전면을 향해 강하게 발출하면서 오른발을 힘껏 굴렀다.

쩌어어엉!

대지를 가르는 소리와 함께 그는 뒤로 한껏 물러섰다. 아무리 그가 이 습격자들보다 내력이 달린다 해도 그가 발출한 것은 검기, 그냥 길 가다 돌멩이를 차듯 무시할 만한 공격이 아니었던 것이다.

드디어 습격자들이 주춤거렸고 공격 순간을 잃어버린 그들은 신형을 멈추었다. 그리고 장호익은 그들의 모습을 그제야 바라볼 수 있었다.

"대체 웬 놈들이냐! 이곳이 어디인지 모른단 말이더냐!"

다분히 노기가 서린 외침이 허공에 울렸지만 습격자들은 아무런 말을 하지 않았다. 그저 손에 검을 든 채 장호익을 노려볼 뿐이었다.

"누구인지 모르나 화산이 그리도 업수이 여겨질 수 있는 곳이라면 내 가만 보고만 있을 수는 없다. 누구냐! 수괴가 누구인지 썩 앞으로 나서거라!"

일갈을 지르며 장호익은 호기롭게 목청을 돋우었지만 아무런 반응도 오질 않았다. 한데 그 순간이었다.

"이거야 원… 혼자인 줄 알았건만 웬 날파리 하나가 같이 껴 있군 그래. 어찌한다?"

사람의 속을 확 긁어놓는 듯한 목소리가 들려오고 있었다.

장호익은 그 소리가 나는 방향으로 고개를 돌렸는데 그곳에 한 사내가 다가오고 있었다.

흑의를 입은 사내였다. 그만이 아니라 온 사람 모두가 흑의를 입고 있었는데 새로이 나타난 사내는 아무래도 이들의 수장인 듯 보였다.

건장한 사내였다. 딱히 강해 보이진 않았지만 그건 상대적인 것이었다. 같이 데리고 온 자들이 하나같이 대단한 무위를 지닌 것처럼 보였던 것이다.

"날파리? 감히 이 화산의 앞마당에서 그런 소리를 지껄일 수 있다니 네놈 담이 정말 크다는 것 하나는 인정하마. 하나 담이 크다고 세상이 다 작게 보이진 않는 법이다."

뼈있는 한마디를 던지며 장호익은 주변을 살폈다. 하나 살펴보면 살펴볼수록 상황은 암울하기만 했는데 아무리 봐도 약 사십여 명이 넘는 사람들의 모습이 보이고 있었다.

물론 그것은 보이지 않는 사람들까지 합쳐서였다. 그만한 숫자가 지금 칠군향이 있는 작은 정자를 둘러싸고 있다는 것인데 그야말로 철통 경계였다.

한데 도무지 그는 이해가 되질 않았다. 왜 이들이 이곳에 나타났는지를 말이다. 무공이나 기세로 봤을 때 지금 이들은 하나하나가 거의 자신의 무공을 넘어서고 있었다.

적어도 본산이 아닌 이곳에 나타날 만한 힘이 아닌 것이다. 무공도 없이 법술만 하는 노인을 잡기 위해서 온 사람들치곤 너무 과했던 것이다.

그렇다면 어쩌면 이들은 힘없는 칠군향이 목적이 아니라 자신일지도 몰랐다. 물론 그 가정 역시 그리 설득력있는 주장이 아니지만 말이다.

어쨌거나 지금은 싸움도 중요하지만 일단 이들의 의도를 알아야 했다. 과연 누가 목적이고 누가 날파리인지 말이다.

"제아무리 좋지 않은 목적을 가진 자라도 객이라 볼 수 있는 법, 주인이 있음에 객이라면 이름이라도 밝혀야 하는 것 아니더냐!"

"뭔 귀신 씨나락 까먹는 소리를 해대는지 모르겠군. 날파리라면 날파리답게 그냥 조용히 찌그러져 있지?"

"……."

이 한번의 대화로 모든 게 극명해졌다. 이들이 원하는 것은 자신이 아니라 칠군향이었다. 상황은 파악된 것이다.

"사숙님, 아무래도 조금 더 뒤로 물러나셔야 될 것 같습니다. 이자들… 보통 자들이 아니군요."

장호익은 검을 들어 가슴께로 올린 채 뒤에 있는 칠군향을 호위했다. 다행인 것은 이곳이 막혀 있다는 것. 뒤쪽에서의 공격은 모옥 때문에 불가능했다. 전면과 좌우측만 신경 쓰면 될 터였다.

아무리 화산의 무인들이 둔하다 한들 이제 이곳의 변고를 눈치 챘을 터였다. 그렇게 생각한다면 조금만 더 시간을 끈다

화산에서 일어난 일 71

면 방수가 올 수도 있었다.

"큭… 화산의 장호익이 화산의 미래를 이끌 사람 중의 하나라 그러더니 이제 보니 헛소문이구나. 얄팍한 생각이 눈에 보이니 이를 어쩐다?"

"무어라?"

사내는 비틀린 웃음을 한껏 지으며 앞으로 나오고 있었다. 장호익은 긴장을 늦추지 않은 채 양발뒤꿈치를 들며 언제든 신형을 움직일 수 있도록 하고 있었다. 한데 그 순간이었다.

스스슷…….

"……!"

장호익의 두 눈이 한껏 커졌다. 순간적으로 하얀 실 하나가 그의 눈앞에 다가오는 것처럼 보였다. 정말 그렇게밖에 보이지 않았었다.

시이이이잇!

그 실은 장호익의 앞에서 빠르게 움직였고 그는 반사적으로 검을 휘둘렀다. 하나 그 검은 하릴없이 허공만 가를 뿐이었다. 정말 보면서도 믿을 수가 없었다.

"차아앗!"

장호익은 그야말로 온 힘을 모두 내었다. 상대를 베는 것이 아니라 그의 주변에 있는 상대를 떨쳐 내기 위해 그런 것이다. 바로 그 순간 또 하나 믿기 힘든 광경이 보였다.

상대… 수장으로 보이는 사람뿐만이 아니라 그 옆에 있던 자들이 한꺼번에 다시 움직였는데 그 움직임이 정말 독특했다. 그건 사람의 움직임으로 볼 수가 없었던 것이다.

파팟— 팡—!

안법으로 쫓기 힘들 정도로 격한 움직임. 마치 짐승의 움직임과 같은 그것을 보며 장호익은 불길한 생각이 들고 있었다. 누군가의 모습이 연상되고 있었던 것이다.

그리고 그 사람이 연상되자 왜 칠군향을 노리는지도 한순간에 이해되고 있었다. 하나 이미 늦은 깨달음이었다.

시링—

"……!"

어느새 그의 오른 어깨 위에 검날 하나가 얹혀 있었다. 도대체 언제 이렇게 가까이 상대가 다가왔는지 알 수가 없었는데 이어 비릿한 목소리가 들려왔다.

"큭큭… 화산이 이 정도라… 즐거운 일이야. 그래도 소림은 좀 재미있었는데 말이야……."

"……! 뭐라!"

사내의 말에 장호익은 반사적으로 소리쳤다. 그렇다면 얼마 전 소림에 침입한 자들이 바로 이들이란 뜻이다. 강호를 발칵 뒤집어놓은 자들이 지금 화산에 있다는 말인 것이다.

"네놈들이 간이 부어도 단단히 부었구나! 천하의 소림이……."

"소림이 문제가 아니라 니 목숨이 더 문제일 텐데? 자꾸 날 건드려 봤자 좋을 게 없어."

"……."

사내의 말에 장호익은 어금니를 꽉 깨물었다. 인정하기 싫어도 상황은 그게 옳았다. 한데 그때였다. 칠군향의 목소리가 그의 귓가에 들려왔다.

"나 때문에 온 것이라면 그만 가도록 하지. 그 아이는 내버려 두게나. 살아 있는 내가 필요한 것이라면 말이야."

"뭐라?"

은근히 들려오는 칠군향의 목소리에 장호익의 어깨에 검을 댄 사내가 역시 비틀린 소리를 내었다. 그 강도가 조금 더 비틀린 것으로 봐서 칠군향의 말에 속이 뒤틀린 것처럼 보이고 있었다.

"아니, 지금 이 노인네가 세상 분간이 안 되는 거냐? 누가 누구에게 협박을 해?"

이미 칠군향의 신형은 다른 흑의인들에게 구속된 채였다. 어처구니가 없다는 듯 사내는 칠군향의 얼굴을 바라보았다. 그때였다. 갑자기 칠군향의 몸에서 기이한 기운이 치밀어 오르고 있었다.

"세상이 알고 있듯이 난 무공은 없다. 하나 그렇다고 해서 내 스스로 목숨을 버리지 못할 정도라고는 생각지 마라. 내가 무슨 일을 하는 사람인지는 알고 있을 텐데?"

"법술……!"

칠군향의 몸에서 나타난 것은 광휘였다. 그것이 무엇을 뜻하는 것인지 모른다면 정말 바보였다. 이건 혈도로 내력을 막아도 제어할 수 없는 것이다.

오로지 칠군향의 정신력으로 이끌리는 세계, 그가 참견할 수 있는 문제가 아니었다. 인정하긴 싫지만 정말 칠군향이 죽는다면 말릴 수가 없는 것이다.

"끄응… 그래서? 뭘 어쩌겠다는 거냐?"

"그 아이를 놔주거라. 그럼 내 발로 가마. 그렇지 않는다면 내 시체를 가지고 가게 될 것이다."

"젠장……."

사내는 툴툴거리다 이내 검을 거두어들였다. 선택의 여지는 없는 듯 보였다. 하나 그냥 조용히 거둔 것은 아니었다.

피피피핏!

"우욱!"

검끝으로 재빠르게 점혈을 하자 장호익의 입에서 작은 비명 소리가 흘러나왔다. 온몸의 힘이 다 빠져 버리는 듯한 느낌이 든 것이다.

떨그렁!

죽어도 떨굴 수가 없다는 그의 장검이 손에서 미끄러지고 있었다. 장호익의 신형은 그 자리에서 무너지듯 주저앉았다.

"사… 사숙님!"

그가 할 수 있는 것은 이렇듯 소리치는 것뿐이었다. 하나 그나마 내력을 모을 수가 없어 모깃소리만큼이나 작게 들리고 있었다.

칠군향은 그저 말없이 웃을 뿐이었다. 한순간 칠군향의 양발이 허공으로 들리고 있었다. 양쪽에서 그의 허리춤을 단단히 틀어쥔 채 들어 올렸던 것이다.

"젠장! 되긴 됐어도 찝찝하군 그래. 너… 입 잘 놀리는 것이 좋을 것이다. 가자!"

쓰러져 있는 장호익을 향해 으름장을 놓은 후 사내는 움직이기 시작했다. 그와 함께 흑의인들 모두가 작은 모옥을 떠나고 있었다.

"제… 제길! 제길!"

힘이 들어가지 않는 손을 움켜쥐며 장호익은 스스로를 원망했다. 정말 너무나도 무력한 순간이었던 것이다.

"이놈들! 이놈들……!"

꽉 다문 잇사이로 신음성과 같은 소리를 흘리며 그는 움직이기 시작했다. 기면서도 그는 본전으로 향하고 있었다. 일단 이 일을 본전에 알려야 했다.

그리고 그의 뇌리에 들어오는 또 한 사람의 이름, 그에게도 알려야 했다. 현백이라는 이름을 가진 사내에게 말이다.

第三章

강호 폭풍

1

히이잉… 푸르르륵!

 말의 투레질이 멎자 그와 함께 신나게 달리던 말의 신형도 멎고 있었다. 현백은 말의 목 어림을 부드럽게 쓰다듬으며 달랜 후 주변을 살폈다.

 꽤나 멀리 달려온 셈이었다. 조금만 더 가면 추풍곡이었다. 거기서부터 작은 단서나마 찾아 움직일 셈이었다.

 남겨진 흔적에 오유의 기억이 있으니 쉽진 않아도 결국 그들이 있던 거처를 확인하게 될 터였다. 그 초호라는 자 말이다.

 생각해 보면 의문투성이 사내였다. 휘하에 낭인왕 옥화진과 밀천사 양각을 둔 사내였다. 거기에 방수로 저 흑월을 데리고 있었다.

이 정도의 힘이라면 정말 강호의 거대 문파가 두렵지 않을 정도였다. 휘하의 수하들도 그렇지만 나머지 수하들도 상당한 무위를 가지고 있음을 현백은 이미 알고 있었다.

물론 거기에 좀 어울리지 않는 사내가 있었다. 고도간이란 사내가 그 앞에 있었지만 그건 중요하지 않았다. 어차피 그야 이용당하고 있는 사람이니 말이다.

다만 이해하기 힘든 것은 왜 고도간을 자꾸만 안고 가려고 하는지 그것이 의문스러웠다. 밀천사 양각이나 낭인왕 옥화진은 비록 현백과 정반대편의 인물이긴 해도 고도간과 같은 사람들은 아니다. 그 성정부터 다른 사람들이 어찌 같이 있는지 그것부터가 이상한 것이다.

그래서 그 초호라는 인물에게 생각이 집중되고 있었다. 잘하든 그렇지 못하든 간에 그는 이런 인물들을 융화시키고 있었다. 하니 그의 수완을 단적으로 알 수 있는 증거가 되는 것이다.

무슨 이유인지 모르지만 그 초호라는 인물… 주비는 잘 알고 있는 듯했지만 괜한 비밀 같아 더 이상 묻기는 어려웠다. 뭐, 이후의 일은 자신이 알아서 하면 될 터이니 그리 궁금하지도 않았다.

"휘유… 이야, 진짜 썰렁한데요? 꼭 유령이라도 나올 것 같은 분위기입니다."

"그러게나 말이다. 조금 이상한데? 이 시간이면 다들 한참 일할 때 아닌가?"

이도의 말에 명사찬은 바로 맞장구를 쳤다. 아무리 생각해도 뭔가 좀 이상한 기분이 들었는데 그건 한 마을 때문이었다.

이곳은 추풍곡 근처의 마을. 이전에 일행이 추풍곡에 갈 때 한번 와본 마을이기에 어느 정도 알고 있는 곳이었다. 현백 일행은 모두 마을 입구에 와 있었다.

한데 그 마을의 풍광이 조금 이상했다. 해가 중천에 떠 있는 아직 활기찰 시간에 거리가 너무나 조용했던 것이다. 마치 아무도 없는 마을 같은 느낌이 들었다.

하나 아주 작은 인기척이나 기운들이 느껴지는 것으로 봐서 누군가 있기는 했다. 한데 이유는 모르지만 아무도 거리에 나오지 않고 있었다.

"거참, 분명 지난번에 왔을 땐 이렇지 않았는데? 그리 오래 지난 일도 아닌데 어찌 된 거지?"

"확실한 거야? 아닌 것 같은데?"

이도의 말에 오유는 의심의 눈을 만들며 입을 열었다. 그러자 이도는 고개를 좌우로 힘차게 흔들었다. 정말 이해할 수 없는 일이었다. 한데,

"…뭔가 있군 그래."

주비의 입에서 작은 소리가 들려오자 모두 긴장하기 시작했다. 주비는 마치 싸우기 직전의 사람처럼 창대를 곧추세우며 주변을 응시하고 있었다. 그때,

콰아아앙— 퍼어억!

"크으윽!"

한 사내가 대로변으로 튕겨 나왔다. 바로 옆에 있던 작은 객잔의 문을 박살 내며 나온 사내는 차가운 흙바닥에서 가슴을 움켜쥐고 뒹굴었다.

"안… 돼… 안……."

"이 빌어먹을 놈! 당장 내놔!"

파가강!

땅바닥에 누운 사내가 반쯤 부수어놓은 객잔의 문을 완전히 부숴 버리며 한 사람이 튀어나오고 있었다. 그는 나오자마자 바닥에 뒹구는 사람을 향해 손을 뻗고 있었다.

푸우욱!

"……!"

갑자기 들려오는 섬뜩한 소리에 이도와 오유의 눈이 동시에 커졌다. 이것이 무슨 소리인지 두 사람, 아니, 일행 모두 잘 알고 있었던 것이다.

"으아아악!"

"손 치워!"

부우우욱…….

누워 있던 사람을 칼로 찌른 사내는 그대로 뭔가를 움켜쥔 채 잡아채고 있었다. 작은 서책같이 보였는데 사내의 옷과 같이 잡아 뜯겨 기괴한 모양을 하고 있었다.

"후욱… 후욱… 그래, 됐어!"

손안에 쥔 것을 빠르게 살피며 그는 웃고 있었다. 풀어헤친 머리를 정리하려 하지도 않은 채 웃는 그의 모습에서는 여과 없는 광기가 보여지고 있었다. 그때였다.

피이이이…….

카칵!

"커어억!"

사내의 입에서 비명성이 흐르고 있었다. 그의 가슴 명치에서 뭔가 비죽한 물체가 튀어나와 있었다.

피시싯…….

그 물체와 몸이 닿은 부분, 그곳에선 붉은 피가 터져 나오고 있었다. 사내의 몸을 관통한 것은 다름 아닌 장검이었던 것이다.

"쓸데없는 욕심이 화를 부르는 법이지."

"쿨럭! 아… 안… 안 돼……."

사내는 양손을 부르르 떨고만 있었다. 그리고 뒤쪽에서 검을 찌른 사내는 왼손을 뻗어 그가 쥔 서책을 다시 집어 들었다.

"안 될 것이……."

강호 폭풍

파아아앗!

"크아악……!"

말과 함께 그는 손을 움직여 검을 잡아 뽑았다. 그러나 누군가를 죽였던 사내 역시 차가운 바닥으로 쓰러지고 있었다.

"이럴 수는… 없… 다……."

털썩!

사내는 그렇게 자신이 죽인 사내의 몸 위로 쓰러졌고 새로이 나타난 사내는 득의의 웃음을 짓고 있었다. 현백 일행은 그자를 그저 바라보고만 있었다.

아니, 조금 놀랐다는 표현이 맞을 터였다. 설마 이런 백주 대낮에 사람을 죽일 것이라곤 전혀 상상하지 못한 것인데 그건 세상을 많이 살아온 모인 역시 마찬가지였다.

"도대체 지금 무슨 일이 일어나고 있는 것이냐?"

너무나 놀란 그는 소리쳤다. 어느새 바닥엔 홍건한 피가 넓게 퍼지고 있었지만 책을 가진 사내는 품속에 책을 갈무리한 후 주위를 향해 검을 들어 보였다. 왠지 그에겐 주변에 보이는 모든 것이 다 적으로 보이는 듯했다.

"어라? 이것 봐라?"

슬쩍 주위를 돌아본 이도는 짧은 소리를 내었다. 어느새 주위엔 상당한 사람들이 몰려 있었는데 모두 다 두 눈에 적의를 담고 있었다.

"크… 좋아, 한번 해보자 이거지? 이 소방아… 오늘 끝을 보고야 말겠다!"

스스로를 소방야라 밝힌 사내는 주위를 향해 커다란 소리를 내었다. 하나 그 호방한 웃음이 무색할 정도로 주위는 경색되어 있었다. 현백은 일단 말에서 내리며 상황을 살폈다.

"그래, 와… 와라! 내 목숨을 걸고라도 반드시 지켜낼 테니. 이것만 있으면 난 천하무적이다!"

"천하무적?"

말에서 내린 현백을 보며 사내는 적인 줄 알았는지 두 눈 가득 광기를 담은 채 외치고 있었다. 현백은 사내의 말을 곱씹으며 그에게 다가갔다.

"뭐가 천하무적이란 것이지? 그것이 천하무적의 무공비급이라도 된단 말인가?"

조금은 이상한 눈으로 현백은 소방야를 바라보았다. 그러자 소방야 역시 현백을 바라보았는데 그의 눈 역시 이상하긴 매한가지였다.

"어디 지하 깊숙한 탄광에라도 처박혔던 놈이더냐? 내 목숨을 노리는 것이 아니라면 썩 비켜! 나 역시 아무나 죽이고 싶진 않아!"

명백한 위협이었다. 하나 현백도 현백의 일행 누구도 그 말이 위협으로 들리진 않고 있었다. 아무리 봐도 사내의 무공은 현백보다 한참 아래였으니 말이다.

"당신의 목숨을 노려? 당연한 일 아닌가? 내가 왜 당신을 죽여야 하지?"

도무지 이해할 수 없다는 표정을 지으며 현백이 사내에게 말했다. 그러자 소방야 역시 이해할 수 없다는 듯한 표정으로 소리쳤다.

"미친놈! 그냥 가! 가버리라고! 난 네놈하고 장난칠… 우웃!"

카라랑~!

신형을 휘돌리며 방소야는 검을 같이 휘둘렀다. 그러자 무언가 번쩍거리며 허공으로 솟구쳤는데 그건 한 자루의 유엽도였다.

피이이이이―

따다당!

"빌어먹을, 뻔히 알면서 당하다니!"

방소야는 현백을 향해 죽일 듯한 눈길을 보내며 소리쳤다. 현백이 자신을 노리는 자들과 한패라고 여긴 것인데, 하긴 충분히 그럴 만했다.

소방야를 공격한 사람은 강퍅한 얼굴의 사내였다. 객잔의 문을 열고 슬그머니 옆으로 돌아가 비도를 던진 것이 아무래도 혼자 움직이는 자가 아닌 듯싶었다.

스스슷―

그 주위로 꽤 여러 명의 사람들이 움직이고 있었다. 현백의 신형은 아랑곳없이 소방야만을 집중 공격하고 있는 그들은 일말의 주저함도 없었다. 정말 무서울 정도로 소방야의 목숨을 노리고 있었던 것이다.

"어림없다, 이 개자식들!"

까가가강!

생각보다 이 소방야란 인물은 무공이 그리 낮지 않았다. 이 정도면 이류 이상의 실력이라 말할 수 있었다. 하나 상대 숫자가 너무 많았다. 순식간에 네 명이 달라붙었던 것이다.

거기다 한 명이 뒤에서 비도를 날리고 있었으니 소방야가 당하는 것은 시간문제였다. 소방야는 어금니를 꽉 깨문 채 그야말로 최선을 다하고 있었지만 이미 승부는 난 것이나 마찬가지였다.

파아아앗!

"크으윽!"

그의 등에 혈조가 훑고 지나가자 그는 고통에 찬 비명 소리를 질렀다. 하지만 그에게 있어 그건 그저 피가 나는 것뿐이었다. 현백이나 일행이 보기에도 문제는 지금 훑고 지나간 혈조가 아니었다.

피리링… 파아아앙…….

또다시 날아온 비도와 이번엔 선장 하나가 그의 목을 노리고 있었다. 머리는 선장, 다리는 비도가 노리는 형국이기에 한꺼번에 이 두 개를 모두 피한다는 것은 사실상 불가능에 가깝게 보였던 것이다.

"크읏! 어림없다! 차아압!"

괴성을 지으며 소방야는 다시금 수중의 검을 들어 올렸고 이내 화려한 춤사위를 보여주기 시작했다. 그러자 사람들의 눈이 한껏 빛났다. 생각 이상의 무공을 보여주고 있었던 것이다.

따다다당!

강렬한 소리와 함께 소방야를 얽매던 두 개의 병기가 하늘로 솟구치고 있었다. 소방야는 그 틈을 노려 검을 길게 내뻗었는데 정확히 선장을 휘두르는 자의 가슴 어림을 겨누고 있었다.

"놈! 한 수가 있는 놈이로구나! 차앗!"

선장을 휘두르던 자는 커다랗게 소리를 지르며 다시 힘을 내고 있었다. 아마도 숫자의 우위 때문에 방심한 듯이 보였는데 방금 일을 계기로 정신을 바짝 차린 듯했다.

스스스스승―

물경 반 장이 훨씬 넘는 선장이 허공에 휘돌자 공기를 휘감는 소리가 매섭게 들리고 있었다. 그러자 소방야는 이를 경시하지 못하고 가슴을 찌르던 검을 다시 들어 허공으로 올리고 있었다.

선장이라는 것은 실질적으로 힘을 동반해야 하는 무기였다. 보통 선장을 만들 때 그 재질을 통쇠로 하는 경우가 많기 때문인데 그래서인지 선장을 든 사내의 몸은 상당히 커 보였다.

아마도 많은 수련을 한 사람인 듯 보이는 것이 수련의 성과에 선천적으로 힘까지 같이 있는 사람이라면 두말할 것도 없었다. 검으로 선장을 막는다는 것 자체가 이미 불가능한 일이나 마찬가지였던 것이다.

따라서 소방야가 할 수 있는 일은 막는 것이 아니라 흘리는 것, 그 동작 하나로 인해 소방야의 무공이 드러나는 순간이었다.

까라랑… 카카카칵!

조금 거칠기는 하지만 소방야는 성공하고 있었다. 비스듬히 검을 들어 올린 채 선장을 흘린 후 바로 다음 공격을 잇고 있었다.

"죽엇!"

날카로운 목소리와 함께 소방야의 손이 벼락같이 움직이고 있었다. 때론 떨면서 또 때로는 곧게 뻗으며 그의 검은 기이한 움직임을 보여주고 있었다. 그리고 이어 한 사내의 등에 소방야의 검이 비죽이 비어져 나왔다.

푸우욱!

"크억!"

선장을 쓰던 덩치 큰 사내, 그의 입에서 경악성이 흐르고 있었다. 소방야를 죽이려 애쓰던 사내가 되려 일격을 당한 것인데 어느새 소방야의 입에선 만족한 웃음이 흘러나오고 있었다.

그러나 그 웃음도 채 일각을 가지 않았다. 두 다리, 무릎 부근에 어느새 비도가 틀어박혔던 것이다.

카각… 풀썩!

"컥……."

양 무릎에 비도를 맞았으니 걷기는커녕 서 있을 수도 없는 상황이 되었다. 소방야는 검을 지팡이 삼아 일어나려 애쓰고 있었지만 그게 그리 쉽게 되질 않았다.

"이 죽일 놈… 둘째 형님의 길동무로 삼아주마!"

파아앙!

한 사내의 신형이 폭사되고 있었다. 이번엔 박도를 든 사내, 그리고 그 뒤를 이어 곤봉을 든 사내가 따라 움직이고 있었다. 물론 비도를 든 사내 역시 같이 움직였다.

이제 소방야가 피할 곳은 없었다. 소방야는 이를 악물면서도 품속에 손을 넣었다. 그 역시 죽음을 직감한 듯 이어 왼손에 들린 것은 예의 작은 책자였다.

떨그렁—

소방야는 오른손에 들고 있는 검을 떨어뜨렸다. 무인에게 있어 병기를 떨구는 것이 어떤 의미인지 모르는 사람은 여기 아무도 없었다. 그는 이미 목숨을 포기한 것이다.

"이렇게 된 거… 이건 이제 더 이상 세상에 볼 수 없을 것이다!"

콰각!

작은 책자를 양손에 나눠 가른 채 소방야는 손에 힘을 주고 있었다. 그러자 덤벼들던 사내들의 신형이 멈추었다. 역시 이 사내들도 소방야가 가진 책자를 원하고 있었다.

"훗… 역시 그렇군. 뭐, 둘째 형님의 원혼? 웃기고 있군. 다 이 책자를 노리고 여기에 있는 주제에……."

"……."

소방야의 말에 모두의 신형이 그대로 굳어져 있었다. 소방야는 여차하면 발기발기 찢어버릴 듯한 행동을 취하고 있었는데 그렇다고 해서 도망칠 수도 없었다. 이미 양 무릎이 박살난 사람이 어떻게 움직일 수 있겠는가.

"이봐, 당신. 나와 거래를 하지."

"……."

이번엔 소방야의 시선이 전혀 다른 곳으로 움직이고 있었다. 바로 조금 옆에 떨어져 아무런 행동도 취하지 않던 현백에게 향했던 것이다.

"날 지켜줘. 그럼 이 책자를 같이 보도록 하지. 어때?"

갑작스러운 상황 전개였다. 사내는 이제 현백이 저들과 전혀 무관함을 안 듯했다. 현백은 앞으로 걸어나갔다. 그리곤 사내에게 다가가 입을 열었다.

"거래? 책자?"

"그래, 이 책자. 이것만 있으면 세상이 다 우리 것이야. 이봐, 우리… 처음이 그리 좋지 않았다는 것을 인정해. 하나 그런 것은 다 고칠 수 있는 거야… 으읍!"

딸강.

왼쪽 무릎에 꽂힌 비도를 꺼내 떨구면서 소방야는 비굴한 표정을 짓고 있었다. 하나 현백은 소방야의 얼굴보다 그 손에 든 것에 더 신경 쓰고 있었다. 대관절 그것이 무엇인지 모르니 말이다.

"내 약속하지. 이 정도라면 충분히 그럴 수 있어. 충분히 말이야. 그러니… 조심햇!"

주절거리던 소방야의 입에서 커다란 소리가 흘러나왔다. 여태껏 조용히 보고 있던 자들이 이번엔 현백을 향해 덤벼든 것이다.

피리리리링—

간결한 소리가 들려오지만 그 소리 속엔 상당히 다양한 움직임이 있었다. 소방야에게 했던 것처럼 그들은 현백에게도 무력을 사용하고 있었다. 하나 그건 상대를 잘못 본 것이다. 현백과 소방야는 달라도 너무 달랐다.

타탓… 탕!

제일 먼저 비도 두 개가 허공으로 솟구치고 있었다. 비도를 던진 사내는 망연한 표정을 짓고 있었는데 이어 놀라운 일은 계속되었다.

탓!

"……!"

박도를 든 사내의 눈이 한껏 커졌다. 그의 박도가 더 이상 움직이지 않았던 것인데 박도의 중간 즈음… 누군가의 손이 얹혀져 있었다. 바로 현백의 손가락이었다.

 엄지와 검지를 움직여 도날을 잡은 채 힘을 주고 있었다. 천하에 이런 말도 안 되는 일이 있을 줄은 정말 몰랐지만 지금 그의 눈앞에 버젓이 벌어지고 있는 것을 부정할 순 없었다.

 게다가 그의 눈이 더 커지는 일이 발생하고 있었다. 그의 박도가 전혀 예상치 못한 방향으로 움직이고 있었다. 이건 그가 원해서 움직이는 것이 아닌 것이다.

 따아아앙—

 그의 박도가 곤봉과 부딪치고 있었다. 물론 그가 원하는 상황은 아니었지만 그는 아무런 힘도 없었다. 적어도 자신의 박도를 잡고 있는 사내에 비한다면 말이다.

 그리고는 더 희한한 상황이 보일 뿐이었다. 그자가 한 손으로 튕긴 곤봉을 툭 쳐서 허공으로 날린 후 이번엔 오른손에 힘을 주고 있었다. 그러자,

 쩌어엉!

 "……!"

 그의 박도가 부러졌다. 고작 손가락의 힘에 의해 부러진 것이다. 도무지 믿기지 않는 현실에 그는 두 눈만 동그랗게 뜰 뿐이었다.

 착각이었을까? 문득 사내는 희한한 광경을 본 것 같았다.

자신의 박도를 부러뜨린 사내… 그 사내의 눈꼬리에서 기이한 기운이 흘러나오는 것을 말이다.

"당신……."

소방야는 너무 놀라서 아무런 말도 하지 못했다. 지금 자신의 목숨을 살려준 이 사내… 보통 사내가 아니었다.

어쩌면 이 사내는 자신이 그토록 원하여 지금 손에 넣은 이 책자가 필요없을지도 모른다는 생각이 들고 있었다. 그리고 그와 함께 다른 생각 하나가 떠오르고 있었다.

그의 목적. 대관절 누구인지 모르지만 이곳에 나타난 이유가 이 책자가 아닐 것이란 생각이 드는 가운데 그는 살짝 입술을 열었다.

"대체 누구요?"

"……."

소방야의 목소리에 현백은 아무런 말도 없었다. 그저 주변을 바라보고 있을 뿐이었는데 문득 그의 목소리가 허공에 울렸다.

"모두 미친 건가? 대체 이게 무슨 난리지?"

"……."

싸늘한 목소리였다. 하나 그 목소리보다 더 싸늘한 것은 그의 눈초리였다. 현백은 주위를 둘러보며 대강 보이는 사람들을 바라보았다.

물경 오십여 명이 넘는 사람들이 지금 이 주변에 있었다.

모두가 다 나서지 않고 조용히 바라보고만 있을 뿐이기에 별로 보이지 않는 것 같지만 그렇지가 않았다.

대관절 이런 일이 왜 생겼는지 정말 궁금해지는 순간이었다. 현백은 눈을 내려 이번엔 소방야에게 시선을 던졌다.

"정말 이해할 수가 없군. 지금 무슨 짓을 하는 거지? 왜 당신은 저 사내를 죽였나?"

"……."

현백의 말에 소방야는 아무런 대답도 하지 못했다. 그저 두 눈만 껌벅일 뿐이었다. 그때 어디선가 낯선 사내의 목소리가 들려왔다.

"이봐, 저기… 저분… 개방삼장로님 아니야?"

"맞아! 모인 장로님일세!"

"뭣?"

웅성거림이 시작되고 있었다. 그리고 그것을 시작으로 여기저기서 이야기들이 들려오기 시작했다.

"헛! 창룡이다, 창룡!"

"저분은 개방의 명사찬 대협이야!"

사람들의 수군대는 목소리가 들려오자 현백의 일행은 살짝 난감해지고 있었다. 왠지 지금 상황이 묘하게 돌아가고 있었던 것이다.

이러다 지금 저 앞에 있는 현백에게 가야 할 시선이 자신들에게 돌아오는 것이 아닌가 하는 생각을 할 때였다. 누군가의 목소리에 의해 그런 걱정은 사라졌다.

"그럼 저자는… 수인도… 수인도 현백이야!"

"뭐? 저자가……!"

한층 그 웅성거림이 커지고 있었다. 심지어 소방야를 공격하다 현백에게 막힌 자들까지 모두가 다 놀란 눈을 하고 있었는데 그때였다.

"현백? 당신이 왜 여기에… 아니, 당신은 이걸 가질 필요가 없지 않소?"

소방야는 현백에게 소리쳤다. 현백이 미간을 조금 찌푸린 채 소방야를 바라보자 소방야는 그런 현백을 향해 다시금 소리쳤다.

"당신이 흘려놓고 이제 와서 회수하겠단 말이오? 그럴 수는 없소!"

소방야는 고래고래 소리를 지르고 있었다. 양 무릎이 성했다면 그냥 말로만 하지 않을 태세였다.

"내가 흘려? 회수?"

소방야의 말에 현백은 다시금 미간을 찌푸렸다. 그는 대관절 이자가 무슨 소리를 하는지 알 수가 없었는데 이어 그의 눈을 의심하게 만드는 일이 일어났다. 소방야가 손을 들어 그 책자를 보여준 것이다.

"바로 이것이오! 이것을 다시 찾기 위해 온 것이 아니란 말이오?"

"……!"

 현백의 두 눈이 한껏 커졌다. 사내가 손에 든 책자… 물론 아주 낯선 책자였다. 그러나 거기 써 있는 글자는 그렇지가 않았던 것이다.

"뭐… 뭐야? 지금 그 책자의 겉에 쓰여진 거… 진짜 맞는 거야?"

 입을 연 사람은 이도였다. 어느새 현백의 옆에 와 상황을 바라보고 있었는데 현백은 아무런 말 없이 그저 바라보고만 있었다. 그러다 갑자기 손을 뻗어 사내의 손에 든 책자를 뺏어 들었다.

"아……."

 부지불식간의 일이나 소방야는 그저 짧은 탄식을 내뱉을 수밖에 없었다. 사실 몸이 성한 상태라 해도 현백을 이길 수 없음을 그는 잘 알고 있었다. 그저 현백을 만나기 전에 서책을 가지고 빠져나가지 못했음을 한탄할 뿐이었다.

"이런……."

 문득 현백의 입술이 열렸다. 살짝 악다문 그의 입술에선 작은 소리가 입술을 비집고 흘러나오고 있었다.

"말도 안 되는 일이……."

 꽈아아악!

 책이 바스라질 듯이 구겨지고 있었다. 구겨지는 그 책자의 겉면에는 다섯 글자가 써 있었다. 천의종무록이라는 글자가 말이다.

2

"어디서 났지?"

낮은 목소리가 들려왔다. 현백의 입에서 나온 그 목소리는 어떠한 감정도 담겨 있지 않았지만 돌려 생각하면 그만큼 격앙되어 있다는 뜻이었다. 스스로 조심하는 것이 느껴지니 말이다.

현백은 마음에 들지 않는 것이 있다면 바로바로 박살 내는 성격이 아니었다. 일단 살펴보고 박살 내야 된다고 생각이 들 때, 그때서야 사람이 바뀐다. 지금도 마찬가지인 것이다.

눈앞에 앉아 있는 사내, 소방야를 향해 작은 목소리를 내고 있었다. 아무런 감정이 담겨 있지 않은 듯한 그 목소리는 그러나 언제 바뀔지 몰랐다. 대답 여하에 따라서 당장이라도 현백은 변할 수 있다는 것, 그 사실을 소방야는 깨닫고 있는 듯 점점 말이 조심스러워지고 있었다.

"대관절 당신은… 어디 세외라도 갔다 온 것이오? 강호에 이 비급이 돌고 있다는 것을 모르는 사람은 아마 당신들뿐일 것이오. 보시오, 주위를. 모두가 다 알고 이곳에 와 있는 것이오. 아니, 이곳뿐만이 아니라 많은 곳에서 이곳과 같은 일이 벌어질 것… 이오……."

이제야 서서히 고통이 느껴지는지 소방야는 얼굴을 찡그리며 양 무릎의 혈도를 점했다. 그때 현백이 아니라 모인의 목소리가 허공에 울렸다.

 "무어라? 강호 전역에 이런 일이 벌어진다고? 그것이 무슨 말이더냐? 비급이 있다면 이 하나뿐이 아니란 말이냐?"

 "……"

 모인이 다급하게 묻자 놀란 것은 오히려 소방야였다. 그의 생각에 모인은 개방의 사람, 그것도 장로의 신분을 지닌 사람이었다. 그러니 그가 마음만 먹는다면 이 세상 사람들이 무얼 하고 있는지 아는 것 정도는 우스웠던 것이다.

 그런 그가 모른다는 것은 한 가지를 의미했다. 거의 강호를 떠나다시피 했다는 말밖엔 될 수가 없었다.

 "한 달 전부터 강호 전역에 이와 같은 책자가 풀렸소이다. 누가 그랬는지는 모르나 모두들 이것이 수인도 현백… 대협이 가진 무공이라 하였소이다. 그러니 다들 이렇게 목숨을 걸 수밖에 없지. 입장을 바꾸어보면 충분히 이해할 수 있는 내용이니 더 설명하진 않겠소."

 보물을 가지기 위해 사람을 죽인 것이 그리도 당당한 것인지 모르지만 왠지 현백은 입속 저 깊은 곳에서부터 욕지거리가 나오는 것을 느끼고 있었다. 참고 또 참아 겨우 누르고 있는 그런 심정이었다. 소방야는 그런 현백의 마음도 모른 채 현백을 보며 다시 입을 열었다.

강호 폭풍 99

"아시다시피 수인도 현 대협의 무공은 이미 정평이 나 있소이다. 소림과 견주어도 손색이 없음을 이미 증명한 마당에 다들 눈에 불을 켜는 것은 당연한 일이오이다. 그러니 나 역시……."

"누가 뭘 증명해? 내 무공이 소림과 견주었다고……?"

들으면 들을수록 황당한 이야기뿐이었다. 대관절 현백은 이 사내가 무슨 소리를 하는지 알 수가 없었다. 그때 사내의 입술이 다시금 열렸다.

"소림을 습격한 사람들… 그들의 무공이 모두 현 대협의 무공과 유사함은 이미 다 알려진 사실이 아니오이까? 아니, 지금 소림으로 가시는 길이 아니었소?"

"……"

오히려 그는 현백을 향해 이해할 수 없다는 눈빛을 하며 말하고 있었다. 현백은 어금니를 꽉 깨문 채 그를 바라보기만 했는데, 그때였다.

"지금 무슨 이야기를 하는 것이오? 어째서 현 대형이 소림을 습격한 사람들과 같은 무공을 사용한단 말이오! 썩 바른대로 이야기하시오!"

현백을 대신하여 이번엔 이도가 소리치자 소방야는 찔끔한 표정을 지었다. 그러다 이내 뭔가를 생각하곤 바로 입을 열었다.

"이야기하라면 이야기하겠소이다. 하나 조건이 있소."

"뭐라?"

소방야의 말에 이도는 황당하다는 듯 입을 열었다. 하나 소방야는 아랑곳없이 입을 열고 있었다.

"나를 이곳에서 빼내주시오 아울러 그 책을 내게 준다면 내가 아는 모든 것을 이야기해 줄 것이오. 내 이래 봬도 정보 하나만큼은 자신하는 사람이오. 강호의 친구들은 그런 나를 일컬어 일족천지(一足天知)라 불러주고 있을 정도이오."

"일족천지? 일족실구(一足失口)가 아니라?"

뒤이어진 명사찬의 말에 소방야의 입이 살짝 나왔다. 그러나 이내 표정은 다시 원래대로 돌아오며 입을 열었다.

"혹자는… 그딴 식으로 말하기도 하지만 어쨌든 정보에 밝다는 것은 사실 아니오이까? 이 정도면 충분히 거래할 만하지 않소이까?"

소방야는 비굴한 웃음을 띠었다. 확실히 명사찬이 알 수 있을 정도의 명호라면 무명인은 아니었으나 또 한편으로 명사찬이 이리 대하는 것을 보면 실력이 있는 친구는 아닌 듯싶었다. 한마디로 그리 믿을 만한 친구는 아니라는 것이다.

명사찬은 소방야를 보며 말없이 혀를 차고 있었다. 소방야의 말처럼 일족천지든 실구든 간에 소방야는 정보에 밝은 사람이다. 그건 이 사람의 경공이 그만큼 쓸 만하다는 뜻이었다. 발빠르게 움직여야 얻을 수 있는 것이 정보니 말이다.

그런데 이젠 그 별호를 버릴 수밖에 없었다. 소방야는 더

강호 폭풍 101

이상 경공을 할 수 없게 되었다. 그건 무공을 하지 않는 사람도 소방야의 지금 상태를 보면 추측할 수 있는 일이었다.

그게 다 저 책 때문이었다. 진짜인지 아닌지 모르지만 일단 천의종무록이라 쓰여진 그 책자 때문이었다. 한데 저 소방야는 아직도 그 사실을 깨닫지 못하고 있었다.

"이봐, 소방야. 아무래도 자넨 생각을 잘못하는 것 같군. 세상에 누가 자신의 무공을 서책으로 만들어 세상에 뿌리겠는가? 자네라면 그렇게 할 듯싶은가?"

"……."

답답하다는 듯 명사찬이 입을 열자 소방야는 아무런 말도 하지 못했다. 물론 그 역시 지금 저 서책이 진짜인지 아닌지는 알 수가 없었다. 하나 그만한 가치는 분명 있다고 여겼었다.

그렇지 않다면 이곳에 그가 있을 이유가 없었던 것이다. 그리고 그런 생각은 정말 꿈에서라도 하고 싶지 않았다. 이렇게 두 무릎이 성치 않은 상태에서 말이다.

"정말 어이가 없군요. 내가 만일 당신이라면 그런 조건을 걸진 않을 겁니다. 분명히 말하지만 그 조건을 안 들어줘도 그만이에요. 여기 있는 이 두 분이 어떤 사람들인지 잊으셨나요?"

"……."

문득 들려오는 여인의 목소리에 소방야는 고개를 돌렸다.

그러자 한 여인의 모습이 보였다. 여인은 맞는 것 같은데 옷차림은 남자인 사람이었다. 오유였다.

"당신이 내건 조건이 얼마나 대단한 것인지 모르지만 우리 역시 그 정도의 정보는 알 수 있습니다. 그러니 조건 자체가 성립이 안 됩니다. 무슨 말인지 아시겠습니까?"

"…그럼 대체 뭘 원하지? 내가 당신들에게 줄 수 있는 것이 없지 않나? 설마 내 목숨이라도 달라는 이야기인가?"

"훗……."

오유는 웃었다. 물론 일행이 그의 목숨을 원할 리는 없었다. 쓸데없이 사람을 죽이고 다니는 것엔 그 누구도 취미 없었던 것이다.

"설마 그럴 리가 있겠습니까? 하나 대신 줄 것은 있지요. 지금 현 대형이 들고 있는 저 책. 그냥 넘겨주십시오. 그럼 당신의 목숨을 살려 드리지요."

"뭐야! 무슨 미친 소리를 지껄이나!"

소방야의 입에서 거친 소리가 흘러나왔다. 그러자 이도와 명사찬의 얼굴이 확 굳어졌는데 소방야는 이제 될 대로 되라는 듯 아랑곳없이 입을 열었다.

"크흐흐, 내가 왜 이곳에서 이 꼴로 있는데… 그런데 그런 보람도 없이 그냥 가라? 날 바보로 아나?"

두 눈 가득 살광을 치켜 올리며 소방야는 소리치고 있었다. 그의 두 눈에 보이는 것은 광기였다. 그 광기 그대로 그는 수중의 검을 집어 지팡이처럼 짚은 채 일어서려 할 때였다.
 쩌어어엉! 털썩!
 "후욱!"
 작은 호흡 소리와 함께 소방야는 흙바닥에 나뒹굴었다. 어느새 그의 검은 반 토막이 되어버렸던 것인데 문득 소방야의 눈이 바로 앞으로 향했다.
 창날… 날이 아주 잘 선 창날 하나가 보이고 있었다. 투박하면서도 강렬해 보이는 그 창날을 지닌 사람의 얼굴도 보이고 있었다. 귀공자가 울고 갈 정도로 잘생긴 사내. 바로 창룡주비였다.
 "눈치가 없는 것이냐, 아니면 머리가 없는 것이냐? 이미 한 번 목숨을 빚졌음을 모르는 것이냐?"
 "……."
 낮게 으르렁거리는 그의 음성엔 한줄기 내력이 실려 있었다. 감히 그 내력에 대항할 정도로 소방야는 어리석지 않았다. 게다가 이미 이성이 그를 지배하고 있었던 것이다.
 살고 싶다면 냉정하게 계산해야 했다. 그리고 그 계산의 끝은 이대로 물러서야 하는 것이었다. 물론 그 계산에 뭔가 다른 것이 섞여 있었다.
 "이 소방야, 이제야 정신을 차렸소이다. 그리하시오. 보물에 임자가 없으니 누가 차지하는가는 그리 중요한 것이 아니겠지……."

"……."

양팔로 땅을 짚으며 두 다리를 질질 끌면서도 소방야는 입을 멈추지 않고 있었다. 자조적인 음성이 역력했지만 그 내용은 그리 자조적인 것이 아니었다.

힘이 없으니 내어준다는 것. 그러니 이들을 이기는 사람이 곧 보물의 주인이 된다는 것을 교묘하게 이야기한 것이다. 아니나 다를까? 사람들의 신형이 조금씩 현백에게 다가오고 있었다.

"큭! 나참, 진짜 다들 죽고 싶어 환장했군 그래. 정말 살기 싫은 것이오! 어서 물러서시오!"

명사찬이 내력을 실어 외치자 쩌렁한 울림이 허공에 퍼졌다. 그 내력의 서슬에 몇몇 사람들은 걸음을 멈추었지만 그건 그리 오래가지 않았다.

군중심리. 그것만큼 무서운 것은 없었다. 거의 집단 최면과 같은 기류가 주변을 휩쓸고 있었다. 소리친 명사찬이 아니라 책자를 쥐고 있는 현백을 향해 시선을 고정한 채 다가가는 사람들을 보면 잘 알 수 있었다.

물론 이들이 아무리 용을 써도 현백에게 이길 수는 없었다. 이제 현백은 거의 강호에서 손꼽힐 수 있을 정도로 무공을 가지게 되었다. 뭐 어떻게 그렇게 늘게 되었는지는 알 수 없지만 어쨌거나 그 결과인 무공만 보면 그렇다는 것이다.

지금 이 주변에 있는 사람들… 잘 보면 쇠스랑을 들고 나온 사람도 있었다. 무공을 하는 무림인이 아니라 농사를 짓던 사람들도 나왔다는 것이다. 그들에게 있어서조차 이 무공서는 보물로 인식되었던 것이다.

만일 현백이 이들을 죽이려 마음먹었다면? 아마도 일각도 안 돼 모조리 시신으로 만들 수 있을 터였다. 그러나 살리기 위해 애쓴다면 이야기는 달랐다.

그야말로 현백에겐 지옥이 따로 없을 터였다. 이 모든 사람의 공격을 피하면서 튕기기만 한다는 것은 아마도 저 옆에 있는 모인조차 힘들 터였다. 이도는 그 점을 염려하고 있었던 것이다.

"나참, 정말 어이가 없는 사람들이군. 넌 조금 있다가 손보도록 하지."

"……"

창룡의 낮은 목소리에 소방야는 기어가던 신형을 멈추었다. 그는 갑자기 드는 섬뜩한 느낌에 뭔가 틀어졌다는 생각을 하기 시작했다. 이건 그가 생각했던 것과 달랐던 것이다.

애먹어야 정상이었다. 이들이 애를 먹으며 난전이 벌어지면 그 난전 속에서 천의종무록을 지킨다는 것은 쉬운 일이 아니었다. 소방야는 그 틈을 노려 다시 서책을 갈무리할 속셈이었던 것이다.

그런데 여기 이 창룡이란 사내는 그의 생각대로 움직이지 않았다. 아마도 살육을 벌일 듯한 태세였는데 그럼 그에겐 기회 따윈 없었다. 저 현백이란 자는 둘째로 치더라도 이 주비란 자의 무공 역시 대단하니 말이다.

그러나 하늘은 그를 아직 버리지 않은 것처럼 보였다. 이어 들려오는 현백의 목소리에 소방야는 쾌재를 불렀다.

"비켜라, 창룡. 모두들 한쪽으로 물러나."

"현백!"

"현 대형! 정말 이들을 다 죽일 겁니까?"

명사찬과 이도가 동시에 외쳤다. 현백의 물러서란 말은 혼자서 하겠다는 말이었고, 결국 이는 자비고 뭐고 다 죽인다는 뜻이었다. 그렇지 않으면 혼자서 이들을 상대할 수가 없으니 말이다.

소방야가 쾌재를 부른 이유가 바로 여기까지 생각이 들어서였다. 한데 이어진 현백의 행동에 그의 두 눈이 의아함으로 물들었다.

툭!

바닥에 천의종무록을 내던지고 있었다.

"당신들의 생각에 따른다면 보물엔 임자가 없지. 그건 우리만의 이야기도 아니고 강호란 곳에서 당연하게 여겨지는 것이겠지."

"……"

스르르릉—

현백의 도가 허리춤에서 풀려지고 있었다.

"기꺼이 따라주마, 당신들의 생각에. 힘에 따른다면 나 역시 그리하겠다."

피리리리링—

현백의 손에서 도가 떠났다. 하늘 높이 떠오르다 이내 다시 호선을 그리며 떨어지고 있었다.

"오라. 그 누구라도 이 책자를 손에 넣는다면 그 사람이 주인이 될 것이다. 그러나 그렇지 않다면 내가 가져가겠다!"

콰아악!

떨어진 현백의 도가 땅에 박혔다. 정확히 그가 던진 천의종 무록을 꿰뚫고서 말이다.

"현 대형!"

이도는 놀라 소리쳤다. 이건 현백이 아니었다. 그가 아는 현백이 이렇게 나올 수는 없었다. 최소한 사람의 도리를 잘 지켜온 사람이었던 것이다.

마치 들판을 무법천지로 만드는 들개들처럼 행동한 적은 한번도 없었다. 그의 무공이 야수의 그것과도 닮은 것과는 달리 그 심성만큼은 한번도 사람의 범주에서 벗어난 적이 없었던 것이다.

그런 현백이 지금 싸우려 하고 있었다. 그것도 보물이라는 것을 사이에 두고 말이다. 그를 아는 이도로선 정말 속을 알 수 없는 이야기였던 것이다.

"놔두어라, 이도야. 뜻이 있겠지."

"예? 하지만……."

들려오는 모인의 목소리에도 불구하고 이도는 계속 입을 열려다 닫았다. 이미 현백이 만인에게 외친 이상 그렇게 믿을 수밖에 없었다. 그 무엇보다도 신의는 중요한 것이기에.

그러나 그러면서도 이도는 온몸에 힘을 주고 있었다. 상황이 여의치 않으면 단숨에 달려갈 생각이었다. 아무리 생각을 해도 현백을 살인자로 만들 수는 없었다.

하나 그런 그의 생각은 이내 바꾸어야 했다. 달려드는 사람들을 향해 펼치는 현백의 무공은 전혀 예상치 못했던 것이다.

"장로님! 현 대형… 현 대형 무공이……."

"그래… 변했구나!"

현백의 무공이 변했다. 분명 자연의 기운을 얻고 양 눈꼬리에서 긴 내력이 발산되는 것은 같았다. 하나 그 움직임이 달라져 있었다. 야수의 그것이 아니었던 것이다.

매화칠수. 이유는 알 수 없었지만 갑자기 그의 머릿속에 한 가지 무공이 생각나고 있었다. 그것은 바로 매화칠수였다.

잊었다고 생각했던 일곱 가지 검로. 그 길을 지금 현백은 가려 하고 있었다. 자신이 알고 있던 무공인 천의종무록상의 무공이 아니라 말이다.

아니, 천의종무록상의 무공이 바로 매화칠수였다. 그걸 깨닫게 된 것이 얼마 되지 않은 일이었지만 말이다.

스스스……

 양손을 좌우로 벌린 채 현백은 그 자리에 가만히 서 있기만 했다. 하나 그것만으로도 다가오던 사람들에겐 힘겨운 상황이었다. 현백을 중심으로 광풍이 불고 있었던 것이다.

 기의 광풍이었다. 현백이 만들어놓은 상황이긴 했지만 현백 자신도 이해하기 힘든 상황이었다. 저 먼 기억 속에서 떠오른 무공이 이렇게 몸에 익은 듯 발출되는 것은 정말 본인이 생각해도 신기한 노릇이었다.

 굳이 말하자면 지금 현백이 내력을 돌리는 것은 격수라 할 수 있었다. 몸 안의 기운과 외부의 기운을 일치시켜 하나로 돌리고 있었는데 그 와중에 현백은 한 개의 수를 더하고 있었다. 바로 인수였던 것이다.

 범위 안에 들어온 상대들의 병기를 모두 끌어당기고 있었다. 주위에서 자연스럽게 느껴지는 예기를 끌어당긴 것인데 그러자 현백의 주위에 모여든 자들도 같이 휘돌기 시작했다. 그들 모두 병기를 놓칠 수는 없었기 때문이다.

 그러나 현백이 품고 있는 것은 자연의 기운. 인간이 담아낼 수 없는 기운을 빌려 쓰는 것이었다. 그만큼 강대한 힘을 상대하기엔 모두의 힘은 벅찼고 이내 그들의 손에서 병기는 모두 빠져나왔다.

 피리리리링—

 이윽고 허공 가득 병기가 솟구치고 있었다. 물경 서른 개가 넘는 병기가 모두 한꺼번에 현백의 머리 위로 치달아오는 가운데 현백의 양손이 머리 위로 번쩍 들렸다.

카가가가각… 파아아앙!

병기들이 한꺼번에 얽히고설키는 가운데 현백의 신형이 허공으로 떠올랐다. 현백의 눈앞에 사람들의 병기가 모두 하나의 공처럼 얽혀진 것이 보이고 있었다.

후우웅—

현백의 오른발이 허공으로 치달아 오르고 있었다. 그리곤 눈앞에 휘도는 무기들을 향해 그대로 오른발이 작렬했다.

쩌어어엉!

하늘 높이 무기들이 치달아 올랐다. 딱히 어디로 향한다는 말이 무색할 정도로 무기들은 여러 방향으로 흩어지고 있었다.

화르르르륵!

공중에서 장삼을 흩날리며 현백은 땅으로 내려서고 있었다. 천천히 내려선 그는 오른손에 자신의 도파를 감아 쥐었다. 그리곤 그대로 뽑아 올렸다.

시링—

쏟아지는 햇살이 도면에서 부서지는 가운데 현백은 도끝으로 왼손을 뻗었다.

슷—

도끝에 잡혀 있던 서책을 왼손으로 쥔 채 현백은 주위를 둘러보기 시작했다. 그러자 수많은 사람들이 눈에 들어왔는데 하나같이 모두 질린 얼굴들이었다. 진짜 이런 일은 듣도 보도 못했던 것이다.

게다가 싸움도 하기 전에 이미 병기를 빼앗긴 사람들이었다. 더 이상 싸울 의욕을 잃었음은 불문가지. 현백은 도집에 도를 돌려놓은 채 이번엔 눈을 아래로 내리깔았다.

"목숨은 살려주마. 네가 이야기를 하든 안 하든 간에……."

"……."

소방야를 향해 하는 말이었다. 소방야는 절로 마른침을 삼키고 있었다. 그는 설마 현백의 실력이 이 정도일 줄은 몰랐다. 애당초 현백이 저 서책을 가지는 순간 이미 그는 서책의 주인이 아니었다. 이제야 그는 상황을 바르게 인식하게 된 것이다.

"그리고 한 가지 더 알려주자면……."

현백의 말은 끝나지 않았다. 그는 몸을 돌린 채 일행에게 향하고 있었다. 지금 상황이 어떻게 된 것인지, 그리고 이 서책이 왜 강호에 나도는지 그건 알 수 없지만 확실히 알게 된 것은 있었다.

"이건 가짜다. 익혀봤자 별 내용이 없는……."

"……!"

주저앉아 멍한 표정을 짓는 소방야를 뒤로한 채 현백은 움직이기 시작했다. 아마도 현백과 일행은 이 마을에서 머물진 않을 것이었다.

第四章

슬픈 운명

1

"그 꼴을 하고서도 따라나서겠다는 말이냐? 그냥 본산을 지키고 있거라."

"그럴 수 없습니다. 설사 움직이다 죽는 한이 있더라도 전 따라갈 것입니다."

장호익은 굳은 결의를 보이고 있었다. 내상으로 인해 가늘게 몸이 떨리고 있었지만 지금은 그런 것 따윈 신경 쓸 겨를이 없었다. 하루라도 빨리 사라진 칠군향을 찾아야 하는 것이다.

예상대로 화산은 발칵 뒤집혀졌다. 특히나 장문 화주청의 분노는 모든 사람들이 볼 수 없었던 모습이었다. 그의 분노로 인해 태사의가 박살났으니 어느 정도로 화가 났는지는 필설로 더 표현할 필요도 없었다.

그도 그럴 것이 사상 초유의 사태였다. 화산에서, 그것도 본산 바로 옆에서 화산의 무인이 정체를 알 수 없는 자들에게 납치되었다. 장문인이 아니라 화산에 적을 둔 사람이라면 누구나 다 화를 낼 만한 일인 것이다.

그래서 그럴까? 이번 일에 예외는 없었다. 화산의 무인들은 모두가 다 한목소리를 내게 되었고 이는 화산의 전례없는 화합을 가져다주었다. 양호검사 이격 역시 이번 일에 적극적인 입장을 취하며 나선 것이다.

"따지고 보면 이 모든 일이 네 무능에서 시작된 일이다. 지금 내가 널 데려가지 않는다는 것이 과연 네가 다쳐서이겠느냐? 네 무능에 대한 나의 처벌이란 생각이 들지는 않더냐! 어서 물러나거라!"

"……."

화주청의 말에 장호익은 어금니를 악문 채 고개를 떨구었다. 어쩔 수가 없었다. 그가 이렇게 나와도 스스로 할 수 있는 일은 아무것도 없었던 것이다.

물론 그의 입장에서 보면 억울할 수도 있었다. 숫자도 숫자지만 무공의 수준 자체가 달랐다. 제아무리 장호익이 날고 기어도 막을 수 없는 상황이 벌어졌던 것이다.

그러나 그 모든 이야기를 자신의 입으로 이야기할 수는 없었다. 무능을 스스로 인정하는 것이야 그리 어려운 일이 아니지만 그 때문에 칠군향을 찾으러 갈 수 없게 될 수도 있기에 그리한 것이었다. 최정예의 문인만 데려가기로 했으니 말이다.

"허허허. 장문 사형, 그만 하고 이 녀석을 데려가도록 하시지요. 이 녀석… 지금 느끼고 있는 것이 많을 것입니다. 충분히 도움이 될 것입니다."

"으음……."

오히려 그간 사이가 좋지 않았던 양호검사 이격이 그의 편을 들어주는 형국이었다. 장호익은 아무런 말도 하지 못한 채 그냥 고개만 떨구고 있었는데 사실 화주청이 이리도 화가 난 이유는 따로 있었다.

장호익은 이격이 키우는 양진이란 자와 함께 화산의 후기지수였다. 지금 양진은 추색대에 파견되어 열심히 그 이름을 세인의 입에 올리려 하고 있는 데 반해 장호익은 그냥 화산 속에서 나서질 않았다.

그것은 성격의 차이였다. 장호익 자체가 그리 번거로운 일에 나서기를 꺼려했다. 그래서 웬만한 밖의 일은 양진이 모두 일임하고 있었던 것이다.

양진이 나서면 나설수록 장호익의 입지는 좁아지지만 장호익은 아무런 행동도 취하질 않았다. 화주청은 그것 또한 마음에 두고 있었던 것이다.

"좋다, 네가 그토록 나가고 싶다 하니 그렇게 하겠다. 단, 조건이 있다."

"어떤 조건이라도 따르겠습니다."

이윽고 떨어진 승낙에 장호익은 바로 입을 열었다. 그러자 화주청은 고개를 끄덕이며 말을 이었다.

"이번 일의 책임자는 나나 여기 사제가 아닌 네가 될 것이다. 넌 이 모든 일을 책임져야 함은 물론이고 여기에 나가자마자 무림에 공표해야 한다. 우리가 왜 무인을 데리고 강호에 나왔는지를 말이다."

"여부가 있겠습니까? 제 목숨을 걸겠습니다. 아울러 본산을 빠져나가는 즉시 각 문파에 격문을 돌리도록 하겠습니다."

장호익은 더 볼 것도 없다는 듯 결의에 찬 목소리로 입을 열었고, 이격과 화주청은 동시에 고개를 끄덕였다. 화주청은 말을 이었다.

"그럼 가보거라. 늦어도 오늘 저녁엔 나가야 한다. 상대가 누구인지 모르나 당한 이상 갚아주어야 하겠지. 어서 준비하거라."

"예, 장문인. 그럼……."

짧게 대답한 후 장호익은 바로 신형을 돌렸다. 오늘 저녁에 나가야 하니 할 일이 많을 터였다.

이격과 화주청은 그저 그 뒷모습을 바라보고 있을 뿐이었다. 나가는 장호익의 모습을 한참 동안이나 두 사람은 그저 바라보고만 있었는데 그때 화주청의 입술이 열렸다.

"어디로 간다고 하던가?"

"아직 연락은 없습니다. 하나 곧 알게 될 것입니다."

"칠 사제의 안전은 보장받았겠지?"

"물론입니다, 장문 사형."

두 사람의 이상한 대화가 시작되고 있었다. 대화의 내용으로 본다면 누가 칠군향을 데려갔는지 화주청은 이미 알고 있는 듯한 모습이었던 것이다.

"그토록 무심하던 곳에서 이렇듯 관심을 보이다니… 좀처럼 믿을 수가 없군."

"현백 때문일 겁니다. 그가 아니면 이렇게 나올 이유가 없지요."

고개를 끄덕이며 이격이 입을 열자 화주청은 지그시 눈을 감았다. 아마도 지금 머릿속이 복잡할 것이었다. 화주청은 이어 놓여진 의자에 몸을 뉘었다.

삐이익.

오래된 의자에서 작은 비명 소리가 들려왔다. 수많은 세월 동안 이 본전의 한 켠을 지켜온 의자, 그 의자에서 나는 이 소리가 왠지 화주청은 조상님들의 꾸중인 것만 같았다.

"괜찮으십니까? 사형의 안색이 좋지 않으십니다."

"그렇겠지. 막내 사제를 이리 보내고 내 어찌 좋은 혈색을

슬픈 운명

할 수가 있을까. 세상 모든 일을 다 털어버린 친구가 강호에 휩쓸렸으니……."

답답한 음성이 흐르고 있었다. 이격은 지금 화주청의 마음을 알고 있었다. 화산의 비상을 위해 어쩌면 칠군향은 죽을지도 몰랐다. 세상에 적 하나 없이 살아온 사람에게 어울리는 최후가 아닌 것이다.

"하나 이번 일로 인해 우린 일어서게 될 것입니다. 반드시 화산의 두 글자를 널리 떨치게 될 것입니다. 그것이 우리가 얻게 되는 대가이니까요."

"……."

이격의 말에 화주청은 아무런 말도 없었다. 확실히 계기는 필요했다. 그 계기로 인해 화산은 더욱더 커져야 했고 말이다. 이미 스스로는 그것이 불가능했다.

"이미 쏘아진 화살입니다. 제대로 과녁에 꽂히게 되기를 기대하는 수밖에요. 그럼 저도 이만 준비하겠습니다."

"…알겠네. 이따 봄세."

이격의 말에 화주청은 화답하고 입을 닫았다. 저벅저벅 걸어나가는 이격의 모습을 화주청은 그저 말없이 바라보고만 있었는데 이격이 완전히 대청을 벗어난 후까지도 화주청은 아무런 말이 없었다.

그런 그의 손이 움직인다. 자신의 가슴으로 올라가 품속에 들어가 이내 무언가를 꺼내고 있었다. 그건 아주 작고 얇은 소책자였다.

"후……."

그 책자를 보는 화주청의 입에선 한숨 소리가 흘러나왔다. 천하의 화산 장문인 그가 한숨을 흘릴 일이 과연 무엇인지 궁금해지는 순간 그의 입술이 열리고 있었다.

"조상님의 지혜를 이토록 갈망합니다. 하나 그 기회가 없군요, 기회가……."

서책, 그것은 다름 아닌 자하신공이었다. 표면상 이격이 그토록 원하는 진본을 화주청은 가슴속에 품고 다니고 있었다. 한데 그 책이 조금 이상해 보였다.

앞에서부터 중간 부근까지는 고색창연한 것이 상당한 세월의 흔적이 있었다. 그러나 뒷부분은 아무래도 조금 새것 같은 느낌이 나고 있었던 것이다.

"역대 조사님들, 사부님… 이 화모를 용서하십시오. 저의 대에서 화산이 스러지는 것을 두고 볼 수가 없었습니다."

누구에게 하는 말인지 모르나 화주청의 입에서 나온 말은 탄식이 가득 들어 있었다. 이 모든 것이 다 자신의 부덕함에서 온 일이라 생각하고 있었던 것이다.

"이 비급이 온전했다면… 아니, 사부님께서 완전히 구결을 전해주시기만 하셨더라도 오늘날 우리 화산이 이런 지경에 빠지진 않았을 것입니다."

꽈악!

비급을 으스러지도록 쥐며 화주청은 격한 감정을 내비치고 있었다. 생각할수록 가슴이 답답해 오니 말이다.

 모든 사람들이 아는 것과 화산의 진실은 달랐다. 장문인인 화주청조차 자하신공을 연성하지 못했던 것이다. 즉 자하신공이 온전치 못했던 것이다.

 세상 사람들이 알고 있듯이 화산의 무공은 대단하다. 자하신공은 바로 그 증거였다. 그런데 문제는 그 자하신공이 제대로 전해지지 않았다는 데 있었다.

 그 이후의 일은 굳이 떠올리고 싶지도 않았다. 고생이야 이루 말할 수 없을 만큼 많았던 것이다. 하나 확실한 것은 이젠 그러한 고생을 끝내야 했다.

 이번 일은 바로 그 초석이 될 것이었다. 화주청은 그렇게 생각하며 마음을 다잡고 있었다.

      *   *   *

 "나참, 뭐가 어떻게 된 것인지……."

 "아무래도 우리가 잠시 쉴 동안 많은 일이 일어난 것 같은데……."

 이도의 말에 명사찬은 머리를 긁적이며 입을 열었다. 확실히 강호에 무슨 바람이 불어도 크게 분 것 같았다. 전혀 생각지 못한 방향으로 일이 전개되고 있었던 것이다.

"대관절 이게 어떻게 나돌아다니는지 그것부터가 이해가 안 가는군. 누군가 의도적으로 풀지 않으면 이럴 수가 있나?"

툭.

손안에서 조물거리던 책자를 내던지며 명사찬은 이해할 수 없다는 표정을 지었다. 그도 그럴 것이 그가 책자를 던진 곳에는 이미 대여섯 개의 같은 서책이 나뒹굴고 있었다.

모두 겉면엔 천의종무록이라 쓰여져 있었다. 참으로 웃기는 상황이 지금 벌어지고 있었던 것이다.

지금 이곳은 목적지를 얼마 남기지 않은 곳이었다. 내일 아침이면 목적한 곳에 다다르게 된다. 한데 지금 상황을 보면 그것이 의미가 없었다.

그보다 더 희한한 일을 겪고 있는 것이 사실인 지경이니 황당할 따름이었다. 게다가 천의종무록을 회수하는 것이 이번 원행의 목적인데 지금 눈앞에 그 목적들이 툭툭 던져져 있으니 어찌해야 될지 난감한 것이었다.

사흘… 처음 마을에서 서책을 얻은 후 딱 사흘 만에 지금 이만큼의 책이 모였다. 그동안 내내 지겹게 본 광경이 서책을 놓고 싸우는 것이었는데 처음엔 혹여 사람들이 다치지 않을까 마음 졸였었지만 나중엔 그런 것도 없었다. 현백이든 누구든 압도적인 무위를 보여주며 서책을 가지고 오면 별 탈 없었던 것이다.

그렇게 움직이다 보니 의도하지 않게 사람들이 많이 따르게 되었다. 하긴 무공서를 몇 개씩이나 들고 다니는데 주목을 받지 못한다면 그것이 더 이상한 일이었다.

"쯧… 아마 내 평생 이렇게 주목받은 적은 없을 거야. 이거야 원, 잠자기도 불안할 정도니……."

한쪽 입술을 살짝 끌어 올리며 명사찬이 입을 열자 현백은 피식 웃었다. 그 말이 이해될 정도로 많은 사람들이 주위에 있었다. 어둠 속에 다들 숨어 있지만 적어도 육칠십여 명이 넘는 사람들이 빼곡히 있으면서 기회를 노리고 있었던 것이다.

"좋은 상황만은 아닐 거예요. 언제 폭도로 바뀔지 모르는 사람들. 이래서야 이 비급도 처리할 수 없을 것 같은데요?"

"음… 그건 오유의 말이 옳은 것 같군."

창룡이 고개를 끄덕이며 입을 열었다. 사실 이 비급은 모두 없애려고 생각하고 있는 중이었다. 그런데 지금 이 비급을 없앴다가는 저 사람들이 가만히 있지 않을 것이었다.

"근데 현 대형, 이거 정말 다 가짜예요? 좀 이상하긴 하지만 사람들이 이렇게 덤비는 것을 보면 뭔가 있는 것은 아닐까요?"

문득 이도는 뭔가 생각이 난 듯 입을 열었다. 아니 땐 굴뚝에 연기 나랴는 말이 있듯이 어쩌면 이것이 실제로 뭔가 있을 수도 있었다. 사실 그건 여기 있는 모든 사람들이 다 궁금하게 여기는 바였다. 현백을 제외하고 아무도 진짜 비급을 본

적이 없으니 말이다.

현백도 여기에 대하여 가타부타 이야기를 한 적이 없었다. 딱 한 번 가짜라는 이야기만 했을 뿐. 그러니 의혹이 있는 것이 당연한 것이었다.

"그래… 실은 나도 궁금하긴 마찬가지였어. 물론 이것이 가짜라는 현백의 말은 믿지만 어느 정도나 맞는지 그것도 궁금하긴 해. 이런 짓을 한 자들이 무슨 의도를 가지고 있는지 알려면 그것도 하나의 정보일 수 있으니……."

살짝 조심스럽게 이야기를 하고 있지만 결국 이야기의 골자는 자신도 궁금하다는 뜻이었다. 현백은 살짝 쓴웃음을 지은 채 잠시 생각에 잠겼다.

언젠가는 이야기해야 할 문제였다. 이 일에 관해 이야기하려면 자연스럽게 십여 년 전의 이야기부터 해야 했다. 한데 지금 그 모든 것을 말할 정도로 상황이 좋은 것은 아니었다.

언젠가 지충표에게 이야기했듯 어느 정도만 이야기할 수밖에 없었다. 문제는 그 수위가 어느 정도인가 하는 문제지만 말이다.

"일반적인 무공서라면 모두들 생각하는 것이 있을 거야. 보법을 설명하고 내력을 설명하고 그럼으로 인해 새로운 초식을 만드는 것, 그런 것들이 무공서지."

"……."

드디어 입을 연 현백의 목소리에 모두들 아무런 말도 없었다. 그저 듣기만 할 뿐이었는데 현백은 손을 뻗어 바닥에 놓인 책자 하나를 집었다.

"천의종무록… 이것 역시 그러한 무공서의 범주에서 벗어나지 않지. 보법부터 내력, 그리고 초식, 어떤 무기를 쓰더라도 잘 활용될 수 있도록 만드는 것… 그렇지 않나, 창룡?"

"그래, 네 말대로야. 그리 대단하지는 않지만 일류고수들도 혹할 만한 무공이 수록되어 있어. 사실 수련에 따라서 그 이상의 결과를 낼 수도 있는 무공이 이 안에 있다. 천의종무록상의 무공이 이런 무공이라는 게 조금 실망일 정도니……."

창룡의 말에 이도는 슬그머니 책자를 집어 펼쳤다. 그러자 사람의 모습이 그려진 그림과 함께 각종 주해가 깨알같이 쓰여진 것이 보였다.

누가 봐도 이건 확실한 무공서였다. 한데 왜 가짜라 현백이 말하는지 모르겠지만 이도의 마음속에서도 가지고 싶은 마음이 일렁이게 만드는 물건이었다.

탁.

두 눈을 꽉 감으며 이도는 책을 소리나게 덮었다. 더 이상 보면 가지고 싶어질 것 같아서 그런 것인데 옆에서 오유는 그 모습에 작게 미소 지었다. 아직 이도는 변하지 않았다. 그 심성이 말이다.

"그래서 가짜라는 거야. 천의종무록엔 그런 초식 따윈 있지도 않다. 오로지 나와 세상의 관계를 풀어놓은 것뿐이야."

"뭐?"

"예? 초식이 없어요?"

현백의 말에 명사찬과 이도는 동시에 눈을 크게 떴다. 세상에 그런 무공서가 있다는 말은 정말 들어보지도 못한 것이다.

"천의종무록의 연원을 알게 되면 자연스럽게 이해할 수 있다. 천의종무록은 하나의 무공서이기 이전에 남만의 경전, 오히려 경전의 역할이 더욱더 크다고 할 수 있지. 그런 서책 안에 자세한 초식 따윈 있을 리가 없지."

"그럴 수가……."

이도는 멍한 기분이 들었다. 설마하니 천의종무록이 그런 유의 무공일 줄은 정말 몰랐던 것이다. 현백을 보며 뭔가 다른 것이 있어도 상당히 다를 것임은 눈치 챘지만 그것이 이 정도일 줄 몰랐던 것이다.

"하면 대체 현 대형의 무공은 어떻게 된 거예요? 게다가 며칠 전부터 보여준 완전히 다른 무공은… 그건 또 뭔데요? 그거야말로 진짜 천의종무록상에서 보여준 무공이 아니었나요?"

"……."

이도의 말에 현백은 살짝 웃었다. 충분히 이도가 오해할 만했다. 현백 자신도 깨달은 지 얼마 안 되니 말이다.

무공하는 방법을 알게 해주는 것. 그것이 바로 천의종무록이었다. 그 말로 하기 힘든 무언가를 이야기한다는 것이 참 쉽지 않은 일이었던 것이다.

"천의종무록은 이를테면 하나의 가능성을 이야기한다고 할 수 있다. 그럼으로 인해 자신의 무공을 더욱더 발전……!"

아무런 생각 없이 이야기하던 현백의 눈이 한껏 커졌다. 말을 하다 보니 어떤 생각이 떠올랐던 것인데 그건 바로 충무대원들에 관한 것이었다.

같았다. 그들과 같은 전철을 현백은 밟고 있었다. 충무대원 한 명 한 명이 모두가 다 거쳐 갔던 그 길을 밟고 있었던 것이다.

어느새부턴가 그들은 무공이 늘었다. 그것도 믿을 수 없을 만큼 강대한 힘을 보이며 늘었었다. 그간 자신들이 고민해 왔던 문제들을 모두 풀 수 있을 정도로 말이다.

그때 그들이 떠올렸던 얼굴들이 기억났다. 그 환하게 웃으며 세상을 다 가진 듯한 표정이 떠오르고 있었다. 아주 오래 전에 있었던 그 아릿한 표정들이 말이다.

그리고 그 뒤를 이어서 또 하나의 기억이 떠오르고 있었다. 이어진 그들의 죽음… 그 죽음의 굴레를 벗지 못해 결국 눈물 흘렸던 그들의 모습이 말이다.

"현 대형?"

"……."

문득 자신을 부르는 목소리에 현백은 정신을 차렸다. 순간적이었지만 정말 많은 장면들이 눈앞에 스쳐 지나갔었다. 현백 자신도 놀랄 만큼 말이다.

"괜찮아요, 현 대형? 완전히 다른 곳에 신경이 가 있는 것 같은데?"

"음… 아니다, 이도. 잠시 예전 기억이 떠올라서……."

현백은 그렇게 얼버무렸다. 차라리 확 이야기해 버리는 것이 나을지도 모르지만 일단 그렇게 할 수밖에 없었다. 이건 그 혼자만의 결정이 아니라 다른 사람 모두의 소원이니 말이다.

현백은 눈을 들어 일행을 바라보았다. 자신을 이상하게 바라보는 사람들을 향해 무언가 말을 하려 했는데 무슨 말을 해야 할지 참 난감한 상황이었다. 한데 그때였다.

"재미있는 이야기들을 하고 있나 보구나."

"장로님! 생각보다 늦으셨네요?"

모인이었다. 강호에 돌아가는 상황을 알아보겠다면서 어제 떠난 길이었는데 이제야 일행에게 돌아온 것이다.

"현 대형이 이 책에 관해 이야기를 하려던 참이었어요. 확실한 가짜라고 말이에요."

"호오… 그래? 그것참 나 역시 그 이유가 궁금해지는군. 누가 뭐라 해도 진짜와 가짜를 구별할 수 있는 것은 현백뿐이니 말이야."

분명 그 역시 할 말이 많을 터였다. 그간 강호의 일을 좀 등한시한 것이 사실이었고 또 강호에 나와서 겪은 일도 있으니 당장 그 일부터 알아봤을 터였다.

천하의 개방삼장로 중 둘째가 알아보는 일이었다. 더욱이 정보를 다루는 데 수위를 다투는 개방이 도와주는 정보라면 그 양이 추측 불가능할 지경일 터였다.

"그것보다 지금 장로님 말을 들어야 할 것 같은데요? 안 그래요?"

"아… 그래, 내 이야기도 할 게 많구나."

퍼뜩 기억이 난 듯 그는 자리에 앉았다. 자리라고 해봤자 가운데 피어 있는 모닥불을 놓고 아무 데나 앉은 것일 뿐이지만 그의 입에선 바로 무거운 목소리가 흘러나왔다.

"아무래도 우리가 갈 방향을 다시 잡아야 할 것 같구나."

"예? 그게 무슨 말씀이세요?"

모인의 말에 오유는 두 눈을 동그랗게 뜨며 입을 열었다. 갈 방향을 다시 잡아야 한다는 말은 지금 강호에 큰일들이 일어나고 있다는 뜻이었다. 그것도 상당히 큰일이 말이다.

현백이 해야 할 일을 알고 있음에도 이렇게 이야기한다는 것은 그만큼 사안이 중대하다는 뜻이었다. 모인은 무거운 안색을 지우지 않으며 입을 열었다.

"자네… 소림에서 찾고 있다고 하더군. 소림을 상대로 살육을 벌인 자들이 자네와 비슷한 무공을 한다는 것이 그 이유라네."

"예?"

이도는 말도 안 된다는 듯한 소리를 내었다. 그럼 지금 현백이 그 사람들과 뭔가 끈이 있지 않겠는가 하는 생각으로 부른다는 것인데 자칫하면 온 무림의 오해를 받을 수도 있는 일이었다.

소림이 주도로 하는 일이니 당연한 일이었다. 하나 문제는 그것 하나뿐만이 아니었다.

"게다가… 이건 정말 최근에 일어난 일 같은데… 화산에 안 좋은 일이 있었다네."

"……."

화산이라는 소리에 현백의 눈이 살짝 들렸다. 사실 화산이라고 해서 현백이 딱히 신경 쓸 이유는 없었다. 이제 그는 화산과는 전혀 무관한 사람, 현백의 입장도 그랬고 화산 역시 그렇게 이야기했었다.

그런 입장을 잘 아는 사람이 바로 모인이었다. 그런데도 화산의 이야기를 한다는 것은 단 한 가지 경우였다. 비록 화산과 공식적인 관계는 끊었지만 연결될 수도 있는 가능성은 바로 칠군향뿐이었던 것이다.

"화산도 최근에 습격을 당했다 하더군. 그리고 그 과정에서 한 사람이 실종되었다네."

"……."

현백의 눈이 살짝 좁혀졌다. 왠지 마음 한구석이 답답해지고 있었다. 입이 열리는 모인의 음성이 두려워지는 듯한 기분이 들었던 것이다.

"칠군향… 그가 사라졌네……."

"……."

현백의 두 눈이 꽉 감겼다. 듣고 싶지 않았던 이야기가 결국 그의 귀를 통해 흘러들어 오고야 만 것이다. 꽉 감긴 두 눈만큼이나 그의 두 주먹도 꽉 쥐어지고 있었다.

2

스피피피핏!

머리 위로 검이 치달아오고 있었지만 탈명천검사 장연호는 눈 하나 깜빡이지 않고 있었다. 그는 부드러운 동작으로 검세를 피한 후 바로 검을 내리그었다.

따다다당!

한꺼번에 검날이 허공으로 튕겨 나가고 있었다. 장연호는 거침없이 신형을 놀리고 있었는데 그가 상대하는 사람은 충분히 그렇게 하고도 남음이 있었다.

강한 상대들이 아니었다. 하나 그렇다고 해서 방심할 정도로 얕은 무공을 지닌 사람들도 아니었다. 강호에서 나름대로 무공의 기반을 인정받은 사람들을 상대하고 있는 것이었다.

그러나 그는 장연호, 무당의 미래이자 지금도 탈명천검사라 불리는 사람이었다. 웬만한 무공은 모두 눈에 들어올 리가 없는 그였기에 지금 너무도 수월하게 상황을 해결하고 있었던 것이다.

카칵… 카라라라락!

검 하나를 막아낸 채 장연호는 그 검을 따라 자신의 검을 밀어내었다. 극강의 공격으로 이루어진 그의 검식은 한번 선공을 잡으면 그것으로 끝이었다. 장연호의 검은 파도를 가르듯 강하고 빠르게 이어졌다.

스파아아앗!

"크윽!"

답답한 신음성과 함께 사내는 뒤로 튕겨져 나갔다. 어깨 어림에서 피가 솟구치고 있었지만 목숨과 직결된 일은 아니었다. 장연호는 길게 한 걸음 앞으로 내디디며 검집으로 검을 돌렸다.

"다른 분들 모두 이제 상황을 아실 것입니다. 이제 더 이상의 피는 보고 싶지 않군요. 동의하시는 것으로 알겠습니다."

"……."

장연호의 주변엔 상당한 사람들이 있었다. 장연호가 있는 곳은 작은 관제묘였는데 이미 밤을 지나 새벽이 다가오고 있었음에도 사람들의 신형은 미동도 없었다.

그건 다 한 권의 책 때문이었다. 지금 장연호가 왼손에 들고 있는 가죽으로 된 서책 때문인 것이다.

천의종무록, 그것이었다. 천의종무록을 들고 있는 장연호의 뒤편엔 여러 사람들이 모여 있었는데 모두가 다 추색대의 사람들로 구성되어 있었다.

추색대의 사람들, 강호에서 내로라하는 사람들로 구성된 추색대가 뒤에 있으니 장연호에게 덤빌 수 있는 사람들은 거의 없었다. 장연호는 고개를 끄덕이며 서책을 뒤로 넘겼다.

"이걸로 스물세 개째인가요?"

"그래… 그렇구만. 허참, 대체 무슨 비급이 이토록 많이 돌아다니는지… 이거 끝도 없는 짓을 하게 되는 것은 아닌지 모르겠군."

장연호의 말에 대답한 사람은 개방의 오호십장절 토현이었다. 그 외에 다른 사람들 모두가 다 뒤편에 있었는데 문득 화산의 양진이 입을 열었다.

"그러게 말입니다. 이러다간 그저 뒤치다꺼리나 하다 세상 구경하게 생겼군요. 무언가 대책이 필요할 때인 것 같습니다."

화산의 양진마저 이런 소리를 하자 장연호는 피식 웃었다. 무슨 일이 있어도 오위경의 편을 들며 딸랑이짓을 자처하던 그마저도 마음이 조급해진 모양이었다. 하긴 그간 너무 똑같은 일상의 반복이었다.

스무 개가 넘는 무공비급을 그냥 계속 모으고만 있었다. 처음 이 소식을 들었을 땐 생각 외로 쉽게 상황이 풀리는가 싶었다. 어디까지나 추색대는 이 천의종무록을 회수하기 위해 만들어진 것이니 말이다.

그런데 그 천의종무록이 하나가 아닌 것으로 판명되자 추색대원들은 어이가 없었다. 그리곤 지금까지 수거하기에 바빴던 것이다.

"후우… 죄송합니다. 이 오위경, 제 역할을 하지 못하는 것 같아 마음이 무겁군요."

"아… 아닙니다, 오 대주. 대주께서 무슨 잘못이 있겠습니까? 숨 쉴 틈 없이 이런 일을 몰아붙이는 정체불명의 놈들이 문제이지요. 아, 이런 일을 벌이는 자들이라면 아마 그 흑월이란 놈들이겠지요."

"허허, 그건 화산의 양 대협 말씀이 옳소이다. 이 모든 것이 다 그들의 탓, 어찌 대주를 원망하오리까?"

자책하는 오위경의 말에 양진이 쌍수를 저으며 입을 열었다. 그러자 곤륜의 양포자 혜상 노조가 입을 열었는데 이 모든 것이 그들의 탓이지 오위경의 탓은 아니라는 것이다.

"하나 분명 앞으로 어찌해야 될지 그것은 논의가 되어야 할 문제일 것입니다. 이대로 계속 끌려 다니다가는 앞으로 어찌 될지 모르겠군요."

"형산의 자안께서 맞는 말씀을 하셨군요. 이 곤륜의 혜상 역시 그리 생각합니다. 이제 상황을 직시하면서 대책을 논의해야 할 것 같습니다."

"음……."

사람들의 목소리에 오위경은 잠시 입을 꽉 다물었다. 솔직히 그리고 해서 뭔가 대책이 있을 리가 없었다. 이렇듯 끌려다니기만 해도 지금은 다행이었다. 그나마 지금은 이 사람들을 데리고 움직일 명분이 있었던 것이다.

애초에 그가 생각하던 모든 것들이 다 무너지고 있었다. 철저한 자신의 주도하에 이루어져야 할 강호행이 왠지 다 틀어지고 있었다. 앞으로의 행보가 더더욱 위험해지고 있었던 것이다.

곳곳에서 그의 행보에 걸림돌들이 속출하고 있었다. 원래는 지금 즈음 그의 한마디에 강호가 움직여야 했다. 이 몇 명의 사람들만 데리고 왔다 갔다 하는 신세는 생각도 못했던 것이다.

일이 묘하게 꼬여가고 있었다. 오위경은 고개를 흔들며 사람들을 향해 입을 열었다.

"잠시 쉬었다가 다시 움직이는 것이 좋겠습니다. 그리고 이번에 움직일 곳은… 소림입니다."

"…돌아간단 말입니까? 아직 이 책이 나돌고 있다는 소문이 끊이질 않고 있습니다. 더 회수해야 하지 않을까요?"

화산의 양진은 의아한 목소리를 내었다. 아직 소기의 성과를 거두지 못했다는 생각이 들어 그런 것인데 지금 그만둔다면 그야말로 흐지부지되는 결과였다. 여기 모인 사람들의 강호상에서 위치를 생각한다면 참 어이없는 결과였던 것이다.

아니, 사실 양진의 입장에선 지금 이런 행보도 그리 나쁘지 않았다. 다른 사람들에 비한다면 거의 무명이라 할 수 있는 그였기에 이렇게 돌아다니는 것도 나쁘지 않았던 것이다.

왠지 그는 조금 섭섭한 마음이 들고 있었지만 한편으로 그의 입장도 이해할 수 있었다. 도무지 끝이 보이지 않는 상황이니 말이다. 해도 해도 끝이 나지 않는 것처럼 짜증나는 일은 없으니…….

하지만 그렇다고 무턱대고 움직이는 일은 좀 탐탁지 않았는데 그때 다시금 형산파의 세오인 자안이 목소리를 내었다.

"아무래도 대주께서 무슨 생각을 하신 것 같은데 들어봐도 되겠소이까? 이 자모도 슬슬 이 행보가 그리 마음에 들지 않아지기 시작한 참이었습니다."

"아, 그러셨습니까? 하하, 이 오모… 하마터면 큰 실례를 저지를 뻔했군요."

사람 좋게 웃으며 그는 입을 열었지만 그 속내는 전혀 그렇지 않았다. 만일 여기에 자신과 세오인 자안 둘만 있었다면 정말 살인은 아주 쉽게 일어났을 터였다.

"딱히 크게 일컬어 말할 것도 없지만 분명히 알 수 있는 것은 있지요. 아무래도 이것은 저희를 노리고 벌이는 짓 같습니다."

"조금 더 자세히 들어야 할 것 같습니다만… 모두 앉으시는 것이 어떠할지요?"

토현의 말에 사람들 모두 고개를 끄덕이고 있었다. 가지고 있는 비급 때문에 많은 사람들이 주변에 있었지만 그들은 아랑곳없이 자리를 잡고는 오위경의 입술을 주목했다. 모두 다 덤빈다 해도 다 밀어낼 자신이 있었던 것이다.

"후… 어쩌면 이 모든 것이 하나의 큰 틀 속에서 이루어지는 일이 아닌가 하는 생각을 해봅니다. 여러분은 그런 생각을 해보시지 않으셨습니까?"

"틀 속에서 이루어져요? 어째서 그런 생각이 드셨는지 모르겠군요."

곤륜의 혜상 노조가 입을 열자 오위경은 살짝 웃었다. 그리곤 자신이 생각하는 바를 이야기하기 시작했다.

"처음 이 서책이 발견되었을 때 다들 그렇게 생각하셨을 것입니다. 생각보다 쉽게 일이 풀린다고 말입니다. 그런데 이것 외에 하나가 더 있다는 것을 알게 된 순간 뭔가 이상하다고 생각되셨겠지요. 저 역시 그런 생각을 가지고 있었음을 숨기지 않겠습니다."

"……"

"하나 그렇다고 움직이지 않을 도리는 없었습니다. 여러분 모두 알다시피 그간 우리는 우리의 일을 거의 하지 못했습니다. 이 추색대가 구성되고 나서 참 여러 일이 있었기 때문이지요. 다들 기억하시리라 생각합니다."

오위경의 말에 많은 사람들이 고개를 끄덕였다. 그 말처럼 참 많은 일이 있었다. 처음 출발할 때부터 현백을 기다렸고 또 그 현백 때문에 일행이 갈라지게 되었다. 소림의 백양 대사를 따라 아미의 원영 사태와 청성의 양운검 환주 도인이 현백을 향해 출발했던 것이다.

나머지 사람들은 지금 이렇게 소일거리 같은 일을 하고 있는 상태니 사실 사람들은 그리 기분이 좋지 않았다. 모두들 강호에서 나름대로 명성이 있는 사람들이었다. 이렇게 누군가의 장난에 놀아나야 될 정도로 하수들이 아닌 것이다.

"말처럼 이건 장난입니다. 누군가가 우리를 정신없이 하기 위해 만들어놓은 덫이고 우린 그대로 걸린 것이지요. 그것도 아주 보기 좋게 말입니다. 저희가 이미 이렇게 움직이고 있는 것 자체가 그들의 의도대로 됐다는 것이지요."

"조금 비약이 심한 것은 아니오이까? 아무리 우리가 의도된 움직임을 가지고 있지 않다고 해도 놀아난다는 것은 믿기 힘드오이다. 그렇다면 그들이 의도한 것이 있어야 한다는 결론이 나오는데 우린 그들의 의도를 모르지 않소이까?"

형산의 세오인 자안은 발끈했다. 그는 형산에서도 상당한 위치의 사람이었다. 곧 장로의 반열에 들 사람이 바로 그였으니 자존심은 두말할 것도 없이 강했던 것이다.

지금 자안의 말은 그야말로 말장난이었다. 그들의 의도를 알아야 함정에 빠진지 아닌지 알 수 있다는 말. 의도를 모르는 지금은 전혀 증명할 수 없다는 뜻이었다.

오위경은 피식 웃었다. 확실히 이런 반응을 보이는 것을 보면 그간 불만이 많기는 많았다는 뜻이었다. 아무래도 눈치를 보며 상황을 보고 있었던 듯한데 지금부터가 중요했다. 이젠 확실한 방향을 정해주어야 하는 것이다.

"그 웃음은 무슨 뜻이오이까? 그대가 강호에 덕망이 높은 솔사림의 사람임은 잘 알고 있으나 그것이 면죄부는 아니오. 우리 형산이 그토록 형편없이 보이오이까?"

"아, 절대 그런 뜻이 아니니 안심하시길. 이 오위경, 잠시 실례를 범했습니다."

정중히 인사를 하며 오위경은 입을 열었고 자안은 불쾌한 표정을 감추지 않았다. 왠지 점차 사이들이 멀어지기 시작하는 듯한 조짐이 나타나고 있었던 것이다.

"허, 이거 원… 모두 진정들 하십시오. 오 대주께선 지금 앞일을 이야기하려 우리와 논의하시는 것 아니겠습니까? 이 모든 것이 다 저희를 위한 일입니다."

"험……."

난감한 표정의 양진이 입을 열자 자안은 그제야 한발 뒤로 물러섰다. 양진은 두 사람의 표정이 누그러짐을 확인하곤 작은 웃음을 지었다. 왠지 자신이 중재했다는 것이 기분 좋아진 것이다.

"양 대협의 말씀이 옳습니다. 저는 앞일을 논의하기 위해 이런 이야기를 하는 것이지요. 소림으로 돌아가자는 제 의견도 그래서 나온 것입니다. 소림을 거쳐 저희가 직접 이 일에 나서야 할 것 같습니다."

"그 말은 우리도 현백을 찾아가자는 말이오? 이미 먼저 사람들이 출발하지 않았소이까?"

장연호는 슬쩍 불만스러운 얼굴을 만들었다. 애당초 처음부터 그렇게 이야기했으면 지금쯤 현백과 같이 행동할 수도 있었다. 이제 와 너무 늦은 이야기를 하는 듯 보였던 것이다.

"아닙니다. 그 일은 이미 먼저 가신 분들이 해결하실 문제이지요. 제가 가자는 곳은 다른 곳입니다. 아무래도 이 일은 저 혼자만의 판단으론 쉽지 않을 것 같은 느낌이 듭니다."

오위경은 잠시 호흡을 크게 쉬었다. 이젠 그가 가진 패를 내밀어야 할 때였다. 상황은 점점 좋지 않게 되어가고 그건 여기 있는 사람들 사이에서만 일어나는 것이 아니라 처음 추색대가 창설될 때부터 주목했던 강호인들, 그들 모두가 다 실망하고 있는 것을 잘 알고 있었다.

그에게 있어선 지금이 위기의 순간이었다. 솔사림의 일원으로서 지금 강호의 사람들을 휘어잡지 못하면 그것으로 끝나는 것이 아니었다. 솔사림 내에서도 그는 묻혀 버리게 될지도 모르는 일이었다.

"본 문으로 가야겠습니다. 여러분 모두 같이 말입니다. 이일은 이제 본 문의 도움이 있어야 가능할 듯싶습니다."

"……! 솔사림으로 간단 말이오?"

조금은 의외라는 듯 장연호는 입을 열었다. 그 모습에 오위경은 옅은 웃음을 지었다. 슬쩍 고개를 끄덕이는 것을 보니 그것이 사실인 듯 보였다.

"본 문엔 강호 그 어떤 조직에 못지 않은 정보 체계가 있습니다. 전 그 정보를 확인하려 합니다. 저 역시 그 체계를 쓸 처지가 아직 아닙니다만, 림주님께 부탁을 드리려면 저 한 명 가지고는 부족할 것 같아 이렇게 말씀드리는 것이지요."

"하면 가야지요. 굳이 소림에 알릴 필요가 있겠습니까? 지금이라도 움직이는 것이 어떨는지요?"

솔사림으로 간다는 그 한마디가 주는 파급효과는 컸다. 세 오인 자안부터 시작해서 거의 모든 사람이 오위경에게 호의적으로 돌아서고 있었던 것이다. 오위경은 그런 사람들의 분위기를 느끼며 계속 말을 이었다.

"하하, 양 대협께선 참 열정적이십니다. 하나 저희의 움직임은 쉽게 결정할 수 없는 일입니다. 더군다나 이 비급들도 처리를 해야 하니… 일단 돌아가는 것이 좋을 것 같습니다."

"아, 그렇군요. 제가 생각이 짧았습니다."

연신 얼굴을 벙글거리며 양진은 말했고 사람들 모두 자리를 털고 일어서고 있었다. 거의 이젠 거침없다는 듯한 표정이었는데 그건 장연호와 토현까지도 같은 표정이었다.

"그럼 그렇게 결정을 하고 출발하도록 하겠습니다. 모두들 저를 따라 움직이시지요."

말과 함께 그는 신형을 돌렸고 사람들은 그의 뒤를 따랐다. 장연호와 토현은 제일 뒤에서 움직이고 있었는데 뒤를 따르는 그들의 얼굴은 변해 있었다. 얼굴 한가운데 작은 미소가 어려 있었던 것이다.

 어찌 된 일인지 모르지만 결과적으로 토현과 장연호의 의도대로 되고 있었다. 솔사림을 감시해 달라는 현백의 말, 그 말을 지킬 수 있는 것이다.

 오위경을 감시하면서 느낀 것이지만 그는 정말 빈틈이 없는 사내였다. 오히려 그들이 잘못하고 있는 것은 아닌가 하는 생각이 들 정도니 말이다.

 그런 오위경이 조급해하고 있었다. 그래서 이런 수를 두는 것이고 그건 토현과 장연호에게 잘된 일이었다. 범의 입속으로 들어가는 상황이 만들어졌으니 말이다.

 물론 위험할 수도 있었다. 그러나 그만한 위험은 감수해야만 했다. 하나를 얻으려면 그만큼 잃는 것도 있어야 하는 것임을 토현은 너무나 잘 알고 있었다.

*　　　*　　　*

 "정말이에요? 그런 일로 그 세 사람이 지금 현백을 데리러 오고 있다고요? 지네들 마음대로?"

 이도는 어이가 없었다. 웬만하면 객관적으로 이야기를 들으려 노력하고 있건만 다들 미친 게 아닌가 하는 생각이 들고 있었던 것이다.

"아니, 자기들이 뭔데 사람을 오라 가라 해요? 그것도 무공이 비슷하다는 이유 하나만으로? 소림에 혈겁이 생긴 것은 알겠지만 그 때문에 판단력이 흐트러진다는 것은 말도 안 되는 이야기예요."

말을 하면서 이도는 점점 흥분하고 있었다. 물론 그가 흥분한다고 일이 될 것은 아니지만 그래도 일행은 이도의 흥분을 이해할 수 있었다.

한 걸음 물러서 보면 이번 일은 말도 안 되는 처사였다. 이건 정말 집단 이기주의라고밖엔 볼 수 없었는데 물론 현백은 안 가도 그만이었다.

아니, 사실 갈 수 있는 처지가 아니었다. 현백의 유일한 스승이자 아버지 같은 칠군향의 생사가 불투명한 상황이니 말이다.

그런데 문제는 만일 현백이 거절을 한다면 그건 좋지 않은 상황으로 연결이 된다는 데 있었다. 그것을 핑계 삼아 무력 사용도 할 사람들이 바로 강호인들이었다.

타탁… 탁…….

힘차게 타 들어가는 모닥불을 사이에 놓고 일행은 아무런 말이 없었다. 잠시 동안 서로 무슨 말을 해야 할지 모르는 상황에 다들 할 말이 없었던 것이다.

아마도 현백은 당장이라도 칠군향을 찾으러 가고 싶을 터였다. 물론 칠군향이 어디 있는지 알게 된다면 말이다. 지금이야 가고 싶어도 어딘지 모르니…….

"아무래도 중요한 것은 현백 너의 이야기 같구나. 네 결심이 어떤 것인지 알아야 우리도 같이 움직일 테니. 어찌 생각하나?"

"……"

모인의 목소리가 들려왔지만 현백은 아무런 말을 하지 않을 뿐이었다. 그저 두 눈을 꽉 감고 조용히 입 다물고만 있었는데 그때 오유의 목소리가 사람들의 귓가에 들려왔다.

"물어보는 것 자체가 바보 같은 일이겠지요. 안 그래요, 현 대형?"

오유는 현백의 마음을 알고 있다는 듯이 입을 열었다. 현백은 잠시 그녀를 바라보았는데 오유는 피식 웃으며 말을 이었다.

"가면 되는 일이지요. 그런데 우리가 마음에 걸리죠? 같이 했다는 이유만으로 동색으로 취급되지 않을까 하는 생각, 그런 생각 하고 있는 것 아니에요?"

"……"

현백의 얼굴이 살짝 굳었다. 이 어린 오유에게 마음을 들킨 것 같은 생각에 그런 것인데 그러고 보니 오유는 많이 변해 있었다. 어느 사이엔가 그 생각이 커져 있었던 것이다.

슬픈 운명

"나… 지 아저씨랑 같이 있으면서 생각한 거 있어. 사람들에 대한 생각… 특히 내가 잘 아는 사람들에 대해 말이야."

갑작스런 그녀의 말에 모두의 시선이 오유에게 향했다. 오유는 살짝 웃으며 입을 열었다.

"처음엔 왜 빨리 와 날 구해주지 않는 것인지 화가 났었어. 그러나 시간이 흐르면서 뭔가 조금씩 마음속에서 커지고 있었지. 그게 뭔지 그땐 잘 몰랐었어. 그러나 이젠 알 것 같아."

"……."

"믿음. 그거야. 꼭 구해줄 것이란 생각. 그러면서 드는 생각이 왜 여기 있는 사람들이 날 구해줄 것인가 하는 생각을 하게 되었지. 이도라면 몰라도 말이지."

슬쩍 자신을 보며 웃는 오유를 보며 이도는 마음 한구석이 덜컥 내려앉고 있었다. 왠지 오유는 그가 알던 그 오유가 아니었다. 신경질적이고 자신만 알며 말꼬리 잡기가 특기인 그 오유가 아닌 것이다.

"한데 말이야……."

타탁… 탁…….

다시 터져 오르는 모닥불의 불꽃을 보며 오유는 입을 열었다. 일렁이는 불빛을 보는 그녀의 얼굴은 왠지 모르게 조금 슬퍼 보였다.

"그런 생각을 해봤어. 만일 날 구하러 오다 누군가 다치면, 그래서 두 번 다시 볼 수 없다면 어떻게 될까?"

"……."

이도는 다시 한 번 놀랐다. 이런 생각은 정말 해본 적이 없었다. 아니, 그녀가 이런 생각을 할 것이라곤 상상도 못했던 것이다.

커져 있었다. 마냥 같이 움직이던 그 오유가 아니었다. 어느 날 그냥 훌쩍 커버린 어른의 모습이 지금 그의 앞에 있는 오유였던 것이다.

"차라리 오지 않는 것이 낫다, 그게 내 생각이었어. 그리고 지금 현 대형도 그렇게 생각하죠? 같이 있었다는 것만으로 우리가 불이익을 당할지도 모른다고 말이에요."

"…정말이냐, 현백?"

오유의 말에 명사찬의 낮은 목소리가 울렸다. 현백이 가타부타 아무런 말도 하지 못하고 있자 모인의 목소리가 들려왔다.

"허허허, 침묵은 긍정이라… 그렇구나, 충분히 그렇게 생각할 수 있지."

모인은 웃고 있었다. 사실 지금 현백이 생각하는 일은 현실 속에서 일어날 확률이 그리 크지 않은 이야기였다. 현백은 자신을 위주로 생각한 것이다.

여기 있는 사람들, 아니, 단적으로 자신만 예를 들어도 턱도 없는 일이었다. 누가 자신에게 와서 현백과 같이 있었다는 이유만으로 압박하려 한다면 그 역시 가만있지 않을 터였다.

슬픈 운명 149

아니, 누구든 자신에게 그런 소리를 할 수는 없었다.

그 혼자만의 명성은 둘째 치더라도 그의 뒤엔 개방이 있었다. 그 개방까지 한꺼번에 치고 나올 배짱이 없다면 그럴 수 없었던 것이다.

기우(奇遇)였다. 현백의 생각은 말이다. 그러나 그렇게 생각해 준 그 마음만은 참으로 예뻤다. 시커먼 사내의 마음을 표현하는 말로는 적절치 않으나 그 마음 자체는 예쁜 것이 사실이었던 것이다.

"정말 그렇게 생각한다면 참 이상한 생각이다. 현백, 너도 알다시피 우린 작은 문파 사람들이 아니야. 너 역시 화산에 적을 둔 적이 있었기에 잘 알 거야. 누구를 건드린다는 것이 그리 쉬운 것이 아니라는 것을 말이야. 그러니……."

"잘 알고 있다. 그러나……."

이어지는 명사찬의 말을 끊으며 현백이 기어이 입을 열었다. 하나 입만 열었을 뿐 잇지를 못하고 있었다. 잠시 그렇게 조용히 있던 현백은 다시금 목소리를 내었다.

"나는 내가 아는 사람들을 또……."

현백은 다시 말을 끊었다. 그는 눈으로 한 사람 한 사람 모두 바라보고 있었다. 주비, 모인, 명사찬을 지나 이도와 오유까지 모두 말이다.

그 사람들의 눈을 바라보다 현백은 슬쩍 눈을 감았다. 그리곤 하지 못했던 이야기를 다시 입에 담았다.

"잃고 싶지 않다. 그것이 내 솔직한 마음이다."

"……."

 모인의 입이 꽉 다물려졌다. 처음이었다. 현백이 자신의 아픈 곳을 내보이는 것은 말이다. 그간 어떤 일이 있었는지 몰라도 현백은 단단함 그 자체였다. 웬만한 일에 흔들릴 만한 마음이라는 것 자체가 없는 것처럼 보였던 것이다.

 굳게 다물고 있는 과거. 그 과거로 인해 아파하고 있음을 모인은 이제야 알 수 있었다. 물론 그것이 그리 좋은 과거가 아님은 바보가 아닌 이상 느낄 수 있는 것이고 말이다.

"누구지?"

 밑도 끝도 없는 소리가 중인들의 귓가를 자극하고 있었다. 창룡 주비의 음성이었다.

"대체 누가 너에게 그런 생각을 갖게 한 것이지? 내가 아는 현백은 신념을 위해 싸우는 사람이었다. 나에게도 그런 이야기를 한 것 같군 그래. 아니었나?"

 살짝 비틀어 이야기를 하고 있지만 현백은 주비의 말뜻을 잘 알 수 있었다. 흔들리지 않도록 이야기해 주고 있었다. 그러나 그리 위로가 되는 말은 아니었다.

"과거라… 하하하. 그래, 털기 쉽지 않은 거지. 뭔가를 간직해야 한다는 거… 힘들고 피곤한 일일 거야. 나도 그러니……."

"……."

현백의 눈이 의혹으로 물들었다. 왠지 이야기가 이상하게 변해가고 있었다. 아무래도 지금 그는 현백에게 위로를 전하는 것 같지 않았던 것이다.

"나도 참 바보 같은 놈이야… 그냥 풀면 될 것을, 현재에 얽매이는 것이 과거에서부터인 것을… 그때부터 털어야 할 것을 말이야."

"무슨 뜻이냐, 주비."

현백은 주비에게 물었다. 주비는 현백을 바라보며 살짝 웃고는 말을 이었다.

"네가 과거로부터 힘들어하듯 나 역시 마찬가지. 그간 널 이해한다고 생각했었다. 그리고 내가 가진 이상 속에 너의 역할이 클 것이라 생각했었다. 그런데 그게 아니야."

"……"

"너나 나나 누군가 누구를 이용한다는 데 익숙하다고 생각했었단 말이지. 난 분명히 널 이용하려 생각했었고 말이야. 한데 넌 아니었구나."

여전히 주비는 이해하지 못할 이야기를 하고 있었다. 현백은 아무런 말 없이 그를 바라보고만 있었는데 그때 주비의 입에서 정말 놀랄 만한 이야기가 흘러나왔다.

"내 이름은 주비… 창룡이란 별호를 가지고 있지. 여기 있는 현백과 같이 움직이고 있지만 나름대로 꿈이 있는 사내다. 그리고 난 한 가지 더 신분을 가지고 있다."

"무슨 이야기인데 그리 뜸을 들여? 출생의 비밀이라도 있는 거야?"

명사찬은 슬며시 웃으며 입을 열었다. 왠지 분위기가 점점 어두워져 가는 것에 대해 화제를 돌린 것인데 이야기가 엉뚱한 방향으로 신행되고 있었다.

"그래, 출생의 비밀이지. 내가 밝히지 못했던 것… 난 주비라는 이름 앞에 몇 글자가 더 붙는다. 삼황자라는 이름이지."

"삼… 황자……!"

명사찬의 눈이 커졌다. 그럼 지금 주비의 신분은 그냥 여기서 웃고 즐길 수 있는 사람이 아니었다. 황자라는 것은 황제의 자식을 뜻하는 것이니 말이다.

第五章

칠군향을 찾아서

1

"아무래도 현백의 이야기는 나중에 들어야 할 것 같구나. 지금 들은 이야기만으로도 정신이 없으니."

모인은 관자놀이에 손가락을 댄 채 입을 열었다. 확실히 의외의 일이었다. 설마 창룡 주비가 황자일 줄은 몰랐던 것이다.

물론 그동안 주비가 보여준 일련의 행동을 보면 관부와 연관된 사람임을 잘 알 수 있었다. 모인은 그를 유력 관료의 자제 정도로 생각하고 있었다. 설마 황자일 줄은 몰랐던 것이다.

그것도 전혀 알 수 없었던 삼황자라니… 도무지 뭘 어찌해야 될지 감이 오질 않는 상황이었다.

"삼황자라… 놀라도 이렇게 놀랄 수는 없겠지. 더군다나 그 존재조차도 잘 알려지지 않은 삼황자라니……."

"그래, 무리도 아니야. 나의 존재, 결코 대중적인 존재는 아니지. 난 큰형이나 둘째형에 비해 태어났다는 것 자체도 잘 모르는 사람이니……."

쓸쓸한 웃음을 지으며 주비는 입을 열고 있었다. 황실의 이야기를 잘 모르는 이도와 오유는 눈만 껌벅이고 있었지만 어느 정도 아는 모인과 현백, 그리고 명사찬은 달랐다.

대황자와 이황자, 지금 현 황제의 두 아들은 이미 잘 알려질 대로 알려진 사람들이었다. 대황자는 벌써부터 내정 깊숙이 관여를 하고 있는 것으로 알려졌고 이황자는 그런 대황자와 달리 전선으로 나가서 군부 쪽에 투신하고 있는 것으로 알려져 있었다.

그런데 셋째인 삼황자는 알려진 것이 없었다. 아니, 그 존재를 아는 사람조차 거의 없었다. 어쩌면 지금 알고 있는 사람이 더 이상할 정도였는데 지금 그 셋째 황자가 눈앞에 있었다.

"나의 존재를 아는 사람이 더 신기한 일이오. 모인 장로님이야 연륜이 있으시니 아실 수도 있지만 자네는 의외로군."

명사찬을 향해 입을 열며 주비는 더 놀라워하고 있었다. 명사찬은 그저 씨익 웃을 뿐이었는데 놀랄 일도 아니었다. 차기 개방을 이끌고 가야 할 사람이 이 정도는 당연한 것이다.

아니, 어쩌면 이 만남이 더 좋게 작용할 수도 있었다. 강호에서 창룡 주비라는 이름으로 만나도 좋겠지만 삼황자라는 것 역시 무시할 바가 아니었던 것이다.

"날 이용한다고 했다. 그건 무슨 뜻이었지?"

"……."

문득 들려오는 소리에 주비는 고개를 돌렸다. 현백이 그의 눈에 들어오고 있었는데 현백은 담담한 얼굴이었다. 왠지 자신의 과거를 알고서도 별다른 반응이 없었던 것이다.

"굳이 네 과거를 밝힌 이유가 그만한 대접을 받기 위해 한 말은 아니라는 것 정도는 짐작할 수 있다. 내 말이 틀렸나?"

"아니, 정확하다. 너에게 존대받기 위해 밝힌 것은 아니야. 문득 내 자신이 싫어져서 이야기한 거야. 사람을 대하는 마음이 다르다고나 할까?"

"그럼 정확히 나에게 무엇을 바랐는지 그걸 듣고 싶다, 주비. 말할 수 있나?"

고저가 없는 목소리, 전형적인 현백의 음성이었다. 주비는 잠시 생각에 생각을 거듭하고 있었다. 이 이야기를 해야 하는지 아니면 말아야 되는지.

하나 아직은 일렀다. 그의 이상을 모두 이야기하기엔 장소도 사람들도 좋지 않았다. 그 이야기는 더 나중에 하는 것이 좋을 듯싶었던 것이다.

"그건 나중에 이야기해 주마, 현백. 그래도 되겠지?"

"…마음대로."

결국 이야기는 결론이 났고 현백은 고개를 끄덕였다. 이젠 일정을 결정해야 할 때였다. 중간에 주비가 끼어들면서 조금 늦어진 것일 뿐, 주비도 그 점을 느꼈는지 바로 입을 열었다.

"이봐, 현백. 내가 지금 이야기한 것은 이제 진심을 알자는 얘기였다. 그러니 너도 본심을 이야기해 줘. 이젠 정말 친구로서 이야기를 해야 하지 않겠나?"

"……"

그의 말에 현백은 조용히 고개를 끄덕였다. 확실히 결정을 지어야 할 때였다. 그리고 그 결정은 이내 바로 내려졌고 말이다.

"나 혼자… 가려고 해, 화산으로."

"예? 아니, 혼자서 왜 화산을 갑니까? 화산파의 사람들은 오히려 강호로 나왔는데 말입니다."

말이 안 된다는 듯 이도가 바로 입을 열었고 그건 다들 마찬가지였다. 지금 칠군향의 신병은 아무도 몰랐다. 하니 함부로 움직일 수가 없는 상황인 것이다.

"그래도 그 일에 대해 가장 잘 알고 있는 사람은 화산 사람들일 것이야. 화산의 사람들이 날 데리고 다닐 리가 만무하니 혼자서 해야겠지. 그러려면 화산을 가야 돼. 사부님의 흔적이라도 찾아야 할 테니."

"지금 혼자서 처음부터 움직인단 말이에요? 정말 제정신으로 하는 말 맞아요, 현 대형?"

오유 역시 완강한 거부의 의사를 밝혔다. 이건 어이없는 일이었다. 그저 사부님이 사라졌다는 죄책감에 그가 사라진 곳을 일단 찾아가 본다는 것과 다름이 없었던 것이다.

"차라리 그보단 칠 어르신께 누가 위해를 가할 수 있는지부터 생각해야 되는 것이 옳지 않을까? 칠 어르신에게 해를 끼칠 만한 사람부터 거꾸로 생각하면 나올 것 같은데?"

"사부님께 감정이 있어 데려간 사람들이 아닐 거야. 목표는 나겠지. 그래서 더더욱 혼자 있어야 해."

명사찬의 말에 현백은 조용히 입을 열었다. 그러자 모두의 입술이 씰룩였지만 딱히 반대의 음성은 나오지 않았다.

현백의 말은 틀린 것이 아니었다. 그의 말처럼 상대가 누구인지조차 모를 때 그 상대를 끌어내리려면 완벽한 미끼가 필요했다. 현백 혼자 다닌다는 사실을 알게 되면 그거야말로 완벽한 미끼였다.

그러나 그런 미끼를 쓰려면 전제조건이 있었다. 그런 미끼를 보호해 주는 세력이 필요하다는 것이다. 즉, 혼자서 미끼면서 세력을 할 수는 없다는 뜻이다.

"현백 혼자선 할 수 없다. 잘못하면 넌 죽을 수도 있어. 너 역시 상대가 원하는 것이 네 사부님이 아니라 너라는 것을 잘 알고 있지 않나?"

주비는 진심으로 현백을 걱정했다. 현백은 그 마음이 느껴지는지 살풋한 웃음만 짓고 있었다. 하나 이미 현백의 마음은 정해져 있었다.

"다른 사람들은 소림으로 가주길 바래. 그리고 그곳에서 내 입장을 설명해 주기를 부탁한다. 장로님께 이들을 부탁합니다."

"진심으로 하는 이야기더냐, 현백?"

모인은 현백의 말에 다시 한 번 재차 확인을 했다. 현백은 고개를 끄덕였고 모인은 어찌할 도리가 없다고 생각했다. 본인이 이렇게 나오는데 곁에 있는 사람들이 어떤 이야기를 할 수가 있겠는가?

"장로님, 설마 정말로 현 대형의 말을……."

"들어야 한다, 이도. 이건 현백이 선택한 길이다. 우리들의 수장이 현백임을 잊지 않았겠지?"

"……."

이도는 아무런 말도 할 수가 없었다. 모인의 말처럼 여기 있는 사람들은 현백이 좋아서 따라온 사람일 뿐, 그 외에 어떤 목적이 있어서 온 사람들이 아니었다. 즉, 현백의 결정이 일행의 결정이 되는 것이다.

그런 현백이 원하는 바가 있었다. 그럼 그대로 따라주어야 하는 것이다. 하지만 그럼에도 불구하고 이도는 한 가지 조건을 내걸었다.

"좋아요, 현 대형. 내 분명히 약속하죠. 대형을 대신하여 내가 가서 이야기하겠어요. 하나……."

"……."

"주 형이라도 같이 갈 수 있도록 해줘요. 그래야 전 말을 들을 겁니다."

"그건 저도 같은 생각이군요."

이도와 오유가 눈을 굳히며 나서자 현백은 어쩔 수 없다는 듯 고개를 흔들었다. 그렇게 해야 할 듯했다. 자신이 이들을 생각하는 것만큼 이들 역시 자신을 생각하고 있음을 알고 있으니 말이다.

"알았다. 그럼 그리하도록 하지. 부탁해도 되겠나, 주비?"

"내가 먼저 말하고 싶었다. 난 너를 따르마."

현백은 고개를 끄덕이며 자리에서 일어났다. 잠시 옆에 있던 모인을 향해 고개를 끄덕이곤 어디론가 가고 있었다. 말 쪽으로 향하는 것이 아닌 것을 보니 아마도 조용히 생각할 것이 있는 것 같았다.

이 달이 스러지고 밝은 태양이 떠오르면 이젠 헤어져야 할 시간이었다. 다시 만날 때까지 얼마나 시간이 걸릴지 모르지만 현백은 크게 숨을 들이쉬며 마음을 다잡았다. 아무래도 다시 만날 때까지… 많은 피를 보게 될 것 같은 예감이 들고 있었던 것이다.

칠군향을 찾아서

　　　　　*　　　*　　　*

　타탓… 파아앙!

　"차아앗!"

　지충표는 커다란 기합 소리와 함께 허리를 틀었다. 그와 함께 좌우로 양발을 빠르게 놀리다 이내 등 쪽을 전면으로 바짝 붙였다.

　터어어엉.

　둔탁한 소리가 허공에 울리고 있었다. 지충표의 고개가 절로 떨릴 만한 공격이지만 지충표는 아픈 표정 하나도 없었다.

　"합!"

　파아아앙!

　오히려 더욱더 큰 기합성을 내며 허리를 다시 틀고 있었다. 그 허리의 틀림이 하체에 전해지기도 전 그는 허공으로 몸을 솟구치고 있었다. 그러자 그의 양발이 허공으로 춤을 추며 그의 등으로 쳐낸 물체를 향해 양발이 휘돌려지고 있었다.

　파가각~!

　두 개의 나무 막대기가 사정없이 부서져 나가고 있었다. 지충표의 등을 가격한 것은 다름 아닌 목형, 사람의 모양으로 깎인 것이 있었고 부러진 것은 그 손 역할을 하는 길쭉한 나무였던 것이다.

　탓!

거구에 어울리지 않는 유연함으로 그는 다시 땅에 내려섰다. 그리곤 양 무릎을 펴면서 오른손으로 목형의 목 부분을 휘감았다.

카카칵!

"차아압!"

우두두둑…….

오른손에 걸린 목형의 목이 통째로 뜯기고 있었다. 아니, 사실 뜯긴 부분은 목이 아니었다. 대지에 단단히 박혀 있던 목형의 다리 부분이 통째로 뽑혀 올라온 것이다.

그 목형이 유려한 곡선을 그리고 있었다. 허리를 숙이며 오른손을 힘껏 잡아당기자 목형은 땅에 처박히고 있었다.

꽈아아아앙~!

귀청이 떨어져 나가는 듯한 소리와 함께 목형이 저만치 나뒹굴었다. 물론 이미 반 토막 난 상태였다. 지충표는 호흡을 고르며 숨을 돌렸다.

"후우……."

짝짝짝.

그 숨소리와 함께 차가운 박수 소리가 뒤편에서 들려왔다. 고개를 돌린 지충표의 눈에 일단의 인물들이 보이고 있었다. 그 사람들 중 반가운 사람과 그렇지 않은 사람들이 같이 있었다.

"날이 갈수록 무공이 느는구나. 이젠 내가 알던 지충표가

아닌데?'

"그래 봤자 본 문의 무공을 비튼 것일 뿐, 본인은 인정할 수 없소이다."

낭인왕 옥화진과 강유수주 지한이었다. 그 옆엔 밀천사 양각도 있었다. 빙긋거리며 웃는 옥화진에 비해 지한은 심드렁한 얼굴을 하고 있었다. 그리고 그 얼굴은 그 옆의 인물 역시 마찬가지였다.

"이번만큼은 당신의 말에 동감하지. 나 역시 그리 생각하니."

예봉수 지용호였다. 참으로 얼굴 보기 싫은 사람들 둘이 다 이곳에 있었다. 바로 지충표의 친인척들인 것이다.

"홍… 누가 알아달라고 했나? 그런 인정 따윈 필요없으니 계속 싸우지 그래? 두 사람이 서로 한목소리를 내는 것을 보니 소름이 쫙 끼쳐서 말이야."

"이놈이 감히! 내가 누구인 줄 잊은 것이냐!"

지충표의 삐딱한 말에 지용호의 얼굴이 울긋불긋하게 변했다. 하나 지충표는 눈썹 하나 까딱임 없이 입을 열었다.

"설마 내가 당신의 얼굴을 잊을 리가 있겠나? 그 표현보단 이젠 그리 두렵지도 않다는 말이겠지. 내 말 못 알아듣나?"

"건방진 놈! 진정 관을 봐야 눈물을 흘릴 놈이로구나! 차아앗!"

스스스… 파아아앙!

어느새 그의 신형이 좌우로 떨리는 듯하더니 이내 지충표의 눈앞으로 들이닥치고 있었다. 눈 한 번 깜박일 순간 눈앞에 올 정도로 쾌속한 신법이었지만 지충표는 그리 놀라지도 않았다. 그리고 그 역시 상당한 속도로 움직이고 있었다.

스슷… 타타타타타탓!

빠르기로 둘째가라면 서러운 예봉수가 모두 지충표의 손에 막히고 있었다. 지충표는 오른손을 들어 올린 채 한 손으로 예봉수를 막아냈던 것이다.

지용호의 손은 이미 다 막혔고 지충표와 서로 수도를 맞대며 대치하는 형국이 되었다. 문득 그의 귓가에 지충표의 목소리가 들려왔다.

"한때 당신들에게 그리도 인정받고 싶었던 소년이 있었소. 서로 싸우든 뭘 어떻게 하든 소년은 당신들을 피붙이라고 생각하고 있었소……."

우우우!

지충표의 몸에서 강렬한 기운이 솟구치고 있었다. 그 모습에 지용호는 놀란 얼굴을 다시 만들었다. 지충표는 내력이 없는 것으로 알고 있었다. 아니, 없어야 했다. 잡다한 내력으로 조금씩 가진 내력이 전부니 말이다.

그런데 지금 보여지는 이 내력은 절대 그런 내력이 아니었다. 자신에 필적하는 내력이 지금 지충표의 몸에서 보여지고 있었던 것이다.

"어떻게 하든 무공으로 양자를 화해시켜 보고 싶었고 그로 인해 소년의 몸은 더욱더 망가졌지만 소년은 멈추지 않았지. 그러나 그런 소년에게 당신들이 보낸 건 멸시와 조롱이었어. 아닌가?"

"큭!"

지용호의 입에서 뒤틀린 비명이 흘러나왔다. 지충표의 몸에서 흘러나온 내력은 보통 내력이 아니었다. 점점 밀리기 시작하면서 자신의 수도가 가슴에 붙을 지경이 되었다.

"이젠 뭐라고 하든 신경도 쓰지 않는다. 당신들이 무슨 짓을 하려는 것인지 관심도 없어. 그러니 당신들도 내 일에 신경 끄시지. 알겠나?"

파아앙! 타타탓!

지충표는 손바닥을 뒤집어 지용호의 어깨를 밀었다. 지용호는 뒤로 몇 걸음 물러났다가 다시금 지충표를 향해 소리쳤다.

"이… 이런 죽일 놈! 네놈이 살기가 싫구나!"

지충표를 윽박지르며 그는 앞으로 달려나가려 했지만 그건 생각뿐이었다. 그를 가로막은 사람이 있었는데 그는 바로 옥화진이었다. 그는 눈을 부라리며 지용호에게 소리쳤다.

"우리가 온 이유가 여기 충표 때문이었소? 좀 진정하시길 바라오."

"끄으으응!"

어쩔 수 없다는 듯 앓은 소리를 내며 지용호는 고개를 홱 돌렸다. 그러자 이번엔 지충표의 입술이 열렸다.

"거참… 나에게 시비 걸 일이 아니라면 이곳엔 왜 오셨소이까? 옥 형이 설마 술 한잔하자고 나에게 온 것은 아닐 테고."

"누가 이곳에서 만나자고 하더군. 저기 오는 저 친구가 말일세."

"응?"

옥화진의 턱짓에 지충표는 고개를 돌렸다. 이들과는 반대 방향에서 사람들이 오고 있었는데 모두들 어두운 계통의 옷을 입고 있어 누군지도 잘 파악이 되질 않았다.

아니, 딱 한 명은 좀 밝은 옷을 입고 있었다. 그는 왠지 도사복 같았는데 자세한 것은 더 가까이 와야 알 수 있었다. 아직 해가 완전히 뜬 시간은 아니니 말이다.

게다가 언제 비가 올지 모르는 상황이었다. 잔뜩 찌푸린 하늘은 지금 당장 비를 뿌려도 전혀 어색하지 않을 상황이었다. 지충표는 조용히 호흡을 조절하며 다가오는 사람들을 기다렸다.

이곳은 자신의 처소였다. 이 처소에서 지충표는 무공을 연마하고 있었다. 옥화진이 준 그 비급을 보고 있었던 것이다.

그 이후로 지충표는 내력을 모을 수 있었다. 해서 지금 이 정도로 강한 내력을 가지게 된 것이다. 그런 그에게 지금 이곳은 하루하루가 축복이었다.

 이런 행복을 깨는 사람들을 보니 사실 지충표는 그리 좋은 기분이 아니었다. 그러나 점점 다가오는 사람들을 보고 그는 자신의 기분 따윈 접었다. 아니, 그런 거 생각할 때가 아니었다.

 다가온 사람들은 잘 아는 두 사람과 낯선 한 사람이었다. 그 뒤의 수하들이야 한번도 말하는 것을 본 적이 없으니 관심도 없었는데 바로 삼사자와 몽오린이라 불리는 이사자였.

 그 둘이 오는 것이야 뭐 그런가 보다 싶었는데 지충표가 놀란 것은 그 옆에 있는 사람 때문이었다. 가까이 올 때까지 잘 몰랐다가 와보니 누군지 알 것 같았던 것이다.

 "치… 칠군향… 어르신!"

 지충표는 놀라 소리쳤다. 이 도복은 바로 화산의 도복이었다. 그리고 그 도복을 입은 사람은 다른 사람이 아닌 현백의 스승 칠군향이었던 것이다.

 "호오… 이 사람을 아나? 그럼 더 이야기가 쉬워지겠군 그래."

 몽오린은 잘되었다는 표정을 지으며 입을 열었다. 하지만 지충표는 그리 좋은 표정을 지으며 말할 기분이 아니었다. 어쨌든 이 사람은 친구의 스승이니 말이다.

 "대체 무슨 짓을 하려는 것인가! 그분은 무공 같은 것은 모르시는 분이시다! 그런 분에게 뭘 바라는 것이야!"

고래고래 소리를 지르며 지충표는 앞으로 나갔다. 그러자 몽오린은 피식 웃으며 입을 열었다.

"시끄러우니 입 좀 닥치지? 당분간 이곳에서 너와 같이 있을 사람이니 서로 잘 사귀라고. 이제 무슨 말인지 이해가 되나?"

"이해가 될 거라고 생각하나? 화산에 계실 분이 왜 여기에 계신지 이야기 좀 해볼까?"

이번에 이야기한 사람은 옥화진이었다. 그의 눈은 매섭게 빛나고 있었는데 지금 이 상황이 절대 반갑지 않은 것이다.

상대는 현백의 스승을 데려온 것이다. 아니, 그걸 제쳐 두더라도 다른 문제가 있었다. 바로 화산이라는 거대 문파와 싸움을 벌이자는 것과 마찬가지였던 것이다.

옥화진은 사실 소식을 듣곤 있었다. 지금 강호가 돌아가는 소식을 말이다. 그중 화산의 무인들이 모조리 강호로 뛰어나왔단 소식을 들었다. 그 이유가 칠군향이 실종된 것이라는 말을 들었을 때 내심 의아했던 것이다.

칠군향은 실종될 이유가 없었다. 법술로 평생을 사는 사람인만큼 일반인에게는 오히려 무림인보다 더 추앙을 받는 사람이었다. 적이 있을 리가 없는 사람인 것이다.

그런 사람이 없어졌다. 그런데 그 사람이 지금 눈앞에 있었다. 하면 모든 화살이 이곳으로 집중될 것이 뻔한 것이었다.

"후… 이거야 원, 내가 뭐 하나 할 때마다 네 허락을 맡아야 하나? 뭔가 잘못되었다는 생각이 안 들어?"

"든다. 들어도 벌써부터 들고 있었지. 왜 너 같은 놈을 이 중원에 들여놨는지 말이야. 생각 같아선 당장이라도 쳐 죽이고 싶다."

"큭… 그래? 그럼 어디 한번 해보던가?"

"못할 것 같나?"

위이이이잉—

한순간 양쪽에서 흘러나오는 강렬한 기운으로 인해 작은 공기의 일렁임이 생기고 있었다. 몽오린은 금사검의 검파에 손을 얹고 있었고 옥화진은 자신의 거부에 손을 올리고 있었다. 그냥 두면 정말 충돌할 기세였다.

"호호호, 옥 대협께선 조금 진정하시지요. 설마 저희가 이분의 목숨을 뺏기 위해 모셨겠습니까? 이사자님도 조금 진정하세요."

삼사자의 교태가 서린 음성에 두 사람의 기세가 조금 누그러졌다. 역시 삼사자의 미안공은 여러 가지로 쓸모가 있었다. 이런 상황에서도 도움이 되고 있으니 말이다.

"큭큭, 역시 삼사자 자넨 사람을 녹일 줄 알아. 더 이상 보면 서로 성질만 날 테니 이만 합시다. 당신이나 우리나 할 일이 많을 텐데……."

몽오린은 제 할 이야기만 다 하고 신형을 돌리고 있었다.

그러자 데리고 온 사람들 모두 움직이고 있었는데 남은 것은 삼사자뿐이었다.

"지 대협, 부탁합니다. 현백의 친구라 하시니 모셔다 드리는 것입니다. 이분, 잠시만 모셔주십시오."

"……."

어이없는 그녀의 부탁에 지충표는 아무런 말도 할 수가 없었다. 그녀는 이어 교태가 뚝뚝 떨어지는 목소리로 지충표를 향해 입을 열었다. 지충표에게 몸을 바싹 밀착시킨 채 귓가에 말이다.

"무공이 조금 막히지 않나요? 언제든 말씀하세요. 제가 또 다른 세상을 보여 드리지요. 전 그럴 수 있답니다."

"……!"

놀라는 얼굴을 만들며 지충표는 그녀를 바라보았다. 그녀는 그저 웃더니 바로 신형을 돌렸다. 그리곤 엉덩이를 교태롭게 흔들며 갔다.

"어… 어르신, 괜찮으십니까?"

"허허, 누군가 했더니 백아의 친구였구나. 네 얼굴이 기억난다."

"예, 어르신. 일단 안으로 드시지요."

지충표는 칠군향을 모시고 안채로 들어가고 있었다. 장내에는 어이없는 표정의 사람들만 남아 있었는데 문득 양각의 목소리가 들려왔다.

"또 한 번 풍파를 일으키려 하는군요. 아무래도 이번 풍파는 그 크기가 좀 클 것 같습니다."

"그래, 내 생각도 그렇구나. 이 일은 대인께 아뢰어야겠다. 모두들 돌아갑시다."

고개를 흔들며 옥화진은 신형을 옮겼다. 머리 위에 보이던 잔뜩 찌푸린 하늘은 바로 옥화진의 마음과 똑같은 형상이었다.

2

"조금 무리한 결정이 아닌가 싶습니다, 사형."

"뭐가 무리란 거지?"

강상서의 말에 오위경은 심드렁한 얼굴을 만들었다. 그러자 강상서는 고개를 갸웃거리며 다시금 입을 열었다.

"본 파로 사람들을 데려간다 하셨습니다. 하나 그건 림주님께서 허락해야 가능한 일입니다. 함부로 본산에 사람들을 들일 수 없음은 사형이 더 잘 아시지 않습니까?"

이어지는 강상서의 목소리에 오위경은 고개를 살짝 끄덕였다. 물론 그 말이 틀린 것은 아니었다. 솔사림에 외인을 함부로 들일 수 없음은 아주 오래전부터 내려오는 계율이었던 것이다.

"하면, 지금 이 상황을 어떻게 헤치라는 것이지? 넌 대책이 있으면서 이야기하는 것이냐?"

"예?"

오위경의 말에 강상서는 다시 모를 표정을 만들었다. 아무래도 강상서는 오위경에게 좀 더 자세한 것을 들어야만 할 것 같았는데 오위경은 살짝 비틀린 웃음을 지으며 입을 열었다.

"이곳에 콕 틀어박히며 사람들을 주시하다 보니 내가 무슨 일을 하는지 잊은 것 같구나. 내 분명히 말하지만 나의 일은 무슨 수를 써서라도 사람들의 마음을 잡는 것이다. 그리고 그건 나 혼자만의 생각이 아니지. 림주님께서도 그리하라 했고 말이다."

"……."

"그런데 그게 쉽지가 않아졌다. 이유는 모르지만 나를 보는 눈이 조금씩 달라지고 있어. 내가 무능해 보이는 것일 수도 있지만 그것보단 다른 것이 더 문제인 것 같아."

"…뭐가 문제란 말입니까?"

왠지 강상서는 오늘 바보 흉내라도 내는 것처럼 보이고 있었다. 오위경은 그런 강상서를 향해 입술을 이죽거리며 말을 이었다.

"장난이라면 때려치워라, 강상서. 하나도 재미없으니. 너도 지금 상황이 어떻게 돌아가는지 뻔히 알 텐데?"

"하하! 죄송합니다, 사형. 너무 웃음이 없는 생활이라 한번 기분 좋게 웃고 싶었습니다. 이미 본산에 서신을 보낸 상태입니다. 난국을 타개하기 위한 유일한 방법이니 그렇게 해야지요."

장난스럽게 웃으며 강상서는 입을 열었고 오위경은 피식 웃었다. 강상서라면 충분히 알아서 진행했을 터였다.

이곳은 소림산으로 올라가는 자락이었다. 그 자락에 자리 잡은 마지막 마을에 객잔을 잡았는데 강상서는 그곳에 있었다. 소림은 활동하기도 힘들고 또 조금 폐쇄적인 곳이라 사람들이 왕래하기도 쉽지 않았던 것이다.

그래서 추색대 인원들은 모두 이곳을 주무대로 삼고 있었다. 강호를 돌아다니면서 활동하는 것이 더 좋겠지만 소림의 혈겁으로 인해 가까운 곳에서 비급이 나타난 것만 처리할 수밖에 없었던 것이다.

"아참, 그리고 다른 소식이 하나 들어왔습니다. 그 봉오린이란 놈, 사고 제대로 치고 있습니다. 이번엔 화산이랍니다."

"응?"

오위경은 태사의에 앉으려다 강상서를 바라보았다. 지금 막 이곳에 돌아온 후라 일단 좀 쉬고 싶건만 그것조차 마음대로 되질 않았다. 오위경은 인상을 벅벅 쓰며 말을 이었다.

"이해할 수가 없구만. 대체 왜 그런 놈들을 안고 가려 하는지. 후… 좀 더 이야기해 봐라. 무슨 일이냐?"

강상서가 운을 뗀 것으로 봐서 어느 정도 알아본 것이라 생각한 오위경은 태사의에 앉으며 입을 열었다. 그러자 강상서는 씨익 웃으며 말을 이었다.

"뭐 사실 그 일은 우리가 주도한 것이나 마찬가지입니다. 어쨌든 이곳으로 현백이 오는 것은 좋지 않은 일, 그래서 그것을 막기 위해 그들을 이용하기로 한 것이 바로 우리 아닙니까?"

"……."

"그 녀석들, 일 하나는 확실하게 하더군요. 현백의 스승을 데려갔습니다. 그것도 백주 대낮에 화산에서 말입니다."

"뭐……!"

오위경은 정말 놀란 표정을 지었다. 웬만한 일엔 눈 하나 깜짝하지 않는 그가 이렇게 놀라는 일은 거의 없었다. 하나 이번만큼은 정말 놀랐던 것이다.

하긴 그도 그럴 것이 벌건 대낮에 사람을 납치한 것이다. 그것도 구대문파의 하나인 화산 사람을 말이다. 한데 어찌 놀라지 않을 수 있을까?

만일 이것이 사실이라면 보통 일이 아니었다. 잘못하면 상당한 파장을 가져올 수도 있는 문제인 것인데 정말 상식이 통하지 않는 놈이었던 것이다.

"하하하하! 대사형께서 이토록 놀라는 것은 정말 오래간만에 뵙는군요. 그놈이 인물은 인물인가 봅니다. 이거 좀 더 신경 써야 할 놈 같은데요?"

"……."

농까지 섞어가며 이야기하는 그를 보며 오위경은 의혹의 눈초리를 만들었다. 왠지 그는 모든 것이 다 예정에 있는 것처럼 느껴졌기 때문이다.

"아무래도 내가 모르는 뭔가가 더 있는 것 같은데? 어디 한번 이야기해 보지?"

"큭… 역시 대사형께선 눈치도 빠르십니다. 물론입니다. 사형이 모르시는 무언가가 있습니다. 그것도 상당한 것이지요. 셋째가 이 일에 관여를 좀 했습니다."

"관립이?"

흥미로운 표정을 지으며 오위경은 입을 열었다. 그럼 여기서 한 가지를 추측할 수 있었다. 아무래도 그들과 셋째 사이에 무언가가 있음을 말이다.

"네, 그렇습니다. 관립이 조건을 걸었더군요. 칠군향을 데려가는 대신 화산의 무공에 실마리를 제공한다는 조건으로 말입니다."

"흥. 결국 도움을 요청하는가? 하긴 예전에도 그렇긴 했었지. 우리가 신경 끄긴 했어도……."

"그렇습니다. 하지만 이번엔 해주어야겠지요. 약속은 지켜야 하니."

나름대로 이해되는 바는 있었다. 화산만큼 절박한 곳은 없었다. 일류고수는 있어도 최고급고수가 없는 곳. 그것이 화산의 현실이었다.

자하신공을 변형하여 뭔가 새로운 돌파구를 마련한다는 것은 다 공염불에 불과했다. 진실은 자하신공 자체가 제대로 된 것이 아니라는 것을 잘 알고 있었던 것이다.

그러한 속사정을 감추기 위한 수단이 수뇌부의 분열이었다. 서로 싸우는 듯하면서 실상은 이렇게 다른 자구책을 강구해 왔던 것이 그들이었던 것이다.

"어쨌든 그런 식으로 현백의 신형을 돌린다 이건가? 먼저 간 사람들은 어디로 가고 있는데?"

"아마도 현백이 있는 곳에 거의 도착한 것 같습니다만 현백은 움직일 것입니다. 그들이 현백의 스승이 있는 곳을 흘린다면 현백은 반드시 움직일 테니까요."

"좋아… 그럼 되겠군."

한짐 덜었다는 표정으로 그는 입을 열었다. 태사의 깊숙이 몸을 숙인 채 잠시 다른 생각을 할 때 갑자기 강상서의 목소리가 들려왔다.

"한데… 그보다… 대사형, 혹 초호라는 사람에 대해 알고 있습니까?"

"누구?"

낯선 이름에 오위경은 미간을 찌푸렸다. 초호라는 사람에 대해선 알 수가 없었는데 오위경은 강상서를 다시 바라보았다. 이후의 이야기를 해보라는 뜻이었다.

"그 이름이 요즘 심심찮게 귓가에 들어오고 있습니다. 어떤 인물인지 모르지만 우리 쪽의 인물 같기도 합니다. 해서 혹 아시는지 물어본 것입니다."

"글쎄, 기억 속엔 없는 이름인데… 중요한 인물인가?"

오위경의 말에 강상서는 고개를 좌우로 흔들었다. 더 이상 아는 것은 없다는 뜻이었는데 오위경 역시 아는 것이 없기에 고개를 끄덕이며 입을 닫았다.

톡… 톡…….

그의 손가락이 움직이기 시작했다. 살짝살짝 태사의를 두들기는 그의 손가락은 그가 골똘히 생각에 빠졌다는 것을 말해주고 있었다.

"후… 그럼 전 이만……."

일정하게 들려오는 손가락 소리를 들으며 강상서는 신형을 옮겼다. 생각에 빠진 오위경을 봐봐야 침묵만이 대답해 줄 뿐이니.

톡…….

강상서가 떠난 방 안, 외롭게 울리던 소리가 뚝 멈추었다. 다른 생각으로 골똘한 줄 알았던 오위경은 그게 아니었다. 문득 그의 입술 사이에서 작은 소리가 흘러나왔다.

"초호… 드디어 나오는가?"

*   *   *

다각다각.

빠르지도, 그렇다고 느리다고도 볼 수 없는 속도로 말이 달리고 있었다. 조용한 관도를 달리는 두 필의 말, 그 말 위엔 사내 둘이 타고 있었다. 바로 현백과 주비였다.

두 사람은 지금 화산을 향해 움직이는 중이었다. 물론 그의 뒤엔 상당한 사람들이 따라붙고 있었는데 그들은 현백의 품에 있는 비급에 관심이 있는 사람들이었다.

어차피 신경도 쓰이지 않는 사람들이었다. 현백은 그대로 관도를 따라 움직이다 고개를 들어 하늘을 바라보았다. 이제 조금 있으면 날이 어두워질 것이었다.

오늘 아침 현백은 일행과 헤어졌다. 이도와 오유, 명사찬과 모인은 소림으로 향했다. 아니, 정확히 말해 소림에서 온 사람들을 맞으러 나갔다고 보는 것이 옳았다.

소림에서 온 사람들은 어젯밤 일행이 묵던 곳에서 약 이틀 거리에 있었다. 이미 모인이 그들에게 개방의 사람을 붙여두었다고 하니 곧 만날 수 있을 터였다.

그리곤 하루 종일 이렇게 움직인 것이었다. 왠지 조금은 무거운 마음에 옆에 있는 창룡과 대화 한번 제대로 해보지 못한 상황이었다.

"오늘은 이쯤에서 쉬는 것이 어떨까 하는데?"
"그래, 그게 좋겠군. 저 뒤에 오는 놈들도 쉬기는 해야 하니."

창룡의 대답에 현백은 말고삐를 잡아당겨 말을 멈추었다. 그리곤 말에서 내려 관도의 한쪽으로 움직였다.

그러고 보니 밖에서 자기에 좋은 계절이었다. 아직 완전한 여름도 아니고 볕이 딱 좋은 계절이다 보니 그저 동물 가죽으로 된 자리 하나만 펴면 언제든 쉴 수 있었던 것이다.

현백은 말을 한쪽에 매어놓고 자리를 편 후 편하게 몸을 뉘었다. 그리곤 품속에 손을 넣어 아침에 사 온 육포를 하나 꺼냈다. 그리곤 조금씩 찢어 입에 넣기 시작했다.

때늦은 점심이자 저녁을 겸해 먹는 것이지만 사실 현백은 그것이 어디로 들어가는지도 몰랐다. 그저 골똘히 생각에 빠져 있었는데 그 생각은 뻔했다. 스승에 대한 생각인 것이다.

어디로 갔을까? 왜 끌려가신 것일까? 혹은 지금 무사하신지까지 모두 생각나고 있었는데 뭘 어떻게 생각해도 이유는 한 가지였다. 다 자신 때문인 것이다.

생각해 보면 황당한 여정이었다. 뭐가 어떻게 흐르는 것인지 알 수가 없었지만 일단 자신은 움직이고 있었다. 그것 하나만 확실한 것이었다.

움직인다. 대관절 무슨 의미가 있는 강호행인지 다시금 현백은 의문을 가졌다. 정말 의협심 하나로 시작된 강호행이었는지를 다시 확인하고픈 것이다.

문득 그의 손이 목 어림으로 움직였다. 한 소년에게 주었다

다시 자신의 손에 들어온 목패, 그 목패를 어루만지며 옛 기억에 빠졌다. 소년의 죽음으로 인해 여기까지의 여정이 시작된 것은 틀림없었다.

그러나 뭔가 부족했다. 사실 지금 그의 마음속에 소년의 복수를 해주어야겠다는 생각 같은 것은 들지 않았다. 지금은 오히려 자신에 대한 이야기들이 얽혀 움직이고 있었던 것이다.

사건의 초점은 분명 자신에게 있었다. 그래서 그는 일순 두려워진 것이다. 이만한 주목을 받으며 강호행을 한다는 것은 표적이 되는 것이나 마찬가지. 따라서 일행이 위험해지는 것은 당연한 이야기였다.

그래서 일단 일행을 찢었건만 옆에 있는 주비는 할 수 없었다. 현백은 그렇게 작게 입을 놀리고 있었는데 그때 옆에 있던 주비의 입술이 다시금 열렸다.

"흠… 조용하니 하는 말인데… 현백, 자네의 무공이 다시 바뀌었더군. 이번에 깨달은 것인가?"

"……."

주비의 목소리에 현백은 상념을 접었다. 그리곤 고개를 끄덕여 대답을 대신했다. 그러자 주비는 씨익 웃으며 현백의 옆에 와 자리를 깔았다.

"후… 솔직히 지금 난 너에게 대련이라도 신청하고 싶은 심정이야. 이제 너를 보면 정말 무공을 한다라는 생각이 강하게 들어. 아주 강하게 말이야."

주비는 자신의 감정을 솔직하게 현백에게 이야기하고 있었다. 현백은 그저 고개만 끄덕일 뿐 별다른 생각을 내비치지 않고 있었는데 무공에 관해서라면 그 역시 그다지 할 말이 없었던 것이다.

아니, 솔직하게 말하자면 점점 자신이 없어져 가고 있었다. 처음 그가 느꼈던 것과 지금은 많은 차이가 있었던 것이다.

천의종무록, 익히고 곱씹으면 씹을수록 그 깊은 느낌이 우러나는 맛이었다. 이건 기존의 무공서와는 많이 다른 것이었던 것이다.

아니, 많이 다른 정도가 아니라 어쩌면 무공서가 아닐 수도 있다는 생각이 들고 있었다. 분명 이 무공서를 소유한 환연교에선 호교서, 혹은 무공서라 못을 박았지만 익히고 있는 현백의 입장에선 그것이 아닌 듯 보였던 것이다.

하나 무공이든 아니든 간에 현백에게는 명확한 것이었다. 이 천의종무록 때문에 현백의 인생이 변했고 지금도 변하고 있었다. 십 년 전 같이 있었던 그들 충무대원들의 인생도 변했다. 모든 것이 다 바뀌었던 것이다.

얼마나 더 바뀌게 될지 아무도 모르지만 현백은 상관없었다. 어떻게 바뀌더라도 그는 잃을 것이 없는 사람이었으니 말이다.

"…자신의 무공이 형편없다고 생각하나, 주비?"

"응?"

급작스러운 현백의 질문에 주비는 눈을 살짝 크게 떴다. 분명 이야기는 현백의 무공인데 이젠 자신의 무공으로 화제가 옮겨왔으니 말이다.

"너를 보며 느낀 것인데 정말 무공에 관심이 많더군. 그렇게 높은 무공이 필요하나? 이미 너의 무공도 높다고 생각하지 않아?"

"……."

현백의 말에 주비는 살짝 웃었다. 그리곤 잠시 생각을 하다 입을 열었다.

"내 무공이 약하다는 생각은 한 번도 해본 적이 없다, 현백. 하지만 내가 이겨야 할 상대가 있으니 난 강해져야 한다. 그 누구도 이길 수 없는 힘을 난 지녀야 해. 그래야 내가 하고 싶은 것을 할 수가 있어."

"하고… 싶은 것?"

현백은 자신도 모르게 중얼거렸다. 하고 싶은 것이라… 좋은 이야기였다. 분명 사람은 삶의 목표가 있어야 한다.

삶의 목표란 곧 욕구, 분명 여기 있는 이 주비는 뭔가 꿈이 있었다. 그리고 그 꿈을 향해 지금 달려가고 있는 것이다. 누군가를 이기고 싶다는 욕구가 그에겐 있는 것이다.

그럼 자신에겐 무엇이 있을까? 불타는 의협심 따윈 절대 있을 리가 만무했다. 그렇다고 이 주비처럼 누군가를 이겨야 한다는 생각도 없었다.

그가 하는 무공은 그저 해왔기에 하는 것이다. 딱히 뭔가 다른 것을 준비하지는 않았다. 그렇다고 해서 삶에서 뭔가 의미를 찾지도 않았다.

여기 있는 이 주비보다 더 건조한 삶이었다. 그 건조한 삶 속에서 현백의 마음 깊이 떠올리는 무언가란 다름 아닌 그의 사부 칠군향이었다.

"……."

이제야 조금 알 것 같았다. 칠군향이야말로 현백의 삶 속에 큰 영향을 끼치는 인물이었다. 그 이름 석 자를 떠올리는 순간 갑자기 가슴 한쪽이 쓰려오기 시작했던 것이다.

자신이 이토록 불안하고 힘든 것, 그리고 일행과 헤어져 여기에 남아 있는 결정을 내린 것 모두가 다 칠군향 때문이었다. 그에게 스승이란 존재는 사람들이 생각하는 것 이상으로 컸던 것이다.

아니, 스승이라 말하기 전 그는 한 명의 사람이었다. 그 사람은 바로 현백에게 있어 정신적인 아버지나 다름없었던 것이다.

"궁금하군. 그토록 네가 이기고 싶어하는 사람이 누군지 말이야. 그 사람이야말로 너에게 있어 삶의 목표가 아닌가?"

"목표? 하하! 그래, 바꾸어 말한다면 그렇게도 말할 수 있겠군. 물론 좋게 말한다면 말이지. 그러나 난 정말 그를 이기고 싶다. 정말로."

 굳이 그렇게 강조를 하지 않아도 주비의 욕망이 어느 정도인지는 잘 알 수 있었다. 현백은 입술을 살짝 실룩이며 고개를 돌렸다. 그 사람이 누구인지 이야기하지 않으려는 것을 보니 오늘은 이야기를 듣기 어려울 듯 보였던 것이다.

 "그래, 그 사람. 내게 있어서 필생의 적이라 생각되는 그 사람은……!"

 막 현백의 예상을 깨고 주비가 입을 열고 있었다. 하나 주비의 음성은 거기까지였다.

 "……"

 현백은 자리에서 서서히 일어났다. 그뿐만이 아니라 주비 역시 자리에서 일어나고 있었다. 일어서는 그들의 눈에는 긴장감이 어리고 있었는데 특히 현백의 눈은 완전 경직되어 있었다.

 언젠가 한번 느꼈었던 느낌, 바로 그것이었다. 그리고 그 느낌이 누구의 것인지 확실히 기억나고 있었다.

 "스스로 나설 수 없는 것을 보면 주인이 나서달라고 하는 것인가? 그럼 나서주어야 하겠지. 차압!"

 파아아아앙!

 흙먼지 가득 일으키며 주비가 허공으로 몸을 띄우고 있었다. 그 순간 검은 그림자 두 개가 주비를 향해 섬전같이 다가왔다.

"어림없는 짓!"

따당!

강렬한 울림과 함께 두 개의 그림자가 튕겨 나가고 있었다. 그러나 그 그림자들은 이내 다시금 움직이고 있었다. 땅에 내려섰다고 생각하는 순간 이미 허공으로 도약하고 있었던 것이다.

마치 고무공을 벽에 힘껏 던진 듯한 느낌에 주비는 눈을 살짝 크게 떴다. 두 사내로 짐작되었는데 무공이 보통 이상이었던 것이다.

시링… 시리링!

"……!"

한순간 귓가에 파고드는 얕은 금속성을 들으며 주비는 눈을 좁혔다. 분명 이것은 마찰음. 이런 마찰음이라면 어떤 것인지 뻔했다. 이건 병기를 빼 드는 소리인 것이다.

피리링—

주비는 자신의 장창을 휘돌렸다. 여태껏 창두를 뒤로 돌리고 있었지만 이젠 그럴 필요가 없었다. 상대가 병기를 꺼내 든 이상 그 역시 가만있을 수는 없었던 것이다.

카라라라락!

"…철조?"

창대를 통해 느껴지는 감각으로 그는 지금 상대가 철조를 쓴다는 것을 알았다. 주비는 순간 창대를 잡아당겼다.

파아앗… 쉬이이익!

철조는 빠른 속도의 무공이었다. 연검 같은 얇은 검류가 쾌의 극이라 한다면 철조는 다른 맛이 있었다. 짧은 병기의 사정거리에선 최고였던 것이다.

솔직히 쾌검이라 하면 여러 가지 대응 방안이 있었다. 우선 거리를 벌리고 검의 움직임보다는 그 시전자의 손목에 초점을 두는 것이 일반적인 방법이었다. 그런데 조법의 대응법은 달랐다.

거리… 적당량의 거리가 중요했다. 조법으로 승부를 보려는 사람에게 장창과 같이 긴 창날로 거리를 벌리려 한다면 당장 수세로 돌아설 것이 뻔했다. 그래서야 승부가 날 리 없는 것이다.

콰악!

날아오는 창대의 절반 부근을 손으로 꽉 잡은 채 주비는 앞으로 신형을 움직이고 있었다. 그리곤 한순간 창대를 잡은 오른손이 좌우로 힘차게 움직였다.

따다다다당!

주비의 눈앞에서 불꽃이 터지고 있었다. 두 사람의 공격은 한 치의 오차도 없었고 서로 얽히는 것도 없었으며 내력 역시 서로 다른 사람이라곤 볼 수 없을 정도로 같은 내력이었다. 주비는 오른발을 크게 구르며 뒤로 신형을 빼내었다.

파아아앙!

신형을 뒤로 빼며 그의 오른손이 움직이고 있었다. 마치 달걀을 쥐듯 부드럽게 창대를 쥐며 뒤로 뺀 것인데, 그러자 창대는 그 자리에 있으면서 손만 움직이고 있었다.

스스스슷―

빠르게 뒤로 빠지던 신형이 일순간 정지되었다. 왼발로 나아가던 신형을 멈춘 채 주비는 오른손을 꽉 쥐었다. 그리곤 왼발로 땅을 차며 앞으로 신형을 폭사시켰다.

"차아앗!"

파아아아… 쉬이이이잇!

순간적으로 주비의 신형이 두 개로 보일 만큼 빨랐다. 뒤로 나가는 신형과 앞으로 가는 신형 두 개였는데 창대 역시 신형만큼이나 멋진 모습으로 휘돌려지고 있었다.

따다다다당!

한순간 좌우로 힘차게 이동하는 창대로 인해 두 사내의 간격이 벌어지고 있었다. 이것이야말로 그가 원하던 것. 주비는 두 사람의 가운데로 신형을 움직였다.

이제 남은 수순은 한쪽을 공격해 떨어지게 만든 다음 반대편을 노리는 것이다. 이 대 일의 싸움이 아니라 일 대 일의 싸움을 만드는 것이다. 그래야 승산이 훨씬 높아진다. 그런데,

"……!"

주비의 눈이 커졌다. 그가 움직이는 방향 정면에서 엄청난 기운이 폭사되고 있었다. 허공을 격하고 쏟아지는 그 기운은

주비가 온 힘을 다해도 막을 수 있을지 장담할 수 없을 정도의 크기였다.

게다가 그는 아직 준비가 되어 있지 않았다. 그만한 내력을 끌어올리려면 준비가 되어 있어야 했다. 그런데 아직 내력을 반도 채 끌어올리지 못했던 것이다.

그러나 이대로 당할 수는 없는 일. 주비는 온 힘을 다해 내력을 확 끌어올리려 했다. 급작스러운 내력의 변통으로 인해 몸에 무리가 갈지언정 일단 막기는 해야 했다. 한데,

"……!"

다시금 주비의 눈이 커지는 일이 생겼다. 그의 눈앞 약 삼 척 정도 떨어진 곳에서 뭔가 흐릿한 것이 생겨나고 있었다. 그와 함께 주비 주변의 공기가 묘하게 흐르고 있었다.

모조리 저 삼 척 앞의 공간에 모여들고 있었다. 대관절 어떤 일인지 몰라도 주비는 일단 다시금 내력을 키워 올리려 했다. 그런데 왠지 그 공간에 모인 기운들의 모습이 낯익었다.

도… 한 개의 도가 곤추세워져 있었다. 살짝 일렁거림이 있지만 그 일렁거림 속에서 도의 형상을 알아보는 것은 어려운 일이 아니었던 것이다.

그런데 왠지 그 도의 형상이 참 낯이 익었다. 도라 하지만 도 중에서도 상당한 중량감을 느끼게 하는 그 형상. 전체적으로 살짝 휘어진 듯한 그 형상은 어디선가 많이 보았던 모습이었다.

현백, 그건 현백이 가지고 있던 도의 모습이었다. 그리고 그 도는 주비에게 다가오는 거대한 기운과 맞닿고 있었다.

꽈아아아앙!

"후욧!"

폭발이 일어났다. 주비는 그 폭발의 여파로 뒤로 서너 걸음 물러났는데 순간 등 쪽에 둔탁한 감각이 느껴졌다.

턱!

"……."

말하지 않아도 누군지 잘 알 수 있었다. 그건 바로 현백이었다. 어떻게 한 것인지 모르지만 현백은 내력을 앞으로 보냈고 그것은 거의 검기처럼 움직였던 것이다.

"훗! 이거야 원, 어이가 없군. 안 본 지 얼마나 되었다고 이 정도로 무공이 늘어난 거야?"

마치 오래된 친구에게 하는 듯한 목소리가 전방에서 흘러나왔다. 아직도 주비의 앞은 부연 흙먼지가 피어올라 있어 누구인지는 알 수 없었는데 소리는 그 건너편에서 들려오고 있었다.

"내가 얼마나 무공을 키워내었든 간에… 당신에겐 그리 힘겹지 않을 것인데?"

현백의 입에서 작은 소리가 흘러나왔다. 목소리의 성조로 보아 이미 현백은 그가 누군지 알고 있는 듯했는데, 아니나 다를까, 현백의 입에서 사내의 이름이 흘러나왔다.

"그쯤 하고 모습을 드러내시지. 마송, 아니, 흑월의 일사자라 불러줄까?"

"……!"

현백의 목소리에 주비는 놀란 눈을 만들어놓았다. 물론 그는 마송이란 이름을 몰랐다. 그리고 일사자란 이름 역시 생소했다. 하나 그가 놀란 것은 단 하나 흑월이란 한 단어 때문이었다.

3

항상 봤던 사람들이었다. 마송이란 자와 음양쌍갑이란 두 사람, 그리고 한 여인. 예전에 보았던 자들 그대로 현백은 다시 만났다.

물론 두 번째 만남은 첫 번째와는 달랐다. 만나자마자 싸웠던 첫 만남과 비교한다면 충분히 평화적인(?) 만남이었던 것이다.

"훗! 당신이 창룡 주비라는 사람이겠군. 창룡과 수인도의 만남이라… 큭! 그런데 이젠 수인도라 불리는 것이 우습게 된 것 같은데?"

은근히 현백의 성장을 경계하는 듯한 그의 모습에 현백은 쓴웃음을 지었다. 현백은 앞으로 나가 마송에게 입을 열었다.

"만났으니 마침 잘되었군. 이건 무슨 뜻이지?"

턱!

마송의 앞에 책자 하나가 떨어진다. 현백의 품속에서 나온 그 책자는 천의종무록이었다. 마송은 눈을 살짝 떨구어 책자 겉면을 확인하고는 씩 웃었다.

"무슨 뜻이라니? 천의종무록이 아닌가? 나에게 글자를 읽어달라는 것은 아니겠고, 나야말로 지금 자네가 하는 말이 무엇인지 모르겠군."

아무런 거리낌 없이 하대를 하지만 마송의 얼굴은 오히려 현백보다 더욱더 어려 보였다. 기묘한 광경이었지만 현백은 그런 것 따윈 신경조차 쓰이지 않았다. 조금이라도 긴장감을 풀 수 있는 광경이지만 현백은 전혀 동요가 없었던 것이다.

어쩌면 상대는 지금까지 그가 상대해 왔던 자들 중 가장 강한 사람일지도 몰랐다. 현백은 그 점을 깨닫고 있었기에 함부로 할 수가 없었던 것이다.

"말장난하는 것이라면 집어치우지. 이것이 천의종무록이라고 믿으라는 것인가? 이따위 말도 안 되는 책자가 지금 내가 익히고 있는 천의종무록이라고?"

"훗! 아닌가, 그럼?"

"…무슨 뜻이냐, 마송."

현백의 얼굴에서 싸늘한 바람이 지나가고 있었다. 뭘 어떻게 했던지. 아니, 그가 자신의 목숨을 한번 살려주었다고 해서 호의를 가지고 있지는 않았다. 어쨌든 그는 좋은 의도로 자신의 앞에 나왔을 턱이 없으니 말이다.

"이것이 가짜라고 생각한다면 자신이 배운 것은 진짜라고 생각하는군 그래. 하면 하나 묻지. 자신이 배운 것도 정말 천의종무록이 맞다고 생각하나?"

"……"

일순 현백은 말문이 막혔다. 그의 목소리는 차분하지만 정곡을 찌르고 있었다. 과연 자신이 배운 것 역시 천의종무록이 맞는지 아직 확인하지 못했던 것이다.

환연교주 토루가는 나중에 안 사람이다. 현백이 무슨 무공을 익혔는지 그도 추측할 뿐이었다. 현백이 천의종무록을 배울 때 환연교주 토루가는 그 옆에 없었다. 나중에 알게 되었던 것이다.

"그들의 입장에서 그것은 천의종무록이지. 한 번도 본 적이 없는데 어찌 그것을 알까? 그들에게 그건 꿈이고 희망일 뿐이야. 그런데 자네가 그 책자를 거두어들인다라……"

"……"

"어떤가? 사람들의 꿈과 희망을 거두어들인 느낌이 말일세. 말로 표현하기 힘들 정도로 짜릿하던가?"

"……!"

현백의 얼굴이 굳어졌다. 그렇게까지 생각한 적은 전혀 없었다. 그저 이런 비급이 돌아다닌다면 큰 사단이 날 것이니 그전에 차단한 것뿐이었다.

　갑자기 그의 머릿속에 한 사람의 얼굴이 생각나고 있었다. 이곳에 오기 전 만났던 사내, 소방야란 이름을 가졌던 사내의 얼굴이었다.

　그는 지금 어떻게 생각하고 있을까? 물론 자신에 대해서였다. 현백 자신은 잘못된 비급이란 생각으로 거두어들였지만 소방야에겐 이건 꿈이자 희망이었다.

　따지고 보면 그에게 자신은 이런 희망을 앗아가 버린 사람일 뿐이었다. 뭘 어떻게 하든 자신은 소방야에게 있어 지옥의 야차나 마찬가지였던 것이다.

　"꿈과 희망이란 이름을 어처구니없게 쓰는군. 남을 죽이고 얻는 것이 꿈과 희망이란 말이냐?"

　갑자기 현백의 귓가에 주비의 목소리가 들려왔다. 그는 싸늘한 시선으로 마송을 노려보고 있었는데 그의 목소리는 계속되었다.

　"한 걸음 양보해 그것이 꿈과 희망이라 해두지. 그럼 당신들은 꿈과 희망을 내보낸 사람들인가? 또한 그 꿈과 희망을 위해 죽은 사람들은 그저 재수가 없었던 것뿐이냐?"

　"……."

　"하잘것없는 궤변으로 꿈과 희망을 노래하지 마라. 네놈들은 꿈과 희망이란 이름을 걸고 사람들을 현혹하는 놈들일 뿐이다."

주비의 말에 마송의 얼굴이 확 변했다. 하긴 현백이 들어도 신랄하다고 생각할 만큼 화끈한 언사였다. 현백은 나름대로 가슴속이 뚫리는 것을 느꼈다.

주비의 말은 틀린 것이 없었다. 꿈과 희망을 좇는 행위 자체야 무슨 문제가 될 것이 있겠는가마는 문제는 그 행위로 인해 나오는 결과에 있었다. 다른 사람을 해치면서까지 얻는 것이라면 과연 할 필요가 있는 것인가 하는 문제인 것이다.

피를 딛고 올라선 꿈길을 걸으면 무엇 하겠는가? 결국 다 핑계일 뿐이었다. 마송이 원하는 것은 많은 사람에게 꿈과 희망을 주려는 것이 아니니 말이다.

"큭! 말 한번 잘하는구만. 한데 이상하게도 내가 이 일을 주도한 것처럼 되어 있군 그래. 누가 그러던가, 내가 이 책을 세상에 풀었다고?"

"유치함도 도가 지나치군. 그럼 지금까지 한 이야기는 다 장난이었나? 눈에 뻔히 보이는 생각 따윈 집어치우지 그래."

주비의 입은 여전히 날카로웠다. 부인하려면 처음부터 부인하는 것이 옳았다는 그의 말이었다. 그리고 그 말은 지금 상황에서 너무나 딱 들어맞아서 마송으로 하여금 별다른 할 말이 없게 만들었다.

"훗! 그건 그렇지. 뭐, 내 아랫사람이 한 일이니 내가 한 일이라 해도 마찬가지겠지만. 한데 지금 문제는 그것이 아니지 않나? 다른 할 말이 있을 텐데?"

"무슨 말이냐, 마송?"

마송의 말에 현백이 되물었다. 마송은 빙글 웃으며 이야기를 하고 있었는데 이어진 그의 목소리에 현백의 얼굴이 급변했다.

"칠군향, 자네의 사부님에 대한 이야기를 물어봐야 하지 않을까? 그것이 더 급한 것 같았는데?"

"……! 네놈의 짓이었나!"

현백의 눈에서 불길이 일고 있었다. 한순간 주위의 공기가 급속히 현백의 주위로 모이는 듯하더니 현백의 눈꼬리가 좌우로 길게 늘어나고 있었다. 분노로 인해 자연스럽게 내력이 끌어올려진 것이었다.

"훗! 또 내 탓인가? 틀렸어. 나는 아니야. 물론 내 밑에 있는 놈이긴 하지만."

"장난이 지나치다, 마송!"

스스슷―

현백의 말이 허공에 흐트러지기도 전에 현백의 신형이 움직였다. 유려하게 작은 호선을 그리며 현백은 마송에게 달려들었는데 그 빠름은 주비가 앞을 막아설 수도 없을 정도로 빨랐다.

"어딜 함부로… 돌아가랏!"

"하압!"

하지만 마송의 양옆에 서 있던 두 사람은 바로 현백에게 덤벼들었다. 두 사람은 적절한 거리를 벌린 채 다가오는 현백의 신형을 맞아갔는데 한순간 현백의 신형이 다시 움직이고 있었다.

쉬쉬쉿! 카캉!

"헛!"

"엇!"

두 사람의 입에서 동시에 헛바람이 흘러나오고 있었다. 두 사람의 철조가 어디에선가 흘러나오는 내력에 꼼짝도 못하게 된 것인데 한술 더 떠 엉뚱하게 움직여지고 있었다.

한데 이건 내력만으로 움직이는 것이 아니었다. 분명 양손의 철조엔 단단한 무언가가 느껴졌다. 그건 현백의 도였던 것이다.

현백의 도에 두 사람의 철조가 딱 달라붙어 있는 형국이 된 것인데 현백은 오른손을 좌측으로 크게 휘두르며 허리를 틀고 있었다.

쉬잇… 파아앙!

두 사람의 신형은 자연스럽게 뒤로 움직였고 현백은 땅을 박찼다. 그리곤 오른손의 도를 쭉 뻗은 채 마송을 향해 다가갔다.

마송은 아무런 말이 없었다. 심지어 다가오는 현백의 도를 피하려고도 하지 않았다. 현백은 한 줌의 망설임도 없이 도를 뻗었다. 그렇게 마송의 목이 현백의 도에 꿰어질 듯한 순간이었다.

핏!

 작은 핏물이 허공에 튀었다. 물론 그리 큰 핏물은 아니지만 문제는 그 핏물이 마송의 목에서 나온 것에 있었다. 마송의 목 옆엔 현백의 도가 얹혀져 있었다.

 "무슨 뜻이냐, 마송."

 "내가 이야기하지 않았나? 내가 한 일이 아니라고. 한데 내가 왜 널 두려워할까?"

 "……."

 마음속으론 네 부하라고 이야기하지 않았느냐고 따지고 싶지만 이미 환연교주 토루가에게 이들의 이야기를 들은 후라 어느 정도 이해가 가고 있었다. 그가 말하는 수하란 이사자를 이야기하는 것일 터였다.

 "그럼 내 앞에 나타난 이유가 대체 무엇이냐? 싸울 마음도 없다면 말이다."

 현백은 마음속에서 가장 궁금해하던 이야기를 내놓았다. 지금 눈앞에 나타난 마송의 의도를 당최 알 수 없었던 것이다. 한데 그 의도는 바로 알 수 있었다.

 "미리 언질을 주었지 않았나? 자네의 사부님 때문이라고. 그분께선 지금 사하라는 곳에 계신다네."

 "사하?"

 살짝 미간을 찡그리며 현백은 고개를 돌렸다. 그 눈이 향하는 곳엔 주비가 있었는데 주비는 고개를 끄덕이고 있었다. 아는 지명이라는 뜻이었다.

"자네가 가야 할 곳을 일러주는 것일세. 여기서 이렇듯 허송세월을 하는 것이 안타까워 말해주는 것이니 어서 움직이게나. 이젠 내가 온 이유를 알겠지?"

"……."

참으로 곧이 듣기 힘든 말이었다. 적어도 왜 이런 호의를 베푸는지 정도는 알고 싶었지만 이제 와 묻기도 좀 힘들었다. 왠지 멋쩍은 느낌이 들고 있었던 것이다.

그런 그의 심정을 대신 물어주는 사람이 있었다. 바로 주비였다.

"당신의 말을 곧이곧대로 듣기가 쉽지 않군. 그로 인해 당신이 얻는 것이 무엇이지? 아무것도 없을 텐데?"

"훗!"

주비의 말에 그는 웃었다. 부드러운 웃음이라 말하긴 좀 힘들었고 약간은 딱딱한 웃음이었다. 그 웃음 속에서 한줄기 음성이 실려 나왔다.

"호의라 생각하진 마. 내 수하, 아니, 이사자라 하는 게 좋겠군. 그는 자네를 기다리고 있어. 물론 그냥 기다리는 것이 아니지. 소림을 쳤던 수하들과 함께 기다리고 있으니 말이야."

"뭣!"

그의 말에 주비의 입에서 외마디 소리가 흘러나왔다. 그렇다면 말이 되었다. 이건 함정인 것이다.

현백을 끌어들이려는 함정. 그러나 이미 각오했던 것이다. 칠군향이 사라졌다는 말을 들은 순간부터 함정으로 가고 있었던 것이나 마찬가지인 것이다.

"그랬었군… 너도 그놈이 마음에 들지 않았던 것인가?"

"……."

문득 들려온 현백의 목소리에 마송은 아무런 말도 하지 않았다. 지금 현백이 무슨 생각을 하고 있는지 아직 감이 안 잡혔던 것이다.

스릉—

현백은 도를 도집으로 돌렸다. 더 이상 이자와 싸워봤자 이로울 것이 없었다. 마송 또한 자신과 싸우러 온 것이 아니니 말이다.

"내가 알기로 사자의 서열은 싸움으로 정해진다고 알고 있다. 지금 이사자의 세력이 그토록 강대한가 보지?"

"……!"

현백의 말에 이번엔 마송의 얼굴이 급변하고 있었다. 그 급변하는 얼굴을 보니 그 역시 현백의 생각이 맞음을 대변하고 있음이었다.

"일단 따라주지, 너의 생각을. 그러나 그리 오래가진 않을 것이다."

"……."

현백은 신형을 돌렸다. 갈 곳이 생긴 순간 더 이상 이곳에 있을 필요가 없었다. 함정이든 뭐든 반드시 그곳으로 가야 하는 것이다.

현백은 자신의 잠자리를 챙겼고 주비 역시 현백을 따라 같이 움직였다. 두 사람은 거의 동시에 말 위에 올라탔고 주비는 고개를 끄덕인 채 먼저 말을 움직였다.

"여기서 이틀 정도의 거리다. 현백, 가자!"

이히이잉!

긴 말 울음소리와 함께 주비가 출발하자 현백 역시 바람을 타고 움직이기 시작했다. 두 사람의 신형은 곧 하나의 점이 되어 중인들의 시선에서 사라지고 있었다.

"거짓말을 할 이유가 있으신가요? 그저 호의라 하면 될 일을 가지고……."

"아니, 함정은 맞으니까. 그리고 두 번째 본 놈에게 호의로 이야기한다면 믿을까? 내 말을?"

여인의 말에 마송은 싱긋 웃으며 입을 열었다. 생각해 보면 웃기는 일이었다. 어쨌든 현백은 지금 자신이 속한 흑월의 적, 그 적을 도와주는 짓을 하고 있었으니 말이다.

"하나 내가 한 짓이 잘못된 것은 아니지. 지금쯤 이사자는 현백이 소식을 듣기만을 기다리고 있을 것이야. 그래서 그 지충표라는 친구에게 칠군향을 맡긴 것이 아닌가?"

"그렇습니다. 그렇지 않아도 지충표라는 친구, 서신을 써서 현백에게 날린 모양입니다. 내일이면 아마 닿게 될 것입니다."

"그래… 그렇게 되겠지."

마송은 고개를 끄덕였다. 어차피 향하게 될 것, 조금 빨리 알려준 것뿐이었다. 결국 그가 한 일은 아주 작은 것일 뿐이었다.

문득 마송은 허리를 굽혀 손을 뻗어 책을 집어 들었다. 그건 현백이 그에게 던진 천의종무록이었는데 마송이 그 책을 보는 눈이 그리 곱지는 않았다.

"장난이 너무 심하면 다치는 법이지."

파사사사사……

비급이 사라지고 있었다. 강력한 장력에 의해 그리된 것인데 어느새 가루가 되어 허공에 흩어지고 있었다. 손을 툭툭 털며 그가 다시 움직이려 할 때였다.

"한데 주군… 저 친구 그냥 놔두어도 되겠습니까? 이젠 그의 무공을 속하들도 당해내지 못할 것 같습니다."

갑자기 들려오는 목소리에 그는 고개를 돌렸다. 말을 한 사람은 그의 수하인 야우상이었다.

"그렇습니다, 주군. 이 친구와 제가 이토록 한번에 무너진 적은 없습니다. 아까 그 검강 같은 것도 그렇고 좀 전의 귀신 같은 신법도 이 속하들은 해볼 도리가 없었습니다."

"큭! 검강? 그렇게 봤느냐?"

강무까지 그렇게 나오는 것을 보니 심각한 상황일 텐데 마송은 그저 여유로운 웃음을 짓고 있었다. 문득 그는 아까의 광경을 생각하듯 잠시 눈을 감았는데 그 목소리가 두 사람의 귓가에 흘러들었다.

"검강도 아니고 검기도 아니다. 굳이 말하자면 그건 염검(念劍)이라 말할 수 있겠지. 아니, 염도(念刀)라고 해야 하나?"

"염도… 란 말씀입니까?"

야우상은 미간을 찌푸리며 입을 열었다. 대관절 그게 무슨 말인지 알 수가 없었던 것이다. 염검이나 염도 모두 들어본 적도 없는 단어였다.

당연한 일이었다. 두 단어 다 방금 그가 만든 것이니 말이다. 세상에 그런 단어는 없었다.

하지만 단어의 뜻으로 본다면 지금 마송의 이야기가 맞는 것이었다. 생각으로 이어진 무공, 그렇게 봐야 했던 것이다.

물론 그 시발을 마련해 준 것이 자신이긴 했지만 왠지 마송은 좀 씁쓸한 기분이 되었다. 이렇게 한순간에 성장할 줄은 정말 그조차 몰랐던 것이다.

"도무지 모를 일이야. 천의종무록이라……. 대체 무엇이 진실일까나."

조그맣게 중얼거리며 마송도 움직이기 시작했다. 현백이 사라진 곳을 향해 움직이는 그의 그림자는 석양을 받아 길게 늘어지고 있었다.

칠군향을 찾아서

第六章

화산과 개방

1

"여기서 만나기로 하셨나요?"

"그건 아니지만 이곳에 있을 것이다. 미리 언질을 주었으니 이곳에 머물게 했을 것이야. 우선 그들부터 만나본 후 소림으로 움직여도 늦지 않겠지."

이도의 물음에 모인은 조용히 말을 이었다. 두 사람의 뒤엔 오유와 명사찬이 따라오고 있었는데 이들은 꽤나 번화한 곳에 있었다.

구장호(求腸湖)라는 곳인데 이곳은 하남성과 하북성, 그리고 섬서의 중간 즈음에 있는 곳이라 볼 수 있었다. 현백 일행의 입장에선 조금 내려온 듯한 느낌인데 이곳에 개방의 분타가 하나 크게 자리 잡고 있었다.

 그들은 지금 그곳을 향해 가고 있었다. 아미의 원영 신니, 청성의 환주 도인, 그리고 소림의 백양 대사를 이곳에서 만나기로 한 것이었다.

 사람들이 모여 있는 관내를 벗어나 네 사람은 한적한 산길을 달렸다. 그리곤 어느 한순간 신형을 틀었는데 그들의 신형이 틀어지자마자 관제묘 하나가 나왔다. 하나 관제묘라 하기엔 규모가 상당히 컸고 사당도 이런 사당은 없었다.

 대문은 다 떨어질 듯이 보여 밀면 부서질 것 같았지만 모인은 아주 익숙하게 열고 몸을 비틀며 안으로 들어갔다.

 그를 따라 세 사람 모두 들어서자 탁 트인 넓은 공간이 이들을 맞이하고 있었다. 바로 안마당으로 들어선 것인데 들어서자마자 여기저기서 사람들의 모습이 보이고 있었다.

 "장로님을 뵙니다."

 "사숙님……."

 여기저기서 일행에게 인사를 시작했고 일행은 받는 둥 마는 둥 하며 안으로 들어갈 때였다. 낯익은 얼굴 하나가 대청에서 나오고 있었다.

 "어서 오십시오, 장로님. 구장호 분타 부분타주 각주안이라고 합니다. 연락을 받고 분타주님께서 세 분을 맞이하러 가신 상태라 제가 먼저 인사드립니다."

 "아무래도 길을 재촉하다 보니 조금 빨리 왔구나. 그래, 별

다른 문제는 없느냐?"

 모인은 눈앞에 있는 한 사내에게 눈길을 주었다. 이제 서른 즈음 정도로 보이는 청년 하나가 앞에 있었는데 각주안이라 밝힌 청년이었다. 서글한 봉목에 훤칠한 키를 지닌 그는 보는 사람으로 하여금 절로 시원하다는 말을 하게 만들고 있었다.

 "문제는 아직 없습니다. 여태껏 세 분을 만났다는 타주님의 연락이 없으니 문제라면 그것이 문제겠지요. 그러나 곧 연락이 올 것으로 생각됩니다."

 훤칠한 키만큼이나 말도 시원시원하게 하는 사내였다. 모인은 고개를 끄덕이며 뒤로 물러섰고 그 자리엔 이도와 오유가 서게 되었다.

 "이야… 주안, 너 볼 때마다 키가 더 크는 것 같다? 비결이 뭐야 대체?"

 "큭… 녀석, 내 나이가 몇인데 키 타령이냐? 흰소리 그만하고 좀 쉬어. 오랜만이구나, 오유."

 "그래, 오랜만이야."

 세 사람은 얼굴 가득 미소를 머금은 채 서로에게 반갑게 인사를 건네었다. 실은 이 세 사람, 개방 내에서도 상당한 친분이 있는 것처럼 보였다. 그 하는 양을 보던 명사찬이 입을 열었다.

 "큭, 똘망한 것들끼리 잘 모여 노는구나. 흰소리 그만 하고 술이나 하자고. 어디야, 우리 쉴 곳이."

"아! 이쪽입니다, 사숙님······."

그의 말에 각주안은 밝은 표정으로 손을 내밀었다. 그가 가리킨 곳은 후원 쪽. 사람들은 일말의 주저함도 없이 발걸음을 옮겼다.

"참··· 그리고 그 현백이란 사람의 소식이 들려왔습니다."

"현 대형? 며칠 전에 헤어졌으니 알아도 우리가 더 잘 알 텐데?"

"아니야, 이도. 지금 북쪽으로 빠르게 올라가는 길이야. 추측컨대 사하로 방향을 잡은 것 같아."

각주안은 그가 아는 것을 이야기했다. 그러자 일행의 뇌리 속에 무언가 스쳐 지나갔는데 그 생각을 대변하여 명사찬이 입을 열었다.

"그곳이라면··· 예서 가까운 곳 아니야?"

"사하! 그렇구나, 그곳이었어!"

명사찬의 말에 오유는 자신도 모르게 크게 소리를 질렀다. 그러자 같이 가던 사람들 모두가 신형을 멈춘 채 오유만 바라보고 있었다.

"이제 앞뒤가 들어맞아요. 내가 봤던 그 풍광들과 소리, 그리고 내음··· 하구를 끼고 있는 사하라면 딱 들어맞는 곳이에요!"

"틀림없느냐, 오유?"

그녀의 말에 모인의 눈이 날카롭게 빛났다. 이건 새로운 상황이었다. 그것도 정말 좋은 정보였던 것이다.

사실 오유는 현백 일행에게 거의 도움이 되질 않았다. 현백은 오유가 그동안 있었던 곳에 관해 이야기를 건네었지만 오유는 그곳이 어디인지 몰랐다. 움직일 때 철저히 안대와 귀마개를 한 채 움직였던 것이다.

원래대로라면 일행은 지금 오유가 있던 곳을 찾아 떠났을 터였다. 아니, 떠난 길이었는데 가짜 천의종무록과 화산의 이야기가 들린 바람에 여태껏 다른 일을 하다 온 셈이었다.

물론 원래대로 간다고 해도 문제가 많았다. 그것은 바로 오유의 기억에 있었는데 오유는 자신이 있던 곳이 어디인지 몰랐던 것이다.

그저 어느 근처이겠거니 하고 생각했지만 너무 막연한 이야기였다. 또 어느 부근이 맞다고 확실하게 이야기하지도 못했었다. 솔직히 일행의 일에 별 도움이 안 되는 상황인 것이다.

그런 그녀의 기억이 맞다고 이야기하고 있었다. 그것도 이렇게 확실하게 말이다. 현백을 만나기 전의 상황이었다면 참 좋았을 것이란 생각이 드는 순간이었다. 그런데,

"현백이 그곳을 향해 갔다고? 어떻게 오유가 그곳에 가 있었는 줄 알고?"

"……."

화산과 개방

순간 드는 의문에 명사찬이 입을 열자 일행 모두 벙어리가 되었다. 그 누구도 알 수 없는 일이었다. 어떻게 현백이 그곳을 알고 갔는지 말이다.

"누군가가 이야기해 주었다면 그럴 수 있겠지."

모인의 말에 모두의 눈에 의혹이 서리기 시작했다. 상황이 그렇다면 이해가 가는 일이었다. 그러면서 한편으론 상당히 불안한 느낌이 들고 있었던 것이다. 누군가 현백을 그곳으로 끌어당기고 있는 것이다. 그럼 그 이유가 대체 무엇이겠는가? 모르긴 몰라도 그리 좋은 의견은 아닐 터였다.

"주안아, 분타주가 간 곳이 어디냐? 아무래도 우리도 가봐야 할 것 같구나."

"예, 그럼 바로 모시겠습니다. 이곳에서 그리 먼 곳이 아닙니다."

상황의 심각함을 생각한 듯 각주안은 바로 신형을 돌렸다. 그리고 그를 따라 일행 모두 움직이고 있었다.

"아미타불, 조양 시주님께 괜한 신경을 쓰게 한 것 같아 부끄럽습니다."

"그렇습니다. 저희가 그냥 가도 될 일을……."

"무슨 말씀을, 모인 장로님께 단단히 언질을 받은 후입니다. 무슨 일이 있어도 안전히 모시라는 말씀입니다. 어서 이쪽으로."

원영 신니와 환주 도인의 말에 조양은 살뜰한 인사를 건네었다. 모인으로부터 그저 극진하게 대하라는 말을 들어서인지 몰라도 그의 언사는 상당히 정중하고 조심스러웠다.

모인의 말이 아니더라도 조양은 개방의 일원으로서 이들을 맞아야 할 책임이 있었다. 모인으로부터 저간의 사정을 듣기도 했지만 어쨌든 그는 이곳 구장호 분타를 책임진 분타주이니 말이다.

괴룡봉수(怪龍棒手) 조양. 그것이 그의 이름이었다. 타구봉보다 조금 더 긴 장봉을 가지고 다니는 그의 무기로부터 기인한 별호인데 그 별호에서 느껴지듯 상당히 독특한 무공을 구사하는 사람이었다.

"한데 모인 장로님께서 왜 본승들을 만나시겠다는 것인지 알 수가 없군요. 저희가 관심있는 것은 현백의 신변뿐입니다. 혹 여기에 관해 아시는 것이 있으신지요?"

조양의 뒤를 따라 움직이던 백양 대사가 입을 열자 조양은 걸음을 멈추고 씨익 웃었다. 지금이야말로 제일 조심해야 될 순간이었다. 자칫하면 현백을 개방이 싸고돈다는 느낌을 줄 수도 있으니 말이다.

"아, 다른 일은 아닙니다. 다만 여러분께서 관심을 보이는 그 현백……!"

조양은 말을 하다 말고 뒤로 확 돌아섰다. 아니, 그만이 아니라 그 앞에 있던 세 사람 모두 거의 동시에 좌우로 부챗살

화산과 개방 215

이 퍼지듯 쫙 퍼지고 있었다. 그들 모두가 무언가를 느꼈던 것이다.

"원진! 원진을 형성하라! 각자 거리는 일 장! 벗어나지 마라!"

"예, 타주님!"

조양의 말에 같이 온 개방도들이 힘차게 대답했다. 그들은 조양과 그 뒤를 따른 세 사람을 둥글게 둘러싸고 있었다. 대여섯 명의 사람들이 그들을 둘러싸고 있었는데 그들 모두 태양혈이 불쑥 튀어나온 것으로 보아 상당한 무위를 가지고 있는 듯이 보였다.

"본인은 사해가 동포라 모두가 친구라는 생각을 가지고 있는 사람이오만 이런 상황에서는 참으로 난감할 따름이오. 지금이라도 친구로 불러달라 한다면 이 조모는 그리하겠소이다. 하나 그렇지 않다면 이 조모 역시 예의는 차리지 않을 것이오!"

한참 어둠이 깔리기 시작하고 있었다. 그 어스름한 어둠 저편에 무엇인가가 있었다. 조양은 눈을 좁히며 상황을 판단하기 시작했다.

절대적으로 불리, 그것이 그가 느낀 것이었다. 우선 지형이 너무나 좋지 않았다. 이곳은 관도에서 조금 떨어진 곳이었다. 우연치 않게 이들은 마을 반대편에서 오는 중이었다. 마을을 지나오는 것보다 옆으로 돌아오는 것이 빠르다 생각해 움직인 중이었다.

 인적이 드문 것은 둘째 치고 살짝 분지 형태를 이루고 있었다. 사방이 다 높은 상황이라 뭐가 날아와도 이상하지 않을 상황이었는데 그때였다. 전방에서 무언가 빠른 움직임으로 다가오는 것이 보였다.

 "전방! 영봉세(迎棒勢)!"

 이상하다고 생각하는 순간 조양은 크게 소리를 질렀다. 그러자 여섯 명의 걸인이 방위를 바꾸며 조양의 앞으로 다가왔다.

 파아아아!

 어스름한 어둠 속에 다가오는 물체는 단 한 개였다. 아니, 물체가 아니라 사람 같았다. 암기 종류와 같은 느낌이 전혀 들지 않았던 것이다.

 "합!"

 "차앗!"

 쉬이이잇… 파파팡!

 먼저 앞에 있던 두 명의 걸인이 힘차게 타구봉을 휘둘렀다. 타구봉은 거의 파도가 된 듯 상당한 변화를 보이며 날아오는 물체를 향했는데 다가오는 괴인영의 움직임은 이들의 변화를 능가하고 있었다.

 팡! 파앙!

 좌우로 빠른 움직임이 보였다. 그 움직임 자체만으로 조양은 놀라고 있었는데 그건 사람이 보일 수 있는 움직임이 아니었다.

사람이 움직일 때 자세히 보면 징후라는 것이 있다. 이건 움직임 자체는 하나의 정지된 동작으로 구분이 될 수 없기에 그런 것인데, 즉 하나의 움직임엔 수많은 동작들이 연결되어 있었다.

특히 좌우로 움직이는 것은 간단하지만 가장 어려운 동작 중의 하나였다. 좌우로 신형을 흔드는 것은 어려운 일이 아니지만 그 신형이 눈에 들어오지 않을 만큼 빠르다는 것은 너무나도 어려운 일이었다. 그런 사람이 있다면 그는 관성을 이겨낸 사람인 것이다.

아무리 작은 물체라도 관성은 생긴다. 바로 그 관성을 내력으로 통제할 수도 있지만 그건 어느 정도였다. 인간의 힘이 자연을 이길 수 없듯, 관성을 받은 육체를 사람의 의지만으로 움직이는 것은 정말 대단한 일이었다.

아니, 두 발을 가진 사람으로는 불가능한 일이었다. 네 발을 가진 동물이라면 모를까? 그런데 눈앞에 보이는 괴이한 그림자는 그것을 해내고 있었다. 세 발로 말이다. 자신의 병기를 또 하나의 발로 삼아 같이 움직였던 것이다.

타탓… 파아아아!

수개의 잔영이 생길 만큼 **빠른** 신형에 이어 마치 용수철이 튕기듯 그의 신형이 허공으로 날아오고 있었다. 먼저 앞에 있던 두 사람은 멍한 표정을 지었고, 그림자는 이미 그들을 지나친 후였다.

"흥! 멸격(滅擊)! 양수장(兩手掌)!"

"차앗!"

"합!"

우우웅―

조양의 우렁찬 구령에 맞추어 이번에도 두 명의 걸인이 그 자를 맞아나갔다. 양손 가득 장력을 담은 채 두 사람은 날아오는 자에게 뿜어내고 있었다.

허공으로 떠오는 사람, 사실 더 이상 피할 수도 없는 상황이었다. 허공에 몸을 띄운다는 것 자체가 이미 당하는 것이나 마찬가지인 것이다.

피할 수 없는 상황. 딱 그 말이 어울리는 것이 지금 상황이었고 그건 누구도 의심하지 않았다. 그런데 모두의 눈을 의심하게 만드는 상황이 나타났다.

피리리리링! 빠바바방!

"……!"

튕겨내고 있었다. 척추를 축으로 격렬하게 회전한 괴인영은 장력을 모두 튕겨낸 것인데 놀람은 그것으로 끝나지 않았다.

시리링…….

귓가에 느껴지는 작은 소리. 검집에서 검이 빠져나오는 소리가 분명했다. 괴인영은 네 명의 공격을 너무도 쉽게 빠져나온 후 사람들에게 덤벼들었던 것이다.

"한 수 있는 자로구나! 하나 여기까지다!"

쩌어어엉!

한쪽 발을 힘차게 쳐들었다 내리찍자 거대한 전각이 허공에 울렸다. 그리고 그 전각의 울림은 조양의 몸을 타고 그의 양손으로 전달되었다.

기이이이—

조양이 양손에 든 봉이 울고 있었다. 봉의 중단을 잡고 크게 휘돌리며 조양은 앞으로 나갔다.

"찻!"

까아아앙!

봉과 검의 대결, 그것도 힘의 대결이라면 어떻게 될까? 당연한 노릇이지만 봉이 우세하다. 그것도 상당히 말이다.

비록 검이 날카롭다 해도 봉은 그 무게만으로도 검을 이길 수 있었다. 물론 둘 다 같은 철로 이루어졌다는 가정하에 말이다.

조양의 무기는 철로 이루어졌다. 겉면이 두터운 가죽으로 둘러싸여 있어 잘 모를 수도 있었지만 분명 안에는 약 한 치 반 정도의 철봉이 들어가 있었다. 그 정도의 철봉이라면 조금만 내력을 실어도 바위를 부술 정도의 힘이 나오게 되는 것이었다.

검은 힘보다 빠르기와 변화, 그리고 찌르고 베는 것을 위해 만들어진 것이다. 한 치 반 정도의 두께를 지닌 철봉과 정면으로 부딪친다면 분명 철봉에 검은 부러질 것이었다. 지금 상황은 그렇게 예측될 수가 있었다.

　분명 조양의 눈엔 자신의 철봉이 괴인의 검에 닿으려는 것으로 보였던 것이다. 그럼 저 검은 부러지고 자신의 철봉은 괴인의 몸에 타격을 주게 될 것이었다. 그런데,

　카랑.

　"……!"

　낮았다. 두 개의 병기가 부딪치는 소리치고는 너무나 작은 소리가 났다. 하지만 왜 그런 소리가 나는지 조양은 이해할 수 있었다. 두 개의 병기가 부딪치는 순간 괴인영은 검을 몸 쪽으로 끌어당겼던 것이다.

　힘을 해소하고 있었다. 그리고 거기서 그치지 않고 왼손을 뻗어 조양의 봉을 잡은 채 힘을 주고 있었다.

　휘리리링!

　"…감히!"

　재주를 넘고 있었다. 조양의 봉을 잡고 신형을 휘돌리더니 그 봉 중단에 오른발을 대고 있었다. 이어 그 발이 힘껏 밀어졌다.

　파아아앙!

　오른팔이 뻐근하게 느껴질 정도로 강대한 충격이었다. 조

양은 순간 등허리에 식은땀이 흘러내렸다. 만일 상대가 자신을 향했다면 그야말로 낭패였다. 어찌해 볼 도리가 없었던 것이다.

그런데 그가 아니었다. 상대는 그가 아니라 다른 사람을 노리고 있었다. 바로 소림의 백양 대사를 노리고 있었던 것이다.

"아미타불… 시주께선 손을 멈추시길."

담담한 음성으로 이야기하는 백양 대사였지만 그 목소리엔 상당한 힘이 실려 있었다. 내력으로 항마후를 실어 외친 것이다. 하나 괴인영의 손은 멈추지 않았다. 아니, 오히려 더욱더 화려한 검사위를 보여주고 있었다.

피피핏… 피리리리링!

어두워져 가는 하늘 아래 검광이 흔들리며 춤을 추고 있었다. 그냥 오른손에 든 검을 휘돌리며 공격할 곳을 모르게 하는 것인데 그와 함께 백양 대사의 몸 여기저기에서 뜨끈한 기운이 느껴지고 있었다. 도무지 어디를 공격할지 몰랐던 것이다.

"아미타불… 합!"

파아아앙!

양손을 쫙 편 채 백양 대사는 자신의 가슴 앞에서 두 손을 합장했다. 손뼉을 치는 듯한 느낌이었는데 한순간 백양 대사에게 달려들던 괴인영이 멈칫했다.

그냥 손뼉이 아니라 내력의 울림이었다. 백양 대사는 양 손바닥을 서로 교차시키며 내력을 모았다. 그리곤 벼락같이 양팔을 휘저었다.

"양합(洋合)!"

끼이이이잉!

백양 대사의 입에서 커다란 소리가 흘러나왔다. 한순간 휘저은 양팔을 다시 가슴께로 끌어 모은 것인데 양 손바닥은 약한 자 정도의 공간을 두고 있었다.

마치 보이지 않은 공을 두 손으로 움켜쥐는 듯한 형상이었는데 괴인의 검은 그 손바닥 사이에 있었다.

"압형파(壓形破)!"

끼기기기기긱!

괴이한 소리가 흘러나오고 있었다. 괴인은 분명 허공에 검을 찌른 듯한 동작을 취한 채 별다른 움직임을 보여주지 못하고 있었다. 아니, 사실 불가능해 보이는 듯했다.

괴인은 자신의 검을 잡아당기려 하고 있었다. 그런데 보이지 않는 백양 대사의 힘이 이를 불가능하게 만들었다. 진정 대단한 내력을 보여주었던 것이다.

백양 대사가 시전하는 것은 나한십팔수(羅漢十八手)라는 나한전에 소속된 사람들이라면 누구나 다 아는 것이었다. 그중 혼원일기세(混元一氣勢)라는 아주 기초적인 초식을 펼치고 있었다. 그러나 그 초식이 백양 대사의 손에서 펼쳐지자 무서운 무공으로 변했던 것이다.

혼원일기세는 사람을 상하게 하는 무공 초식이 아니라 그저 양기를 북돋우며 나한십팔수를 펼치는 입문 같은 것이었다. 그런데 백양 대사는 그마저도 훌륭한 무공으로 바꾼 것이다.

"찻!"

까가가강!

결국 검이 부러지고 있었다. 강대한 백양 대사의 힘에 의해 검은 반 토막이 되어 산산조각나 버리자 백양 대사는 양손을 좌우로 펼쳤다. 그러자 부러진 검 조각들이 허공으로 비산했다.

피리리리링……

십여 개의 검 조각들이 허공으로 비산하면서 저물어가는 저녁노을을 반사하고 있었다. 점멸하는 빛의 울림 속에서 백양 대사는 양 주먹을 말아 쥐었다. 그리곤 중심을 잃고 뒤로 물러나는 괴인을 향해 달려들었다. 한데,

슛!

"……!"

한순간 백양 대사의 눈이 커졌다. 뒤로 물러나던 괴인의 오른손에서 검이 사라졌다. 아니, 사라진 것이 아니라 거꾸로 쥔 것인데 문제는 그것이 아니었다.

검을 거꾸로 쥔 후 괴인의 모습이 보이지 않았다. 순간적으

로 어디론가 사라졌다는 것은 그의 예상외로 신형을 움직였다는 뜻이었다. 한순간 오른쪽에서 느껴지는 괴이한 느낌에 백양은 허리를 틀면서 양 주먹을 휘둘렀다.

"이야압!"

쩌저저저정!

백양 대사의 강렬한 내력이 담긴 주먹이 허공에 펼쳐지자 귀청을 때리는 소리가 들려오고 있었다. 그 주먹이 남긴 권력 사이에 괴인의 모습이 있었다. 그런데,

쉬이이잇!

귀신도 이런 신법을 보여줄 수는 없었다. 괴인은 백양 대사의 권력을 모두 피하고 있었다. 그리고는 백양 대사의 코앞으로 다가와 오른손을 휘두르고 있었다.

파아아앗!

허리를 틀면서 회전력까지 더한 공격이 백양 대사의 눈앞에서 이루어지자 백양 대사의 얼굴이 확 굳었다. 그는 양손을 다시 가슴께에서 합쳤다.

짜아아앙!

"헙!"

백양 대사의 기합성과 함께 그의 양손에 검날이 잡혔다. 그는 온 힘을 다해 검의 움직임을 막아냈다.

지직…….

그의 양발이 땅에 살짝 끌리는 듯하더니 이내 멈추었다. 백

양 대사가 괴인의 힘을 이겨낸 것이다. 그러자 그는 바로 반격을 했다. 뒤로 나가지 않고 오히려 앞으로 신형을 옮기기 시작한 것인데 왼발로 한 걸음 앞으로 크게 내디딘 채 허리를 숙였다.

그러나 그냥 숙인 것은 아니었다. 그의 오른발이 등 뒤로 올라오고 있었다. 그리곤 괴인의 이마에 백양의 오른발이 작렬했다.

파아아앙!

괴인영이 뒤로 물러나고 있었다. 정통으로 이마를 맞았다면 아마도 죽었을 터. 하나 괴인영은 왼손을 들어 올려 이마와 발 사이에 놓았었다.

그러나 이 일격은 잠시 사람들의 숨을 돌려놓게 만들기에 충분했다. 괴인영도 근 이 장 너머로 물러난 채 아무런 움직임이 없자 백양 대사는 기식을 조절하며 내력을 끌어올렸다.

"아미타불, 시주께선 정체를 밝히시오. 그렇지 않으면 이내 손속을 원망하게 될 것입니다."

최대한 정중한 어조로 다시금 백양은 입을 열었다. 그러나 사내는 여전히 아무런 말이 없었다. 그 모습에 백양이 다시금 소리치려 할 때였다.

"시주……!"

백양의 눈이 확 굳어졌다. 아니, 백양 대사뿐만이 아니라 거의 모든 사람들이 다 굳어진 채 절로 가운데로 모이고 있었다.

한 사람이 아니었다. 어느새 주위엔 십여 명 이상의 괴인들이 있었다. 그러나 그 십여 명이 전부가 아니라는 것은 모두들 다 알고 있었다.

보이지 않는 자들까지 거의 백여 명… 실로 암담한 순간이었다.

2

"여기가 사하야. 아무리 그냥 고을이라고 해도 작은 곳은 아니야. 어디서부터 시작해야 될지 그것이 좀 쉽지 않은데?"

"……."

주비의 말에 현백은 어금니를 꽉 깨물었다. 그의 말처럼 오긴 왔지만 대책이 없었다. 오면서 주비에게 들어보니 이곳은 마을도 몇 개 있었고 산도 큰 것이 몇 개 있었다. 작은 호수까지도 있었던 것이다.

몸을 피하려면 얼마든지 피할 수 있는 곳이 바로 이 사하였다. 딱히 어디라고 말하기가 쉽지 않았던 것이다.

"어디든 마을 쪽은 아니겠지. 사람들의 눈을 최대한 피하려 할 테니 말이야."

"하지만 마을로 가서 정보를 얻는 것이 낫지 않겠어? 그들의 규모는 그리 적지가 않아. 먹을 것이 흐르는 것만 봐도 알 수가 있을 텐데?"

"……."

옳은 소리였다. 아무리 대단한 사람들이라도 먹어야 산다. 그들의 규모를 봤을 때 상당한 보급품이 필요했다. 그러한 보급품은 반드시 들어가니 구할 수밖에 없었고 먼 곳에서 구한다 해도 모자라면 역시 가까운 곳에서 구하기 마련이었다.

대량으로 흘러들어 간 곳을 찾으면 될 것이다. 그래서 통상적으로 커다란 세력은 그만한 상인을 끼고 움직이는 것이 일반적이었다.

어쨌든 그렇다면 마을로 가는 것이 우선이었다. 현백은 고개를 끄덕이며 말을 돌렸고 주비 역시 그를 따라 움직이기 시작했다. 한데 그들이 차 한 잔 마실 시간도 안 걸렸을 때였다.

눈앞에 마을이 펼쳐져 있었다. 그런데 그 마을엔 마을 주민이 아니라 다른 사람들이 많이 보이고 있었다. 각양각색의 사람들이 움직여야 할 마을엔 흰옷을 입은 사람들만 많이 보이고 있었던 것이다.

그 흰옷도 그냥 옷이 아니었다. 장삼을 걸친 그들은 모두 도복을 입고 있었다. 그 정체를 파악한 주비의 목소리가 들려왔다.

"화… 산파?"

그랬었다. 지금 저 마을 안을 헤집고 다니는 사람들은 바로 화산파였다. 이유는 모르지만 벌써 이곳까지 온 것이다.

"어떻게 가볼까?"

주비는 조심스럽게 입을 열었다. 현백과 화산의 관계를 아는 그이기에 그런 것인데 현백으로선 길이 없었다. 그는 대답 대신 말을 움직였다.

"하얏!"

힘찬 구령 소리와 함께 그는 앞으로 달려나갔다. 그리고 그와 함께 주비 역시 움직이고 있었다. 두 사람 다 은연중에 자신의 병기를 꽉 쥔 채 말이다.

"……"
"……"

도착한 현백도, 먼저 와 있던 화산의 사람들도 모두 다 아무런 말이 없었다. 서로가 서로를 탐색만 할 뿐 이미 그들은 같은 뿌리라 여기기엔 너무도 골이 깊었던 것이다.

슬쩍 현백이 상황을 보니 아무래도 이들 역시 칠군향의 소재를 파악하려 하는 것 같았다. 그런데 어느 정도 파악이 되었는지 떠날 준비를 하고 있었다.

"강호를 주유하는 주비라 하오이다. 어느 분께서 인솔하시오?"

주비는 목청을 돋우어 소리쳤다. 그러면서 슬쩍 돌린 그의 눈엔 화산 무인들의 손이 보이고 있었다. 살짝 움직이며 검파 위에 얹혀진 손이 말이다.

아무리 연을 끊었어도 적은 아닐진대, 이 사람들 모두 현백을 적으로 인식하고 있는 듯한 생각이 들었다. 이건 옳은 일이 아니었지만 굳이 그걸 알려줄 생각도 없었다.

"창룡의 이름을 모를 수가 있소이까? 허허허, 이 몸이 이들을 이끌고 왔소이다."

"……!"

이어 들린 창노한 음성에 고개를 돌린 주비는 조금 놀란 표정을 지었다. 설마하니 장문인이 직접 나왔을 줄은 몰랐던 것이다.

분명 틀림없는 화산의 예호검 화주청이었다.

그리고 그 옆에 두 사람이 더 있었다. 한 사람은 예호검과 그 명성을 나란히 하는 양호검사 이격이었고 또 한 사람은 장차 미래의 화산을 끌고 나갈 십화일섬 장호익이었다.

"화산의 장문인을 뵙니다. 무한한 영광으로 생각합니다."

"허허허, 그 무슨 말씀을. 한데 어인 일이오?"

기색을 보아하니 아무래도 서로가 껄끄러운 것은 피하자는 것이 역력했다. 바로 옆에 현백이 있었지만 아는 체조차 하지 않는 것을 보니 말이다.

하긴 그것이 더 편할 것이었다. 이들과 현백의 공통분모는 오직 한 가지, 칠군향뿐이니 말이다.

"아무래도 저와 여기 있는 이 친구와 이곳에 계신 화산파의 사람들은 같은 목적을 가지고 있는 것 같군요. 그렇지 않습니까?"

"같은 목적이라고? 누가 그렇게 생각한다는 것이오?"

주비의 말에 바로 입을 연 사람은 바로 이격이었다. 그는 주비에게 말을 했지만 그 눈은 주비를 보고 있지 않았다. 현백을 향해 있었다.

"하면 지금 칠군향 어르신을 찾기 위해 나온 길이 아니란 말씀입니까?"

주비는 단도직입적으로 말을 던졌다. 더 빙빙 돌렸다가 자칫 말실수라도 하는 날이면 골치 아파질 것 같아서였다. 그러자 이격의 목소리가 들려왔다.

"우리가 왜 강호에 나왔는지 묻는 것이라면 당연히 내 사제를 찾기 위해, 그리고 우리 화산에게 씻을 수 없는 치욕을 준 자들에게 화산이 그리 만만한 곳이 아님을 보여주기 위해 나왔소이다. 그러나 그건 우리들의 일, 외인들이 참여할 일이 아니오이다."

확실한 선을 긋는 말이었다. 화산의 일은 화산이 알아서 한다. 외인의 도움은 필요없다는 말이었다. 정확하다 못해 정떨어지는 이야기였던 것이다.

"후… 그렇습니까? 하면 이만 가보겠습니다. 그러나 가기 전에 저기 마을 사람들에게 몇 마디 물어야겠습니다. 그래도 되겠습니까?"

"눈 가리고 아웅은 그만 하시지! 화산은 외부의 도움이 필요하지 않다! 어서 돌아가거라!"

주비는 고개를 끄덕이며 나름대로 최선의 방책을 찾았다. 그것이 서로 간에 조용히 끝날 길이었는데 누군가 기름을 붓고 있었다.

한 어린 화산의 문도였다. 보아하니 강호에 막 처음 나와 세상 물정 모르는 친구 같았는데 주비는 바로 무시했다. 그리곤 말을 몰아 마을 사람들에게 다가가려 할 때였다.

챙! 차릉—

"무슨 짓이냐?"

주비의 눈에서 불길이 일고 있었다. 그의 앞을 화산의 무인들이 막아서고 있었는데 모두들 검을 뽑아 들었던 것이다.

"돌아가라, 현백! 그날, 네가 이 사숙님의 제안을 거절한 날부터 인연은 끊어졌다. 칠 사숙님은 우리가 구한다! 어서 돌아가!"

당돌하게 입을 여는 사내. 이름도 모르는 그 사내는 주비와 현백을 번갈아 돌아보며 이야기하고 있었는데 그때 현백이 앞으로 나섰다.

그는 말에서 내려 앞으로 걸어가고 있었다. 그리곤 사내와 약 일 장여의 거리를 둔 채 입을 열었다.

"사는 곳의 문이 몇 개인지 아나?"

"……."

뜬금없는 현백의 말에 사내의 눈이 살짝 커졌다. 현백은 아랑곳없이 계속 입을 열었다.

"그분께서 한 해 동안 얼마의 돈을 벌어오시는지 아나?"

"……."

현백의 목소리는 계속되었지만 사내는 아무런 말도 할 수가 없었다. 하고 싶어도 알 턱이 없는 질문이었던 것이다.

"그분이 무슨 차를 좋아하시는지는 아나?"

"이놈! 지금 우릴 놀리는 것이냐!"

이어진 현백의 말에 사내는 결국 화를 내었다. 그리곤 검을 들어 현백에게 달려갈 태세였다. 하지만 그는 그렇게 하지 못했다.

"그만두지 못하느냐! 이 무슨 추태야!"

"…사형!"

십화일섬 장호익이 그 앞을 막고 있었다. 그는 매서운 눈초리로 현백을 상대한 사내에게 눈길을 주다가 이내 소리쳤다.

"모두들 검을 치우지 못할까! 우리가 싸워야 할 상대가 여기 있는 현백과 창룡이더냐!"

서슬이 퍼런 목소리에 모두의 눈이 한꺼번에 움직였다. 장호익은 사람들의 시선을 받으면서 모두 한 번씩 눈을 들어 상대해 주었다.

이어 그는 신형을 돌려 움직였다. 현백을 향해서 말이다. 그렇게 반 장 앞으로 다가온 장호익은 현백을 향해 입을 열었다.

"동쪽으로 가면 꽤 큰 산이 하나 있다고 하오. 그 산으로 가끔 누군가 이 마을에서 음식을 구입해 간다고 하더군."

"……."

현백은 장호익의 말에 미간을 살짝 찡그렸다. 어째서 자신을 도와주는지 그 속을 알 수 없었다. 실제로 그 말을 믿기도 애매했다.

하나 장호익의 얼굴에선 다른 감정을 찾아볼 수 없는 것도 사실이었다. 그렇게 현백이 판단을 내리기 힘든 순간이었다.

"차가 아니지… 사람을 좋아하시는 것일 뿐……."

"……!"

현백의 두 눈이 살짝 커졌다. 장호익의 이 말은 현백만이 알아들을 수 있었다. 그건 칠군향에 대한 이야기였던 것이다.

칠군향은 차를 못 끓였다. 워낙에 맛없게 끓인다는 뜻이 아니라 차를 끓이는 것엔 별 관심이 없다는 뜻이었다.

그가 관심을 두는 것은 차를 끓임으로 인해 같이 있을 수 있는 시간일 뿐이었다. 그건 언제나 부어 있는 현백을 달래던 칠군향의 모습이었던 것이다.

그런 경향을 알고 있다는 것은 이 장호익이란 친구는 정말 칠군향과 자신만큼이나 깊은 교류를 가졌다는 뜻이었다. 그럼 믿지 못할 이유가 없었다.

"고맙소."

말과 함께 현백은 신형을 돌렸다. 그리곤 말 위에 올라탄 후 바로 움직이려 했는데 그때였다.

"날이 이토록 어두운데 갈 생각인가? 내일 아침 동이 트면 우리와 같이 가는 것이 어떤가?"

"……."

화주청의 목소리였다. 그의 말에 현백은 시선을 돌려 그를 바라보았다.

언제나처럼 신선 같은 모습 그대로였다. 별다른 사심이 있어 보이지도 않았고 함정 같은 느낌도 들지 않았다. 하나 현백은 따를 수 없었다.

"지금 가겠소이다."

나직한 목소리와 함께 말고삐를 잡아챈 현백과 주비는 말을 달려 장호익이 말한 방향으로 힘차게 내달려 갔다. 어느새 그들의 모습은 한 개의 점이 되어 시야에서 사라져 갔다.

"죄송합니다, 장문인. 하나 전 그가 사숙님의 행방을 알 권리는 있다고 생각했습니다."

장호익이 입을 열고 있었다. 그는 고개 숙여 화주청에게 사죄했다. 허락도 없이 장소를 가르쳐 준 것을 사죄하는 것이었다.

하나 사실 이 사죄는 그가 아니라 다른 사람에게 향하는 것이었다. 현백에게 감정이 많은 이격에게 향한 것이다. 이격의 얼굴이 그리 좋아 보이지 않았기 때문이다.

"권리? 내 이 일의 책임자가 너이기에 아무런 말을 하지 않았다만 스스로 화산의 문인임을 포기한 자에게 어찌 권리를 이야기할 수 있나? 그렇게 생각하지 않더냐?"

꽤나 날카로운 목소리가 허공에 울리고 있었다. 화산 무인들 상당수가 그 말에 동조하는 듯 은연중에 고개를 끄덕이고 있었다. 그러자 장호익은 입을 열어 자신이 생각하는 바를 이야기했다.

"그는 우리가 칠 사숙님이 화산에 계신 것도 모를 때부터 그분을 모셔왔던 사람입니다. 충분히 그럴 만한 자격이 있다고 생각합니다. 게다가……."

"……."

"그 권리를 포기하게 만든 것은 우리들입니다. 저는 그렇게 생각합니다."

"놈! 말이 지나치구나!"

얼굴을 벌겋게 만들며 이격은 소리쳤다. 아무래도 정말 화가 머리끝까지 난 것 같았는데 그러자 화주청이 앞으로 나섰다.

"그만… 오늘 싸우자고 이곳에 온 것이 아니지 않나? 아무래도 우리 역시 지금 출발해야 할 것 같으이. 어떤가?"

"끄응… 그렇게 하시지요. 현백에게 선수를 내어줄 수는 없으니까요."

더 상대하기도 싫다는 듯 이격은 고개를 돌렸고 바로 출발

준비를 하고 있었다. 그러자 화주청은 싱긋 웃으며 장호익에게 말했다.

"호익아, 출발하자꾸나."

"예, 장문인. 모두 진형을 갖춘다! 바로 출발한다!"

제일 앞에서 장호익이 소리치자 빠르게 진형이 갖추어지기 시작했다. 그들은 곧 현백이 움직인 방향으로 향했다. 장호익은 제대로 길을 가르쳐 주었던 것이다.

"먼저 가 있거라. 잠시 할 이야기가 있으니."

"예. 알겠습니다, 장문인."

장호익은 화주청의 말에 대답하고는 이내 제일 선두에서 경공을 펼치기 시작했다. 그렇게 모두가 경공을 펼치자 삽시간에 사람들은 두 사람의 시야에서 사라져 갔다.

"자네… 아무래도 현백에게 좀 감정이 있는 것 같더군. 너무 표시나게 할 필요는 없지 않나?"

"아직까지 그는 우리에게 필요없으니까요. 무공이 높은 것은 좋지만 이미 우리와의 관계를 부정한 자입니다. 가까이 할 필요가 없다고 봅니다."

모두가 떠나고 난 후 화주청과 이격이 대화를 나누기 시작했는데 흔히들 아는 것처럼 서로 서먹하다거나 안 좋은 관계가 아니었다. 확실한 상하 서열이 구분되어 있는 것처럼 보였다.

"그래, 그렇겠지. 현백의 무공은 중원의 무공이 아니니 충분히 그럴 수 있어. 그 무공을 이용해 봤자 우리에게 득 될 것이 없겠지."

"게다가 최근 강호에 일어난 일을 보면 거의 현백의 이름이 불려지고 있습니다. 지금은 조심해야 할 때, 가까이 할 이유가 없습니다, 사형."

"음… 그래."

두 사람은 상당히 심각한 표정으로 대화를 나누었다. 그리곤 한 걸음 한 걸음 앞으로 발을 떼기 시작했는데 한 걸음이 근 반 장이 넘는 빠른 신법이었다.

"그리고 솔사림에선 무슨 이야기가 없었나? 너무 오래 우릴 기다리게 하는 것 같은데."

"거기에 관해선 아직 연락이 없습니다. 하나 곧 알게 될 것입니다. 약속은 지켜주겠지요."

두 사람은 두런두런 대화를 나누고 있었다. 벌써 저 앞에 움직이는 화산의 무인들이 보이자 화주청은 빠르게 입을 놀렸다.

"진아에게 그들과 잘 지내라고 하게나. 앞으로 그가 새로운 화산의 외부 창구가 될 것이야. 자네가 직접 기른 사람 아닌가?"

"물론입니다. 이미 그러라고 했으니 잘될 것입니다. 걱정하지 마십시오, 사형."

그 말을 마지막으로 이격은 입을 닫았다. 이내 그의 얼굴은 다시 불만 가득한 얼굴이 되었고, 화주청은 선풍도골의 노인으로 되돌아갔다. 그렇게 사람들은 하나의 무리가 되어 질주하고 있었다.

　　　　　＊　　　　＊　　　　＊

"후우… 헛!"

시이잇.

머리카락이 허공에 날리고 있었다. 몇 가닥 되지 않는 것이지만 문제는 그것이 아니었다. 머리카락이 잘렸다는 것 자체가 문제가 있는 것이다.

단정해야 할 환주 도인의 머리는 지금 미친 듯이 허공에 휘날리고 있었다. 그만큼 상황이 좋지 않다는 것을 의미하는데 그건 그만의 문제가 아니었다.

쫘아아앗!

아미의 벽호수니 원영은 장삼 곳곳에 칼로 길게 베어진 흔적들이 있었다. 그녀의 성명절기 원앙벽공장(元印劈空掌)은 제대로 발휘되지도 못하고 있었던 것이다.

그저 장을 날려 좌우로 날아오는 적들을 막기에 급급할 뿐 어떻게 해볼 도리가 전혀 없는 것이 눈에 확 들어오고 있었다.

그리고 그건 이곳까지 마중을 나와준 조양 역시 다르지 않았다. 조양은 자신의 곤봉을 휘두르며 대항하고 있었으나 그의 몸 이곳저곳엔 붉은 혈흔이 짙게 배어 나오고 있었다.

같이 마중을 나왔던 여섯 명의 걸인들은 모두 땅에 누워 꼼짝도 못하고 있었다. 그들 다 목숨을 잃어서인지 몰라도 조양의 무공은 살기가 너무 짙었다. 그만한 살기를 막다 보니 조양에게 살수가 퍼부어지는 것은 어쩌면 당연한 일이었다.

그나마 가장 나은 상황은 아마 백양 대사를 말할 수 있을 터였다. 백양 대사는 나한권을 적절하게 사용하며 적들을 물리치고 있었다. 하나 그런 그조차 한 명을 패퇴시키지 못하고 있었다. 그저 물러나게 하는 것이 전부였던 것이다.

"환주 도인, 조심!"

"헛!"

갑자기 들려오는 백양 대사의 경호성에 환주 도인은 오른손을 휘돌렸다. 그의 주변에 어느새 일단의 무리들이 나타나 검을 휘둘러 목숨을 노리고 있었던 것이다.

"어림없다!"

까라라라랑!

한순간 대여섯 개의 공격이 환주 도인에게 쏟아졌지만 환주 도인은 잘 버텨내었다. 아무리 백양 대사보다는 조금 떨어지는 무위를 가지고 있다고 해도 환주 역시 무인이었다. 그것도 청성에선 꽤나 높은 위치에 있는 사람이었던 것이다.

이렇게 목숨을 걸고 싸워본 적은 참으로 오래간만이지만

그렇다고 해서 몸이 굳어지진 않았다. 환주 도인은 칠십이파검(七十二波劍)의 고수. 만만한 상대는 아니었던 것이다.

"차앗! 발현!"

쩌어엉!

일검이 시작되었다. 칠십이파검은 아주 대단한 무공은 아니었다. 즉, 무공 자체가 엄청난 위력을 동반하는 그런 파괴력있는 무공은 아니었지만 다른 특성이 하나 있었다.

한번 시작되면 그 끝이 없었다. 가장 적은 힘으로 큰 효과를 내도록 만들어진 무공이 칠십이파검이었던 것이다.

따라라라라랑!

환주 도인은 팔목의 힘만으로 다가오는 검날을 퉁겨내고 있었다. 허리를 중심으로 한 채 최소한의 힘으로 상대하는 칠십이파검. 검날이 부딪치며 만들어내는 불꽃 속에서 환주 도인은 허리를 틀었다.

기회는 단 한 번, 여기서 선수를 잡지 않으면 곤란했다. 환주 도인은 단전 어림에서부터 강렬한 기를 끌어올리기 시작했다.

"하압~!"

우우우우웅…….

그의 검이 울고 있었다. 막강한 내력을 담은 검을 들어 환주 도인은 제일 첫 번째 보이는 사내에게 휘둘렀다.

피링… 파아아앙!

신중하게 속도를 조절하면서 말이다. 중간 즈음 다시금 발로 땅을 차며 더욱더 빨리 속도를 높이며 말이다.

카카카카!

환주 도인의 검이 한 사내의 검면을 훑으며 가고 있었다. 이대로 가면 검동에 막힐 그의 검이었지만 한순간 환주 도인의 오른발이 허공으로 차올려졌다.

"차아앗! 와선세(渦旋勢)!"

피리리리링—

차올리는 힘으로 허리를 틀자 그의 신형은 맹렬히 회전하고 있었다. 마치 새장 안에 사람을 가두듯 휘도는 그의 검은 한 사내의 전신을 압박하고 있었다.

솔직히 환주 도인은 다음 수를 생각하고 있었다. 상대는 아직 자신이 무슨 검세를 보여줄 것인지도 모르고 그냥 서 있는 듯이 보였다. 그렇다면 이번 공격은 성공이라고 해야 했다. 환주 도인도 다음에 상대할 목표를 이미 눈으로 확인한 상태였다.

그런데 뭔가 이상했다. 상대의 움직임이 없어도 너무 없었던 것이다. 그리고 그 순간,

팟!

"……!"

눈앞에 있던 상대가 사라졌다. 마치 환영이라도 되는 듯 그렇게 사라지자 환주 도인은 그저 멍한 기분만 들 뿐이었다.

한데 모두 다 사라져 버린 것은 아니었다.

검, 검만이 남아 있었다. 사람의 모습은 보이지 않은 채 검만 보인다는 것. 그리고 그 검에서 점차 강렬한 기운이 드러난다는 것. 뭔가 머릿속에서 연상되는 것이 있었다.

"시… 신검합일(身劍合一)! 말도 안 돼!"

놀랄 뿐이었다. 당황한 나머지 주위를 본 환주 도인은 더욱더 놀라고 있었다. 보이는 것은 모두 검뿐이었던 것이다.

신검합일을 이룰 정도의 고수라면 초극강의 고수다. 강호에서도 볼 수 없었던 고수란 뜻이고 강호제일의 고수라는 뜻이었다. 허공에 떠도는 검을 어찌 막을 수 있을 것인가? 더욱이 그 실체조차 알 수 없는데 말이다.

그런데 주위에 보이는 적들 모두가 다 신검합일의 고수들이었다. 도저히 막을 수가 없는 상황인 것이다. 이미 시작해 보기도 전에 그는 당한 셈이었다.

피피피핏!

검날이 날아오고 있었다. 환주 도인은 검을 들어 막을 생각도 하지 않은 채 그냥 멍하니 서 있었다. 이 정도의 무위를 가진 자들이 많은 것도 문제지만 어째서 명령을 받고 있을까라는 어이없는 생각을 하면서 말이다. 한데,

"간악한 놈들이구나! 눈속임은 가당치 않다!"

"정신 차리세요, 모두들!"

쩌어어어엉!

"헛!"

강렬한 대지의 움직임이 몸에 느껴지자 환주 도인은 정신이 번쩍 들었다. 용천혈로 들어오는 그 기운에 환주 도인은 잠시 움직일 수가 없었는데 그건 그만이 아니었다. 이곳에 있는 자들 모두가 다 그런 듯싶었다.

한데 그 작은 순간을 틈타 누군가 주위에서 움직이고 있었다. 환주 도인은 모두가 다 낯선 사람임을 깨달았는데 그중 한 사람의 얼굴은 알아볼 수 있었다.

"모인 장로님!"

어느 틈에 주위에 있던 자들 모두 밖으로 밀어낸 사람은 바로 개방의 모인 장로였다. 그와 함께 그들의 주위에 새로운 사람들이 보이기 시작했다. 개방 분타의 걸인들이 그들을 구원하러 온 것이었다.

第七章

현백의 힘

1

"후……."

 절로 한숨이 나오고 있었다. 지충표는 이제 어둠에 물든 대지를 보며 한숨을 쉬고 있었는데 그는 지금 자신이 기거하는 초옥의 앞에 있었다.

 "젠장… 진짜 안 올 건가?"

 초조한 목소리로 그는 혼잣말을 중얼거렸다. 초옥으로 들어오는 길들을 예의 주시하며 바라보고 있었는데 아무래도 그가 기다리는 사람은 오지 않을 듯싶었다.

 조금 더 하늘을 바라보며 뭔가를 생각하던 지충표는 결국 신형을 돌리려 했다. 그런데 그때였다. 누군가의 인기척이 들려오고 있었다.

"…옥 형이오?"

그가 기다리던 사람은 바로 낭인왕 옥화진이었다. 아마도 연락을 미리 넣은 것 같았는데 다가오는 사람의 품새는 옥화진이 아니었다.

조금은 더 호리한 사람… 바로 그와 호형호제하는 밀천사 양각이었다.

"미안하오, 형님이 아니라서……."

"……."

뜻밖의 등장에 지충표는 고개를 갸웃거렸다. 분명 옥화진에게 연락을 넣었건만 온 사람은 양각이니 말이다.

"형님께선 지금 급한 일로 이곳에 계시지 않소이다. 대신 전해줄 말이 있다면 나에게 이야기하시오. 그래서 내가 온 것이오."

"후!"

그저 한숨만 나올 뿐이었다. 지충표는 그저 고개를 좌우로 저으며 신형을 돌렸다. 이젠 그가 결정 내리는 일만 남았을 뿐이었다. 한데,

"지금 떠날 것이오?"

"……!"

지충표의 눈이 커졌다. 양각은 지충표의 생각을 읽은 듯 이야기했는데 그는 살풋 웃으며 입을 열었다.

"현백의 스승인 칠군향을 데리고 이곳을 떠날 생각이 아니오? 당신과 현백은 아무래도 보통 사이가 아닌 듯하니… 아닌가?"

"날 막을 셈이오?"

지충표는 은연중에 내력을 끌어올리며 상황을 살폈다. 사실 자신의 무공이 조금 강해진 것은 사실이지만 그것이 여기 있는 양각을 꺾을 정도는 절대로 아니었다.

거의 필패라는 것이 그의 생각이지만 이대로 있을 수는 없었다. 선공을 해야 할지 조금 더 있어야 할지 생각하는 순간이었다.

"막을 이유는 없지. 칠군향을 데리고 가려면 지금 가시오."

"……."

약간은 맥 빠지는 상황이었다. 갑자기 왜 이런 호의를 베푸는지 알 수가 없었는데 양각은 싱긋 웃으며 입을 열었다.

"내가 무슨 생각을 하는지 알려고 하지 마시오. 분명히 이야기하지만 난 그대와 칠군향에게 전혀 관심이 없소. 내가 관심있는 것은 내 의형뿐이오."

양각의 얼굴색으로 본다면 지금 거짓말을 하고 있는 것 같진 않았다. 양각의 목소리는 계속 들려왔다.

"지금 이 산 밑엔 현백이 와 있소. 아울러 화산의 사람들도 와 있지. 병력상으로 보자면 조금 저들이 열세이긴 해도 고수

현백의 힘 249

들이 좀 많으니 비등비등하다고 생각하면 될 것이오."

"고수? 이사자의 수하들도 고수가 아니오? 싸워봤자 승부는 난 것 같은데?"

"아니, 그들은 지금 이곳에 없소. 얼마 전 어디론가 사라졌소이다. 내 형님도 그들과 같이 움직이고 계시오."

"……."

고개를 흔들며 이야기하는 그를 보며 지충표는 고개를 갸웃거렸다. 분명 낭인대는 그대로 있었다. 그렇다면 옥화진 혼자만이 움직였단 뜻이다.

"빌어먹을 상황은 내가 저 밑에서 올라오는 사람들을 다 막아야 한다는 것이오. 아울러 당신도 도주시켜야 하고……."

"대체 그게 무슨 말이오?"

지충표는 도저히 이해가 되질 않았다. 뭔가 말이 좀 이상했다. 앞뒤가 맞지 않는 것이다.

옥화진이 빠졌다는 것은 상당한 손실이다. 수장을 빼낸 부대가 얼마나 버틸 수 있겠는가? 더욱이 저 밑에 있는 것은 현백과 화산의 정예였다. 이건 이곳을 버리겠다는 것이나 마찬가지인 것이다.

양각은 머리가 비상하고 지충표만큼이나 눈치가 빠른 인물이었다. 지충표가 생각한 것을 그가 생각하지 못할 이유가 없었다. 아마 어느 정도 생각하고 있을 듯했는데 그럼에도 불구하고 이곳에 있다는 것은… 이미 죽을 각오를 다졌다는 이야기로밖에 안 보였다.

"이곳에 남은 자들 중 가장 주의해야 할 자는 바로 그 돼지, 고도간뿐이오. 그놈, 삼사자가 뭘 어떻게 했는지 몰라도 정말 무섭도록 내력이 증진되었소. 무공이 근 세 배는 더 커진 것 같더군."

"……"

"그자가 조금 있으면 이쪽으로 올 것이오. 아마도 칠군향을 인질로 잡아 쓸데없는 일을 할 생각이겠지. 그전에 가시오. 내 수하들이 버틸 수 있는 시간은 길게 잡아야 반 시진이오."

"…당신 정말……."

죽을 각오를 했냐고 묻고 싶었지만 그 말은 나오질 않았다. 멀쩡히 살아 있는 사람에게 죽음을 이야기하는 것도 우스운 일이니 말이다.

"바로 밑으로 내려가는 건 자살 행위. 동쪽으로 돌아가시오. 미리 아이들을 두었으니 해볼 만할 거요."

"이봐, 양각. 당신 지금 무슨……."

"이미 오래전에 해야 할 일을 하는 것이오. 상호산에서 현백을 만났고 그곳에서 난 죽었어야 했소. 내 형님이 날 살렸기에 여기까지 온 것일 뿐… 그뿐이오."

양각은 말을 마치고 입을 꽉 다물었다. 지충표는 대관절 이 사내의 마음을 알 수가 없었다. 그때 뒤편에서 편안한 목소리 하나가 들려왔다.

"모든 것을 안고 가려는 것인가? 어째서 그렇게 해야만 하는 것이오? 상생의 길을 찾을 수도 있을 터인데."

"……."

양각의 눈에 살짝 놀람이 내비치고 있었다. 말을 한 사람은 바로 칠군향이었는데 어느새 뒤에 나타나 이야기를 듣고 있었던 것이다.

"사람의 목숨은 누구라도 소중한 것, 그렇게 버리듯 할 수 있는 것이 아닐세. 지금이라도 마음을 돌리는 것이 어떤가?"

"아니오. 이미 우리는 결성되었을 때부터 그 결과가 정해져 있던 사람들입니다. 이제 그 결과를 향해 가야 합니다. 그리고 그 과정에서 내가 아니면……."

양각은 살짝 두 눈을 감았다. 그리곤 목젖을 한번 움직인 후 말을 이었다.

"다른 사람이 죽어야 합니다. 한데 그 사람이 누구인지 너무 잘 알아서 말입니다. 그렇게 할 수는 없습니다."

"……."

담담하지만 힘있는 어조에 지충표나 칠군향 모두 아무런 말이 없었다. 양각은 씨익 웃으며 신형을 돌렸다.

"말이 길어졌군요. 떠나세요. 두 사람 다 무운을 빕니다. 절대로 안전한 길이 아닐 터이니 조심하기를……."

"……."

어둠 속에 말이 흩어지고 있었다. 양각은 그렇게 움직이고 있었다. 왠지 멀어져 가는 그의 등이 너무나도 작아 보이는 순간이었다.

지충표는 그의 뒷모습을 꽤나 오랫동안 바라보았다. 그러다 그가 완전히 움직여 시야에서 보이지 않자 신형을 돌렸다. 그리곤 칠군향을 보며 말했다.

"모시겠습니다, 어르신. 이제 가야 할 시간입니다. 현백에게 모셔다 드리지요."

"……."

이제 완전히 짙어진 어둠 속에서 지충표는 손을 내밀었다. 칠군향에게 먼저 움직이라 하는 것이었다.

왠지 칠군향은 뭔가가 아쉬운 듯 머뭇거리고 있었다. 그러더니 이내 작은 목소리와 함께 신형을 옮겼다.

"후우… 세상에 선인이 없듯 악인도 없는 것을……."

"……."

알 듯 말 듯한 이야기를 남긴 채 그는 움직였다. 지충표는 주변을 경계하며 그의 뒤를 쫓기 시작했다.

*　　　*　　　*

"대체 내가 왜 이곳에 필요한 것인지 모르겠군."

"그거야 나도 마찬가지다. 데려가라고 하니까 오자고 한 것뿐이야."

옥화진의 말에 몽오린은 입술을 비틀며 이야기했다. 옥화진은 순간 울컥했지만 꾹 눌러 참았다. 보면 볼수록 이 몽오린이란 자는 정말 재수없는 자였다.

웬만하면 정이 들 만도 한데 전혀 그렇지 못했던 것이다. 두 사람은 서로를 바라보지도 않은 채 전방만 주시하고 있었다.

전방에선 한참 싸움 중이었다. 상당한 수가 어둠 속에서 움직이고 있었는데 바로 몽오린이 데려온 수하들이 모인 일행과 싸우고 있었다.

지금 전장은 조금 교착상태였다. 서로 간에 힘이 팽팽히 맞서는 순간이었는데 이미 기회를 놓친 이상 다시 잡기는 쉽지 않을 것으로 보였다.

그들의 목적은 세 명의 목숨을 취하는 것이었다. 소림의 백양 대사와 청성의 환주 도인, 그리고 아미의 원영 신니를 죽이려 했었던 것이다.

생각 외로 일은 잘 풀렸다. 거의 다 잡은 순간이었다. 몽오린의 수하들의 공격에 삼사자의 미혼공이 절묘하게 어우러졌으니 말이다.

그런데 한순간에 상황이 바뀌었다. 바로 모인 일행이 나타나고부터였는데 모인 일행이 개방의 수하들을 벌 떼처럼 데리고 오면서부터 잘못되기 시작한 것이다.

"큭… 아무래도 내가 좀 나서야 할 것 같구만. 이러다 시간이 좀 많이 걸리겠어."

"호~ 정말이요?"

몽오린의 말에 삼사자가 입을 열었다. 몽오린은 씨익 웃으며 잠시 옆의 옥화진을 바라보곤 앞으로 신형을 옮겼다.

"자넨 여기서 좀 쉬고 있으라고… 내 가서 좀 정리해 놓을 테니."

"호호호, 잘 보고 있을게요."

삼사자는 예의 교태로운 웃음으로 화답을 했고 몽오린은 싸움터로 움직였다. 그가 생각하는 사람은 일단 한 명, 땅을 울리며 싸우고 있는 한 청년이었다.

"야아압!"

쩌어어엉!

이도의 권력이 다시금 허공에 불을 뿜었다. 상대를 격살할 수는 없었지만 충분히 패퇴시킬 만큼 강렬한 공격이었고 그 공격에 상대는 뒤로 연신 물러나고 있었다.

피리리링—

양옆에서 검이 날아오지만 그는 당황하지 않았다. 양발을 쭉 벌린 채 신형을 낮추자 검날은 그의 머리 위를 스쳐 지나갔다.

파아아앗!

머리카락 몇 올이 잘려 나간 섬뜩한 느낌이 느껴졌다. 두 개의 검이 지나간 느낌이 들자 이도는 다시 양발에 힘을 주어 신형을 뽑아 올렸다. 그리곤 오른손을 들어 쭉 뻗었다.

쉬이이이—

검을 휘두른 사내… 하나 그는 쉽게 잡힐 만한 사람이 아니었다. 순간적으로 환영을 보이며 이도의 손에서 빠져나가고 있었다.

"흥! 흉내는 그쯤이면 되었다! 차앗!"

팡~ 파팡~!

그의 신형을 바짝 쫓아 이도가 움직이고 있었다. 놀랍게도 그는 사내의 움직임을 모두 간파하고 있었는데 다른 사람들이 야수의 움직임이라며 놀라던 바로 그 동작이었다.

따아아앙!

왼 손등으로 상대의 검면을 때리자 검날이 크게 휘고 있었다. 그 틈을 노려 이도는 오른손을 내밀었다. 목표는 상대의 목 어림… 피해도 타격을 입는 부위였다.

하지만 상대 역시 대단한 무공을 보여주었다. 철판교의 수법으로 허리를 뉘인 채 이도의 공격을 피하고 있었다. 이대로 조금만 있으면 다음엔 사내의 공격이 이어질 순간이었다.

"큭, 현 대형 반도 안 되는 것들이……."

콰각!

사내의 가슴에서 섬뜩한 소리가 들려오고 있었다. 어느새 이도의 오른손 팔꿈치가 가슴에 꽂힌 것이다. 이도는 양발에 힘을 주며 허공에 신형을 뽑아 올렸다. 그와 함께 그의 허리가 빙글 돌았다.

쉬이이이잇!

그의 양발이 풍차처럼 회전하고 있었다. 이도의 오른발이 그대로 사내의 옆구리 어림에 박혔다.

파아아앙… 우드득!

사내의 몸이 옆으로 꺾이고 있었다. 이도는 이제 주먹뿐만이 아니라 발에도 내력을 전달할 수 있었다. 그 땅을 울리는 내력도 이 때문에 가능해진 것인데 그럼에도 불구하고 사내의 입에선 아무런 비명조차 나오지 않았다.

"합!"

파아앙… 퍼어어억!

마무리로 왼발을 사내의 가슴에 댄 채 힘차게 발을 구르자 사내의 몸이 땅바닥에 박히고 있었다. 이도는 공중제비를 돌면서 뒤로 내려섰다.

"후우우우… 얼마든지 와라!"

두 눈 가득 정광을 내뿜은 채 이도는 굳건히 대지를 딛고 서 있었다. 어느새 사람들은 그를 중심으로 좌우로 쫙 늘어서 있었다. 은연중에 그가 이곳의 핵이 된 것이다.

"아미타불… 대단하오이다. 항룡십팔장의 위력이 이 정도라니…….."

"무공이 대단한 것이 아니라 사람이 괜찮아서지요. 저놈… 한곳에 빠지면 아무것도 안 보이는 외골수이니까요."

백양 대사의 말에 오유는 바로 입을 열었다. 그녀는 뒤에서 다친 사람들을 빠르게 돌보는 중이었는데 어느새 싸움은 교착상태로 들어가고 있었다.

"정말 대단하외다. 이 환주… 부끄러울 따름이오이다."

"장강의 뒷 물결이 앞 물결을 미는 것일 뿐… 선재… 선재입니다."

환주 도인과 원영은 그저 웃으며 입을 열 뿐이었다. 그들의 눈에 보이는 이도는 정말 대단했다. 하긴 보고 있는 오유의 가슴도 벅찰 지경이니 말해서 무엇 하겠는가?

"크… 장로님, 이러다 이 녀석이 차기 장문이 된다고 움직이면 곤란하겠습니다. 충분히 그럴 만한데요?"

"하하! 그래, 그럴지도 모르지. 하나 방심은 아직 이르구나. 우리 쪽의 피해도 상당해."

비록 교착상태로 빠진 싸움이지만 모인의 말처럼 쉽게 볼 수는 없었다. 보니 저쪽은 기습을 생각한 것 같았고 또 숫자가 그리 많이 온 것 같지 않았다.

"아무래도 이들이 소림을 습격한 사람들이 아닌가 하는데 어찌 생각하시오, 백양 대사?"

"생각할 것이 있겠습니까? 이들이 확실한 것 같습니다. 무공도 들은 그대로이고. 다만 이들과 현백의 관계를 아직 모르니 그것이 좀 불안하지만 말입니다."

"관계는 무슨 관계이겠소? 적대 관계지."

"예?"

모인의 말에 백양 대사는 되물었지만 지금은 자세한 이야기를 할 때가 아니었다. 아직까지 싸움은 계속되었던 것이다. 이제 지친 이도를 쉬게 해주어야 하는 것이다.

"자세한 이야기는 나중에 하리다. 내 긴히 백양 대사에게 할 이야기가 있소. 그러니……!"

모인은 이야기하다 말을 끊었다. 그리곤 빠르게 고개를 돌려 한곳을 바라보기 시작했다.

그곳은 저 앞 어둠에 짙게 가려진 곳이었다. 모인은 양발에 힘을 주고 달려가려 했는데 이상한 것을 느낀 것은 그만이 아니었다.

"이도! 조심해라!"

파아아앙!

명사찬의 신형이 허공에 떠올랐다. 그 역시 이도의 위험을 감지한 것인데 수수께끼의 기운은 그대로 이도를 향해 들이닥치고 있었다.

"……!"

이도는 눈을 크게 떴다. 이건 지금까지 상대해 왔던 기운과는 질적으로 달랐다. 엄청난 기운이 느껴졌던 것이다.

그러나 한편으로는 호승심도 크게 일어나고 있었다. 이 정도의 힘이라면 한번 대적해 보고 싶은 것, 그것이 바로 무인이었고 이도였다.

"후우웁!"

단전에 있는 모든 기운을 다 뽑아 올린 채 이도는 내력을 휘돌리기 시작했다. 몸 안에서 일어나는 기운들은 더더욱 빨라졌고 강렬해지고 있었다. 상대가 눈앞에 다가올 때쯤이면 충분히 타격이 가능할 정도였던 것이다.

"이도, 물러서라!"

"……."

순간 뒤에서 명사찬이 외치는 소리가 들려오자 이도는 반사적으로 앞으로 나갔다. 안력을 최대한 집중시킨 채 상대를 바라본 것이다.

금사검. 구불구불한 금사검이 눈에 보이고 있었다. 상당한 예기가 서린 검이 보였고, 이후 그 검파를 꽉 잡은 손이 보였다.

호리한 손이었다. 전체적으로 매끈한 몸매를 지닌 사내였는데 얼굴도 꽤나 멀끔한 편이었다.

다만 그 입, 살짝 비틀려져 있는 그 입매는 사람으로 하여금 절로 멀어지게 만들고 있었다. 이도는 왼손을 쭉 뻗었다.

피리리리—

검이 변하고 있었다. 금사검은 베는 검의 절정, 조금만 스쳐도 그 상처가 끔찍하게 나는 검이었다.

찌링—

"……."

일단 첫 대결. 금사검의 면에 왼손 주먹을 빠르게 대본 이도는 한쪽 눈을 살짝 찡그렸다. 확실히 반탄력이 엄청났다. 상대의 무공이 예상대로 대단한 것임을 알 수 있었다. 하나 반탄력이 엄청날수록 더 강해지는 것이 자신의 무공이었다.

"합……."

우우웅!

오른손이 움직이고 있었다. 왼손의 반탄력 모두를 실은 오른손이 빠르게 움직이고 있었다. 그 손은 그대로 사내의 안면을 향했다.

쉬잇!

그러나 어느 틈에 금사검이 그곳에 있었다. 이도는 그 금사검의 옆면을 다시 한 번 때렸다.

쩡!

또다시 흘러나오는 반탄력. 엄청났다. 이도는 미간을 찡그리며 반대 손을 내밀었다. 그러자 사내 역시 검을 들어 막고 있었다.

쩌정!

"큭!"

점점 강렬한 내력의 울림에 이도는 신음성을 흘렸다. 그리고 그때서야 알았다. 지금 이자는 일부러 자신과 맞서고 있음을 말이다.

아직 없어지고 있지 않은 입가에 비틀림이 그것을 증명하고 있었다. 이도는 더 볼 것도 없다는 듯 다시 일권을 날렸다.

쩌어어엉!

"크윽!"

비명과도 같은 소리가 이도의 입에서 흘러나왔다. 어금니를 꽉 깨물며 이도는 상대편을 바라보았다. 그리곤 회심의 미소를 흘렸다.

상대의 얼굴, 그의 입술에 걸린 웃음이 옅어지고 있었다. 이도는 가슴에서 올라오는 울컥함을 꽉 누른 채 다시 일권을 날렸다.

"이야아아압!"

부우우우우!

버틸 수 있으면 버텨보라는 듯 이도는 그렇게 권을 날리고 있었다. 이번 일권에 걸린 내력은 정말 그 자신도 처음 내보는 강렬한 일격이었다. 물론 그만큼 가슴속은 크게 진탕되어 있었다.

사내의 얼굴엔 웃음이 완전히 사라지고 있었다. 이도는 오른발을 길게 내보내며 이 일격에 모든 것을 걸었다. 한데 그 순간이었다.

팡!

"……!"

그가 피했다. 정면으로 맞을 줄 알았던 이도의 권력을 피해 낸 채 검을 들어 올리고 있었다. 어느새 검은 이도의 오른손 옆을 파고들어 목을 향하고 있었다.

"…제길!"

이도는 자신도 모르게 욕이 튀어나왔다. 혼자의 흥에 너무 취한 것이었다. 상대의 얼굴엔 다시금 비웃음이 떠오르고 있었다. 이도는 그 얼굴을 보며 정말 지고 싶지 않다는 생각을 하고 있었다.

그러나 이 상황을 빠져나가야 그는 이길 수 있었다. 어떻게 헤치고 나가야 하는지 알 수가 없었지만 뭔가 아릿하게 떠오르는 것이 있었다. 발을 굴려 내력으로 상대를 멈추게 하는 힘…….

만일 그것이 손이라면… 그리고 자신의 손이라면 어떨까 하는 생각을 해본 것이다. 아마도 벽이 있으면 가능할 듯싶었다. 그 벽에 손을 대고 밀면 뒤로 움직일 수 있을 것이고 말이다.

짧은 순간이고 그저 스쳐 지나간 것일 뿐이지만 이도는 자신도 모르게 주먹을 펴고 있었다. 한순간 활짝 펴진 그의 손에서 강렬한 내력이 튀어나오고 있었다.

쩌어어어엉~!

"웃!"

"크윽!"

이도와 괴인, 두 사람의 입에서 동시에 답답한 신음성이 흘렀다. 뭐가 어떻게 되는지도 모르는 사이 이도는 눈앞을 바라보았다.

금사검… 그 갈라진 끝이 보이고 있었다. 한데 그 금사검은 더 이상 움직이지 않았다. 물론 영원히는 아닐 것이다. 하지만 이 정도면 충분했다.

파아아앗… 피이잇!

이도의 뺨에서 피가 흐르고 있었다. 겨우 이도는 신형을 피했다. 결국 피하는 데 성공은 한 것이 전부였다.

"쿨럭! 컥!"

입에서 피가 쏟아졌다. 무리한 운용으로 내상을 입은 것이다. 이도는 자신도 모르게 허리를 꺾었다. 그리고 그 위로 검 하나가 내려쳐지고 있었다. 바로 괴인의 금사검이었다.

이젠 피할 도리가 없었다. 그렇게 끝이라고 생각하는 순간이었다.

쩡… 쩌정… 쩌저저정!

귀청을 찢는 소리와 함께 그자의 기운이 멀어지고 있었다. 그리고 그와 함께 누군가 옆에 와 있었다.

"멍청한 놈! 니 내력이 뭐 얼마나 대단하다고!"

"사… 사숙… 님……."

명사찬이었다. 얼굴 가득 화난 기색을 담은 채 그는 고개를 돌려 괴인을 바라보았다. 이도는 벌써 의식을 잃고 있었다.

"너 이 자식!"

한 손으로 의식을 잃은 이도를 안은 채 명사찬은 이를 갈았다. 명사찬의 몸에서 강렬한 기운이 솟구치고 있었다.

2

"이제 우리가 앞에 서야 할 것 같은데? 가볼까?"

"그래야겠지."

주비의 말에 현백은 입을 열어 대답했다. 그는 산 위를 바라보고 있는데 이미 화산의 무인들은 싸움을 시작하고 있었다.

사람들은 마치 기다렸다는 듯이 싸우고 있었다. 이미 온 산에 매복이 쫙 깔려 있는 모습을 보아하니 낭인들인 듯 보였다.

실력은 그리 높다고는 볼 수 없었다. 다만 낭인들 특유의 경험으로 인한 싸움을 하기에 쉬운 상대는 아니었다. 그러나 상대는 화산의 정예였다.

화산은 거칠 것 없이 밀고 올라가고 있었다. 현백과 주비는 힘 안 들이고 그 뒤를 따라 올라가고 있었다. 먼저 왔지만 그들은 올라가지 않았었다.

아니, 그럴 필요가 없다는 것이 맞았다. 이미 선발대가 와서 싸우고 있었으니 말이다. 이후 본대가 왔고 그렇게 밀고 올라가는 중이었다.

그런데 한순간 다시 변화의 조짐이 보였다. 바로 살수들이 등장한 것인데 이들이 누군지는 현백이나 주비 다 잘 알고 있었다.

살수들의 등장으로 그 전진 속도가 확 줄어들자 현백과 주비는 앞서 나가려 하는 것이다. 그런 두 사람의 행동을 읽었는지 화산에선 아무도 나서지 않고 있었다. 그저 바라만 보고 있었던 것이다.

"자아… 그럼."

사사삿… 파아아앙!

순간적으로 신형을 날리며 주비는 장창을 휘두르기 시작했다. 주비의 창은 그 사정거리가 상당히 길었다. 검격에 길들여진 자들은 모두 뒤로 물러서기 바빴고 현백은 주비의 뒤에 바짝 붙어 있었다.

그러다 그가 도를 뽑아 들었다. 뽑아 든 순간 허공에 짙은 혈향이 피어오르고 있었다. 주비의 곁에 달려든 살수들을 처리하는 것이다.

아직까지는 이 방법이 제일 좋을 것으로 생각되었다. 현백이나 주비 모두 조심스럽게 올라가고 있었다. 미리 이곳에 와서 정찰을 해본 것도 아니고 그냥 일직선으로 올라가는 길이었다. 어떤 함정이 있을지 알 수가 없었던 것이다.

빠르게 치고 올라가는 듯 보였지만 사실 현백이나 주비 모두 상당히 조심스럽게 움직이고 있었다. 이른바 온 신경을 날카롭게 세운 채 이동하고 있었다. 그렇게 한 이 리 정도나 움직였을까? 현백과 주비는 동시에 신형을 멈추었다.

"……"

숲이 끝나 있었다. 지금까진 우거진 숲 사이, 오솔길을 따라 올라오자 갑자기 확 트인 공간이 눈앞에 나타났던 것이다.

이 정도의 공간이라면 가장 우려되는 것은 매복이었다. 부채꼴 모양으로 펼칠 수 있는 상황이니 화력의 집중이 상당히 용이했던 것이다.

그리고 그런 두 사람의 걱정은 바로 현실이 되었다. 보이지 않는 기운들이 두 사람을 향해 폭사되고 있었다.

"좌우측으로!"

파아아아앙!

주비는 좌측, 현백은 우측으로 방향을 잡아 신형을 옮겼다. 그들이 있던 자리에는 무언가 수북이 쌓이고 있었다.

파파파파파팟!

희끄무레한 무엇인가가 그들이 있던 자리를 차지하고 있었다. 현백은 한 바퀴 구른 후 자리에서 일어나자마자 허공으로 신형을 뽑아 올렸다.

파파팟!

그가 있던 자리에도 무언가 틀어박히자 현백은 왼손을 들어 날아오는 물체를 거머쥐었다.

콰각!

날아오는 물체는 그리 강한 내력이 실려 있지는 않았다. 대신 그 속도나 변화가 상당했는데 현백은 어렵지 않게 하나를 잡아낼 수 있었다. 땅에 내려선 현백은 손에 쥔 물체를 향해 눈을 돌렸다.

"…근표(根剽)?"

현백의 입에서 작은 중얼거림이 흘러나오고 있었다. 손에 잡힌 것은 작은 나뭇조각으로 만들어진 것이었는데 뾰족한 침 형태의 물체 양옆으로 너덜거리는 것이 붙어 있었다.

너덜거리는 것은 바로 껍질이었다. 아직 채 마르지도 않은 것이 바로 만들어 보낸 듯, 그런 점이 바로 이 근표의 특징이었다.

근표는 나무로 만든 것, 정규군이 아닌 사람들이 많이 이용하는 것이었다. 물론 정규군이 아니라는 것엔 여러 가지 의미가 담겨 있었다.

정식으로 징집되어 훈련된 군사가 아니라 일이 있을 때마다 마을에서 차출된 사람들을 일컫는 것이었다. 제대로 된 훈련은커녕 무기도 그리 좋은 것이 지급되지 않는 사람들인 것이다.

그런 그들이 스스로 목숨을 지키기 위해 만든 것이 바로 근표였다. 손쉽게 만들면서 효과도 만점이었는데 단단한 나무뿌리를 깎은 것에 나무줄기에서 껍질을 벗겨내 날개처럼 묶어 날렸던 것이다.

그것이 세월이 흘러 여러 방면으로 변화에 변화를 주게 되어 실제로 비슷한 모양의 철제로 주조되기도 했었다. 생각보다 효과가 좋았던 것이다.

그리고 사용하는 사람들도 변화가 있었다. 이젠 군이 아니라 민 쪽에서 더 사용되었는데 특히 산적들이 많이 사용하는 것이 되었다. 하나 정말 제대로 사용하는 사람들은 따로 있었다.

바로 낭인들이었다. 그들은 아직도 원형 그대로를 제대로 사용하고 있었다. 현백은 총무대로 있을 때 많은 낭인들과 같이 움직여 봐서 알았던 것이다.

그리고 그들이 사용한 근표의 위력도 잘 알고 있었다. 진정한 근표의 위력은 아직 나오지 않고 있었던 것이다.

"흥! 어린애 장난 같은 짓을 하는 놈들이구나! 이런 장난에 놀아나는 꼴들하고는. 모두 앞으로 나서라! 화산의 힘을 보여줄 때다!"

"이야아압!"

"하아압!"

누군가 뒤에서 외치는 소리가 들려오자 현백은 고개를 돌렸다. 그곳엔 한 손에 근표를 든 화산의 무인인 듯한 사내가 서 있었는데 얼굴을 보니 나이가 좀 어린 듯 보이는 친구였다. 아마도 현백과 주비의 뒤에서 지켜보다 비웃으며 나온 모양이었다.

현백은 그들을 향해 소리쳤다.

"쓸데없는 객기 부리지 말고 뒤로 물러나! 이들은 그리 만만한 사람들이 아니야!"

근표를 던진다는 것. 뭐, 어떻게 보면 웃기는 일일 수도 있었다. 하긴 만들어 던질 때마다 그 궤적을 던지는 사람들도 조절하기 힘드니 그렇게 볼 수도 있었다.

특히나 무공을 아는 사람들은 더욱더 근표를 무시할 수밖에 없었다. 바로 지금 현백에게 말하는 사내처럼 말이다.

"객기? 이따위 장난감이 무서워 뒤로 숨는 네놈과 우리를 똑같이 생각지 마라! 장문인께서 오시기 전까지 모두 쓸어버리자!"

현백의 말은 거의 공허한 메아리였다. 사내는 얼굴 가득 비릿한 비웃음을 담은 채 소리쳤고 그 말에 상당한 사람들이 움직였다. 근 이십여 명의 화산 무인들이 앞으로 나섰던 것이다.

피리리리리링!

또다시 암기의 비가 허공에 쏟아지지만 화산 무인들은 피할 생각도 하지 않았다. 내력을 가득 끌어올린 채 오히려 보

이지 않는 살수들에게 더 신경을 쓰는 모양이었다. 한데,

"이런! 정봉! 어서 뒤로 물러나지 못할까!"

뒤쪽에서 고함 소리가 터져 나오고 있었다. 소리친 사람은 바로 이들을 인솔해 온 장호익이었다. 놀란 얼굴로 소리치지만 화산의 무인들은 도리어 왜 그런 반응을 보이느냐는 얼굴을 만들고 있었다.

특히 정봉이라 불린 사내, 조금 전에 현백에게 비웃음을 날렸던 사내는 입가의 비웃음을 지우지 않은 채 장호익에게 소리쳤다.

"사숙님, 걱정하지 마십시오. 전 이 겁쟁이들과는 다릅니다. 어서 길을 열고 앞으로 나갈 것입……"

"이 멍청아! 현백과 주비가 괜히 옆으로 물러난 줄 아나! 어서 비켜서지 못해!"

"예?"

뜻밖의 반응에 정봉은 멍한 기분이 들고 있었다. 그리고 그 순간 악몽이 시작되었다.

콰가각!

"크아악!"

"컥!"

"……!"

정봉의 눈이 커졌다. 바로 옆에 있던 두 사람의 가슴에 무언가 박혔는데 그건 비표였다. 진짜 암기가 섞여 있었던 것

이다.

　근표의 위력은 바로 이런 것에 있었다. 근표만으로 볼 땐 그리 위력이 강하지 않지만 바로 진짜 암기가 섞인다면 다른 결과가 나오는 것이다.

　이제부터 사람들은 근표를 두려워하게 될 것이다. 몇 개 되지도 않는 진짜 암기 때문에 말이다.

　"이… 이거……."

　벌써부터 여기저기 당황한 음성이 들려오고 있었고, 정봉은 머릿속이 하얗게 변해가는 느낌이 들고 있었다. 그러나 상대의 공격은 멈추지 않고 있었다.

　피리리리링— 파파팍!

　"컥!"

　"크윽!"

　무공이 낮은 몇몇 제자들이 다시 상해를 입자 정봉은 얼굴에서 웃음을 지웠다. 날아오는 진짜 암기들은 그 위력이 보통을 넘어서고 있었다. 내력이 상당히 실려 있었던 것이다.

　"멍청한 놈! 물러서라니까 무얼 하는 것이야!"

　까라랑!

　정봉의 눈앞으로 다가오는 비표 하나가 불꽃을 일으키며 허공에 튕겨지고 있었다. 그리고 그 자리엔 대신 장호익의 신형이 서 있었다.

　"모두 뒤로 물러서거라! 어서……!"

사람들을 독려하며 상황을 모면하려던 장호익의 눈이 커졌다. 그의 감각에 상당한 살기가 폭사되고 있었다. 이건 새로운 암기들이 자신을 향하고 있다는 뜻이었다.

그런데 그 살기의 양으로 봐서 거의 승부수나 다름없어 보였다. 근표보다 비표가 더 많았던 것이다.

"후웁! 차아앗!"

파아앙!

장호익은 허공으로 몸을 솟구쳤다. 이대로 가다간 모두가 다 당하고 말 상황. 그냥 있을 수는 없었던 것이다.

검을 들어 허공에 미친 듯이 휘젓기 시작하자 장호익의 주변에 실 같은 것들이 풀어지고 있었다. 시간이 갈수록 실은 점점 더 많아졌지만 장호익은 멈추지 않고 있었다.

그가 허공에서 내려올 때까지 그의 검무는 계속되었다. 그리고는 날아오는 암기들이 그 실 같은 것이 얽힌 부위에 떨어져 내렸다.

짜자자자작!

검막보다도 더 세밀한 방패였다. 암기들이 모두 부서져 허공으로 튕겨지고 있었다. 장호익의 그러한 무공에 모두의 눈이 휘둥그레졌다.

그러나 공격은 끝나지 않았다. 장호익은 다시 공중으로 뛰어올라 다음 공격을 막고자 했지만 그것이 그리 쉽지 않았다. 방금 쳐낸 일격은 그리 쉽게 할 수 있는 것이 아니었던 것이다.

검사(劍絲)의 경지였다. 검끝으로 내력을 뿜어낸 후 이를 얽어내는 것이 이 세사였고 장호익은 얼마 전에야 이 검을 터득할 수 있었다. 그러니 다시 한 번 펼치기가 쉽지 않았던 것이다.

"이런! 어서 뒤로!"

상황이 여의치 않다고 생각한 그는 소리쳤지만 화산의 무인들은 아무도 뒤로 나가지 않고 있었다. 오히려 그의 주변에 모여들어 호위를 하고 있었다.

"뭣들 하고 있어!"

"죽어도 같이 죽습니다! 빠지시려면 같이 가시지요!"

한 문도가 입을 열었다. 그러자 모두 고개를 끄덕이며 내력을 끌어올리고 있었다. 장호익은 화가 나면서도 가슴 한쪽이 시려오고 있었다.

여기 있는 문인들은 모두가 겨우 일류고수 수준으로 올라온 사람들이었다. 이제 무인의 길에 들어섰다고 해도 과언이 아닌 사람들이었다. 그런 사람들을 지금 그가 인솔하고 있었던 것이다.

화산의 미래는 밝았다. 이런 화산의 미래를 위해서라면 죽어도 상관없었다. 장호익은 무리를 해서라도 내력을 끌어올리려 했다. 한데,

"멋진 검사의 경지… 잘 보았소."

"…창룡?"

그의 눈앞에 한 사내가 있었다. 이 장여의 앞에서 창대를 쥐고 서 있는 사내는 바로 창룡 주비였다. 그는 창두를 내려 땅에 살짝 박아 넣었다.

"본 게 있으면 보여주기도 해야겠지. 훗!"

콱… 파아아아아!

왼발을 중심으로 그가 회전을 시작했다. 창날은 대지를 훑으며 거대한 원을 그렸는데 그냥 원을 그리는 것만은 아니었다.

휘리리리리—

대기가 요동을 치고 있었다. 주비의 회전은 점점 빨라졌고 그와 함께 휘몰아치는 대기의 기운도 점점 커지고 있었다.

콰아아아—

기어이 흙먼지까지 쓸려 올라갈 만큼 강대한 위력이 형성되었고 날아드는 암기들까지 모두 그가 만든 회오리에 휩쓸리고 있었다. 주비는 한순간 창대를 점점 위로 치켜 올리기 시작했다.

고오오오오오—

엄청난 기의 회오리를 회전시키다 주비는 신형을 멈추었다. 그러나 회오리는 멈추지 않았고 이어 주비의 목소리가 허공에 울렸다.

"천의(天意)……."

주비의 오른손이 내려왔다. 온몸을 굽히며 허리를 살짝 틀자 주비의 창대에서 엷은 빛이 흘러나오기 시작했다.

"위모멸(爲矛滅)!"

쩌어어어엉!

잔뜩 움츠린 몸을 펼치자 그의 창대가 회오리를 꿰뚫었다. 그리곤 기의 폭풍이 주변을 쓸고 있었다.

날아왔던 암기들은 이제 그 힘을 잃고 있었다. 비표든 근표든 간에 한꺼번에 쓸려서 허공으로 쏟아지는 것에 장호익은 그저 멍한 표정을 지었다. 설마하니 주비의 무공이 이 정도일 줄은 몰랐던 것이다.

이 정도의 힘이라면 자신보다도 위였고 어쩌면 장문인과 그 힘을 나란히 할 수 있을 정도였다. 실로 대단한 무공을 지닌 사람이었던 것이다.

어쨌든 이제 더 이상의 공격은 오고 있지 않았다. 다음엔 무슨 공격이 시작될지 모르지만 일단 이곳에서 좀 더 안전한 곳으로 물러나야만 했다. 그런데 그의 생각보다 상대는 더 강하게 나오고 있었다.

파아아아앗!

"…암습!"

어느새 암습자들이 가까이 다가와 있었다. 숨 막힐 것 같은 살기 속에 장호익은 다시금 검사를 밀어내었다. 그리곤 상대를 압박해 나갔다.

까라라랑!

검 하나를 통째로 부숴 버린 후 그는 앞으로 달려나갔다. 조금이라도 일행에게서 멀어져 그들의 안위를 지키기 위함이었지만 그것은 오히려 패착이었다.

파파파팟!

"헛!"

물경 세 사람이 눈앞에 나타나 있었다. 모두가 검은 옷을 입은 사람들로 박도를 들고 있었다. 땅속에 숨어 있다가 나타난 사람들이었던 것이다.

파앙!

반사적으로 그는 오른발을 굴려 뒤로 물러났다. 한 걸음 크게 뒤로 물러났지만 세 사람은 여전히 그를 따라오고 있었다. 장호익은 아랫입술을 질끈 깨물었다.

당한 것이다. 이 정도의 속도라면 그들을 이길 수가 없었다. 자신은 뒤로 물러나는 와중이고 이들은 앞으로 달려나오고 있었다.

검사를 풀어내서 방어할 시간을 벌 생각이었다. 그런데 그것이 여의치가 않았던 것이다. 한번 검을 칠 수는 있겠지만 한 사람만 상대할 수 있을 뿐이었다. 한 사람은 죽일 수 있을지 몰라도 또 한 사람은 힘들게 되는 것이다.

하나 이대로 당할 수만은 없는 노릇, 그는 결정을 내렸다.

중간에 있는 사람이라도 지옥으로 가는 동무로 삼기로 말이다. 그런데,

파아아앗!

"……."

알 수 없는 번뜩임. 빛의 번쩍임이 눈앞에 한 번 보였다. 그리고 이어 기묘한 상황이 눈앞에 펼쳐지고 있었다.

피핏…….

피가 흘러나오고 있었다. 자신이 노렸던 사내의 목 어림에서 피가 보였고 이어 그는 쓰러지고 있었다. 그리고 그 자리에 새로이 한 사내가 나타나 있었다.

그는 나타나자마자 옆으로 도를 들어 올렸다. 오른쪽에 오는 자의 박도를 막아낸 것이다.

채애앵―

그저 간결한 동작일 뿐이었다. 그런데 놀랄 일은 이제부터였다. 사내는 박도를 막아낸 후 다시 왼쪽으로 도를 옮겼다. 그런데 그 도엔 오른편 암습자의 박도가 같이 붙어서 오고 있었다.

마치 자석이라도 되는 듯 딱 붙어서 오자 암습자 역시 딸려 왔다. 그리고 이어 왼쪽에서 공격하던 암습자의 박도 역시 부딪쳤다.

짜릉―

이 또한 자석처럼 붙어 있는 상황이 연출되었다. 두 개의

박도가 모두 도 하나에 붙어 있는 진풍경이 연출된 것이다.

분명 두 암습자의 눈은 놀람과 당혹으로 물들어 있었다. 이건 그들이 원하는 상황이 아닌 눈앞에 나타난 사내가 원하는 상황이었다. 그리고 그 순간 사내의 손이 움직였다. 손목이 움직이면서 도가 뒤집힌 것이다.

쩌어어어엉… 파라라라—

아주 간단한 동작이지만 그 효과는 엄청났다. 두 개의 박도는 허공으로 높이 솟구치고 있었다. 그리고 그와 함께 사내의 신형도 움직였다.

스스스……

보이지 않았다. 아니, 보고 싶었지만 이미 눈의 움직임보다 빨리 움직이고 있었다. 눈은 그가 움직이고 난 이후의 자리를 바라보게 되었던 것이다.

도저히 인간이 보여줄 수 있는 움직임이라곤 생각지 않았다. 두 명의 암습자 사이에서 보여준 세 번의 움직임. 세 번이 맞다고 확신조차 들지 않았다. 그저 보이는 모습이 세 번일 뿐이었다.

파파팟!

허공에 핏방울들이 치솟아오르고, 두 명의 암습자는 땅에 스러졌다. 그렇게 세 명의 사내들을 어렵지 않게 해치운 사내는 뒷등을 보이며 장호익의 앞에 서 있었다.

사내의 얼굴. 눈어림엔 양쪽으로 길게 기운이 흘려지고 있었다. 풍겨 나오는 야수의 기운과 합쳐 그가 누군지 너무나 잘 알게 해주고 있었던 것이다.

"현… 백……."

수인도 현백, 바로 그였다. 그런데 지금 보이는 현백은 그가 이전에 보았던 현백과는 너무도 달라져 있었다. 그냥 야수 같은 사람이 아닌 것이다.

달라졌다. 이젠 그와 자신 간에 상당한 차이가 있다는 것을 은연중에 알 수 있었다. 보지 않은 사이 너무 달라져 있었던 것이다.

"……."

두 사람 다 말이 없었다. 화주청이든 이격이든 그저 두 눈만 크게 뜰 뿐 아무런 말 없이 바라보기만 바빴다.

그들은 지금 문도들과 조금 떨어져 있는 상태. 그러나 두 사람의 무공은 지금 무슨 일이 일어나는지 똑똑히 볼 수 있을 정도로 강했다. 그들은 장호익의 무공과 주비의 무공, 그리고 현백의 무공을 모두 바라보았다.

그리고 그중 현백의 무공을 보고 두 사람은 아무런 말도 하지 못하고 있었다. 분명 현백은 달라져 있었다. 예전에 봤던 현백이 아닌 것이다.

"내가 본 게… 틀린 것은 아니겠지?"

"……."

화주청의 말에 이격은 아무런 대답도 할 수 없었다. 지금 이격 역시 자신의 눈을 의심하고 있는 중이라 그런 것인데 이어 화주청의 목소리가 이격의 귀에 들려왔다.

"인검(引劍)… 인검에 이은 탄검(彈劍)이 아닌가? 그것도 검이 아니라 도로써 말일세……."

"……."

틀림없었다. 그 역시 느끼고는 있었지만 차마 말을 할 수가 없었다. 도저히 말이 안 되는 상황이니 말이다.

"어떻게 생각하나, 자네는? 지금 현백의 무공……."

하나 화주청의 채근은 계속되었고 이격은 입을 열 수밖에 없었다.

"저건……."

시원하게 말을 하고 싶지만 믿을 수가 없었기에 이격은 다시금 말을 멈추었다. 그러다 이내 그의 입이 다시 열렸다.

"틀림없군요. 매화칠수입니다."

결국 그의 입에서 그 이름이 나오고야 말았다. 매화칠수… 있을 수 없는 일이 일어난 것이다.

"그래, 매화칠수네."

화주청은 고개를 끄덕이며 그 말에 수긍했다. 그러나 다 수긍하더라도 단 한 가지는 수긍할 수 없는 것이 있었다.

"그런데 말일세."

"……."

"그럼 기초가 되는 자하신공을 현백이 알고 있다는 뜻인가?"

"……."

가장 난감한 질문이 이것이었다. 매화칠수의 기본 내공은 바로… 지금은 실전된 자하신공이었던 것이다.

이후 두 사람은 아무런 말도 할 수 없었다. 현백이라는 사내에 대해 아는 것이 없으니 할 말이 없는 것은 당연한 노릇이었던 것이다.

그저 지금은 이렇게… 바라만 볼 뿐이었다.

第八章

스러져 간 사람들

1

"하아… 하아……."

입에서 단내가 나고 있었다. 지충표는 그야말로 온 힘을 다해 내달리는 중이지만 아직 상황은 나아질 기미가 보이지 않았다.

사위는 그야말로 적막 그 자체였다. 게다가 어둡기도 엄청나게 어두워 여기가 어딘지조차 가늠이 되질 않았다.

어림잡아 방향을 잡은 상황이었다. 온 힘을 다해 내달린 지 근 반 시진 정도. 이 정도라면 민가든 뭐든 나와야 하는데 그렇지가 않았던 것이다.

"방향을 잃은 모양이구나."

스러져 간 사람들 285

"아, 아닙니다, 어르신. 곧 마을이 나올 것이니 염려 마십시오."

등 뒤에서 들리는 목소리. 바로 칠군향의 목소리였다. 칠군향은 그의 등에 업혀 있었다. 지금껏 내내 그의 등에 업혀 온 것인데 사실 깡마른 칠군향이라 그리 큰 어려움은 없었다.

오히려 어려움이라면 이 적막함에 있었다. 어디로 가든 풀벌레 소리 하나 없는 이 적막함. 그것이 지충표를 더 숨 막히게 하고 있었던 것이다.

"후… 조금만 참으시면 됩니다. 그럼 다시 달리겠으니 조심하십시오."

"괜한 짐이 된 것 같아 미안하이."

살포시 들려오는 칠군향의 목소리에 지충표는 웃었다. 왠지 이 칠군향이란 사람은 마음을 편하게 만들어주었다. 딱히 어떤 점이 그렇다고 말할 수는 없지만 그 분위기나 모든 것들이 그런 생각을 가지게 만든 것이다.

그를 보고 있으면 현백이 생각났다. 무공 때문에 잠시 떨어져 있기는 했으나 현백은 아직도 마음의 친구였다. 마음속 깊은 곳에서 언제나 따뜻한 기운을 느끼게 해주는 친구 말이다.

그런 친구의 사부였다. 아니, 관계를 떠나서 그는 이 사람이 좋았다. 그냥 보고만 있어도 말이다.

지충표는 다시금 양발에 힘을 내었다. 그리곤 온 힘을 다해 경공을 펼치려 할 때였다.

"큭! 가긴 어딜 간다고? 벌써 그리 급하게 가려면 섭하지."

"……!"

지충표의 몸이 한순간 굳어지고 있었다. 목소리의 주인공은 그다지 친하지 않았지만 알아보기 힘들 정도는 아니었다.

타탁.

잔가지를 밟으며 인기척이 들려오고 있었다. 우측에서 들려오는 소리에 지충표는 고개를 돌렸다. 그곳엔 한 명의 비대한 사람이 다가오고 있었다.

"이거… 날 찾고 있을 줄은 몰랐는데? 그 삼사자인가 하는 계집의 꽁무니를 따라간 줄 알았거든."

"큭큭! 그 주둥아리는 여전하구나. 그래, 죽기 전에 어디 실컷 지껄여 보아라."

나타난 사내는 고도간이었다. 그와 함께 뒤쪽으로 두 사람이 더 보였다. 그를 따르는 소룡과 제룡이었다.

"너랑 그 늙은이, 목숨은 여기까지다. 그동안 현백이나 그 빌어먹을 옥화진 뒤에 숨어 뵈는 게 없었지? 오늘 확실하게 죽음이 뭔지 가르쳐 주지."

고도간은 왠지 더욱더 비대해 보였다. 아울러 목소리에 끈적한 무언가가 느껴지고 있었는데 그 때문에 가뜩이나 듣기 싫은 목소리가 더더욱 듣기 싫어지고 있었다.

딱히 뭐라고 집어 말할 수는 없지만 왠지 모를 이질감… 그런 느낌이 들고 있었던 것이다. 지충표는 다리를 굽혀 등에 업은 칠군향을 내려놓았다. 그리곤 그를 향해 입을 열었다.

"어르신, 아무래도 조금 시간이 걸릴 것 같습니다. 여기 잠시 계십시오."

"…조심하게나."

칠군향의 걱정스러운 말을 뒤로한 채 지충표는 앞으로 걸어나갔다. 이미 고도간이 자신을 죽이려 한다는 것을 알고 있기에 그런지 몰라도 마음은 담담하기 그지없었다.

스윽…….

등 뒤에서 오랜만에 방패를 꺼냈다. 그러고 보니 진충곤법을 써본 지도 참으로 오래되었다. 새삼스레 그동안 자신과 운명을 같이했던 방패를 보니 반가운 기분이 들었다.

"후우……."

어차피 무공의 차이는 인정하고 있었다. 저 고도간이란 인물, 무공으로 따진다면 자신보다 고수였다. 그건 그가 천의종 무록을 익혀서가 아닌 그전부터 그랬던 것이다.

승부를 떠난 승부… 우습지만 그것이 지금 상황이었다. 지충표는 되려 담담해지는 것을 느끼며 고도간의 앞에 섰다.

"큭! 오른손에 뭐라도 좀 들어야 되는 거 아니냐? 거기 옆에 떨어진 몽둥이라도 집지 그래?"

"그럴 필요가 있음 그럴 거니 그만 좀 지껄이지? 언제까지 입으로 싸울 건데?"

"크큭, 고놈… 객기는 마음에 든다, 정말로."

고도간은 턱살을 푸르르 떨며 웃고 있었다. 지충표로서는 몸서리치게 긴장되는 순간 고도간의 신형이 움직였다.

"그럼 시작해 볼까!"

파아아앙!

비대한 몸이라곤 볼 수 없는 쾌속한 속도로 고도간이 덤벼들었다. 지충표는 한 걸음 뒤로 물러나며 상대의 신형을 찾았다. 아직은 감각보다 눈이 더 믿음직스러운 게 지충표의 무공수준이니 말이다.

그러나 고도간의 신형은 보이지 않았다. 그저 스치는 바람 소리만 들려올 뿐… 그러다 한순간 지충표의 왼손이 허공으로 뻗었다.

콰아아앙!

"웁!"

악다문 입술 사이로 신음성이 흘러나왔다. 참으려 했지만 정말 참기 힘든 일격이었다. 그것도 방패 위로 막아낸 공격이 말이다.

"큭… 이제 처음인데 너무 심한데?"

쾅… 콰쾅!

고도간은 양손을 휘저었다. 그저 주먹으로 툭툭 쳐내는 것 같이 보였다. 흡사 장난으로 생각될 정도로 가벼운 주먹이지만 당하는 지충표에겐 그렇지가 않았다. 엄청난 힘으로 다가왔던 것이다.

스러져 간 사람들

절로 몸이 수그러들고 있었다. 위에서 내려치는 그 엄청난 일격을 고스란히 당하기엔 무리 같아 보이고 있었다. 그런데도 지충표는 고집스럽게 방어를 고집하고 있었다.

"미친놈… 이거야 원, 싱거워 못해먹겠군. 정말 싱거워!"

꽈아앙!

"크으윽!"

왼팔이 울리는 느낌에 지충표의 안면이 일그러지고 있었다. 왼 무릎을 꿇은 채 막기는 했으나 조금 더 막으면 방패고 뭐고 다 부서질 듯 느껴지고 있었다. 그런 그의 귓가에 고도간의 목소리가 들려왔다.

"일단 너부터 보내주마. 꺼져 버렷!"

부우우웅―

고도간은 주먹을 크게 들었다가 바로 내려치고 있었다. 정확히 무릎을 꿇은 지충표의 머리를 향하자 지충표는 자신의 머리를 왼손을 들어 막으려 하고 있었다.

사실 고도간에겐 이런 방패 따윈 장난감이었다. 그는 내력을 실어 이 방패를 부술 참이었다. 그리고 그 왼팔을 부수고 머리까지 한꺼번에 다 부숴 버릴 참이었던 것이다. 그런데,

터어어엉!

"……!"

기묘한 소리가 흘러나오고 있었다. 이 소리는 고도간이 생각했던 소리가 아니었다. 좀 더 격하고 비릿한 피 내음이 동

반되는 그런 결과를 예상했던 것이다.

대신 방패가 기울어지고 있었다. 그와 함께 고도간의 눈에 지충표의 눈이 보였다.

노리고 있었다. 이 순간을 위해 많이 참은 듯 양 볼에 깊은 골이 패어 있었다. 그리고 이어 고도간의 손목에 지충표의 오른손이 닿았다.

"차앗!"

지충표의 기합성이 들려오고 있었다. 손목을 확 잡아당기면서 일어서고 있었다. 그와 함께 허리를 돌려 고도간의 가슴에 자신의 등을 붙여내고 있었다. 그리곤 오른손을 힘껏 잡아당기고 있었다.

"걸렸어!"

콰가각… 부우우웅—

고도간의 신형이 허공에 떠올랐다. 양발 모두 땅에서 떨어져 지충표의 등을 타고 넘어가고 있었다. 고도간도 대단하지만 지충표 역시 신속함 그 자체였다. 쾌속하기 그지없는 공격이었던 것이다.

어쨌든 기회는 한 번. 이 기회를 놓친다면 다신 지충표에게 기회 같은 것은 없을 듯 보였다. 지충표는 오른손을 확 잡아채며 허리를 틀었다. 그의 왼손이 뻣뻣하게 펴져 있었다.

아울러 왼손에 찬 방패 역시 수평으로 뉘어져 있었다. 지충표는 그대로 왼손을 휘돌렸다. 목표는 거꾸로 떨어지는 고도간의 두터운 목이었다.

 이른바 지충표가 낼 수 있는 최대한의 힘이었고 일격은 성공하는 듯 보였다. 어느새 그의 방패가 지충표의 목 어림에 다가갔던 것이다. 한데,

 터어어엉!

 "......!"

 지충표의 눈이 커졌다. 방패가 돌아갔다. 그가 만든 것이 아니라 고도간이 그리해 놓은 것이었다. 슬쩍 방패를 쳐 돌린 것이다. 그리고,

 콰각!

 한순간 그의 오른손이 고도간에게 잡히게 되었다. 그와 함께 고도간의 신형이 회전하고 있었다. 떨어져 내리는 상황에서 신형을 뒤집은 것이다.

 우두두둑!

 "크아악!"

 지충표의 입에서 참담한 비명성이 흘러나왔다. 그의 오른팔이 한쪽으로 돌아가 있었다. 한순간 관절이 뒤틀려 버린 것이다.

 쿠우웅!

 "컥!"

 그 바람에 지충표는 비틀린 방향으로 회전하게 되었고 이어 차가운 땅바닥에 신형을 누였다. 그의 귓가에 고도간의 목

소리가 들려왔다.

"큭큭, 고놈 귀엽게 노는구만. 좋아, 이래야 좀 할 맛이 나지."

차가운 눈빛을 번뜩이며 고도간은 지충표를 향해 다가오고 있었다. 지충표는 재빨리 신형을 바로 세우며 고도간 앞에 섰다. 고도간은 빙글빙글 웃으며 말을 이었다.

"예정을 바꿔주마. 아주 고통스럽게 죽여주마. 차라리 죽는 것이 낫다는 것을 깨달을 때까지 말이야."

비릿한 살소와 함께 그는 점점 다가오기 시작했다. 지충표는 욱신거리는 팔의 고통을 참으며 조금씩 뒤로 물러났다. 그러다 그의 몸에서 다시금 내력이 휘돌기 시작했다.

당할 바엔 곱게 당하지 않겠다는 뜻이었다. 문득 그의 눈이 옆으로 향하며 칠군향의 모습을 보았다. 그는 걱정스러운 얼굴을 하며 지충표를 바라보고 있었다.

"……"

지충표는 그저 입술을 깨물 수밖에 없었다. 자신이 죽으면 다음은 칠군향이었다. 알면서도 어찌할 수 없는 자신이 그토록 미울 수밖에 없었다. 분명 자신은 강해졌지만 상대는 더욱 더 강해졌으니 말이다. 문득 그의 입술 사이로 작은 목소리가 흘러나오고 있었다.

"미안하다… 현백. 이야아아아압!"

커다란 기합 소리에 묻혀 그의 목소리는 들리지 않았다. 그렇게 지충표는 고도간을 향해 달려나갔다.

                    *   *   *

"……."

현백은 신형을 멈추었다. 왠지 모를 이 가슴의 고동, 기분 나쁘도록 가슴이 시려오고 있었다.

좀체 가슴이 진정되지 않고 있었다. 눈앞의 적들을 차분하게 쓰러뜨리고 있건만 왜 이렇게 기이한 기분이 드는지 알 수가 없었던 것이다.

이제 상황은 많이 정리가 되어가고 있었다. 화산의 무인들은 이제 정신을 차려 신중하게 상대하고 있었다. 살수와 낭인이 뒤섞인 이들이지만 무림인을 당해낼 수는 없었다. 무공의 차이가 너무 컸던 것이다.

아마도 현백과 주비가 나서지 않았다면 승부는 바뀌었을지도 몰랐다. 두 사람의 합세로 인해 이들은 열세를 벗어날 수 있었고 이는 바로 반격으로 이어졌다.

시링…….

현백은 애써 기분을 추스르며 시선을 돌려 다시금 적을 향했다. 눈앞에 순간적으로 다섯 명의 적이 보이고 있었다. 한 걸음 크게 내디디며 현백은 오른손을 쭉 내밀었다.

파아아앗!

한 명의 가슴에서 피가 터지고 옆으로 쓰러지고 있었다. 현백은 바로 도를 당겨 뒤로 크게 원호를 그렸다.

쉬이이이잉―

강대한 기의 바람이 순간적으로 일고 있었다. 그 바람의 힘에 네 명의 신형이 앞으로 딸려온다. 아니, 딸려온다기보다 오지 않으려 버티는 게 맞았다. 하나 그 작은 정지 동작은 좋은 표적이 되었다.

파아아앗!

한 걸음 다시 내디디며 현백의 도가 허공에 춤을 추었다. 두 사람의 목 어림에 혈선을 그은 채 그는 앞으로 나아갔다. 그리곤 신형을 돌려 남은 두 사람을 향했다.

현백의 앞엔 한 사람뿐이었다. 또 한 사람은 그 뒤에 있었는데 현백은 아랑곳없이 도를 휘둘렀다. 그러자 앞의 사람이 아닌 뒤쪽 사람의 입에서 비명이 흘러나왔다.

"커억!"

그의 가슴에서 뜨거운 피가 흘러나오고 있었다. 허공을 격하고 뒤의 사람을 죽인 현백의 도는 멈추지 않고 있었다. 공포 서린 표정을 짓고 있는 앞의 사내 머리 위로 떨어져 내렸던 것이다.

우우우우우―

그냥 내리는 것인데 그 단순한 동작에서 엄청난 힘이 느껴졌다. 사내는 이를 악물고 수중의 박도를 들어 막아내려 했지만 역부족이었다.

쩌러렁!

박도가 세 동강이 나고 있었다. 실로 엄청난 중검. 사내는 얼굴색이 새하얗게 변하는 것을 느끼고 있었다. 그러던 한순간,

"가라……."

"……!"

사내의 눈이 커졌다. 현백의 입에서 나온 목소리였다. 그의 도는 지금 자신의 정수리 위에서 멈추어 있었다. 더 이상 압력은 느껴지지도 않고 말이다.

시링… 핏!

허공에 도를 휘둘러 핏방울을 떨구어낸 현백은 바로 신형을 돌리고 있었다. 죽을 뻔한 사내는 그 자리에 털썩 주저앉아 그저 현백의 뒷등만 바라볼 뿐이었다.

사내를 뒤로한 채 현백은 앞으로 더 나아갔다. 문득 어느 사이엔가 여기저기 전각들이 있는 것이 보였는데 아마도 이곳이 본진인 듯 보였다.

천천히 앞으로 나가는 현백의 뒤엔 주비가 있었다. 그리고 그 뒤엔 화산의 무인들이 부채꼴로 펼쳐져 있었는데 본의 아니게 그들의 선봉을 서게 된 모양새였다.

그렇게 앞으로 나가던 현백의 움직임이 멎었다. 그가 움직임을 멈추자 뒤에 따라오던 사람들도 움직임을 멈추었다. 현

백은 도를 거머쥔 채 오른 발목을 살짝 비틀었다.

스읏.

도를 뒤쪽으로 숨기며 언제든지 발출할 수 있게 하려는 것이었다. 그리고 그런 행동을 하는 이유는 바로 이 기이한 기분 때문이었다.

누군가 있었다. 사방이 암흑이라 제대로 시야가 나오지 않았지만 확실했다. 이 어둠 속에 고수가 숨어 있었던 것이다.

그 고수가 누구인지 어렴풋이 짐작할 수 있었다. 이 정도의 느낌이라면 예전에 한번 느껴본 적이 있는 상대였다.

그리고 한순간 그 기운이 움직이고 있었다. 정면에서 현백을 향해 다가오는 느낌이 들었다. 살수라서 그런지 모르지만 거의 실처럼 느껴지는 기운이었다. 현백은 수중의 도를 앞으로 내밀며 내력을 밀어내었다.

피잇… 파파파팡!

현백의 앞쪽에서 흙기둥이 일어나고 있었다. 상대의 공격이라면 현백은 긴장해야 되겠지만 그건 현백이 만든 것이었다. 탄수를 응용하여 내력을 쏘아 보냈던 것이다.

파아아앗!

그 흙기둥 속에서 한 사람이 섬전같이 나타났다. 현백은 큰 호흡을 들이쉬다 이내 오른손을 빠르게 휘둘렀다.

스파라라라랑!

기묘한 소리와 함께 허공 가득 도의 그림자가 퍼지고 있었다. 내력을 남기면서도 강렬해지는 그 힘. 산수(散手)였다.

쩌저저저정!

마치 함정과도 같은 현백의 도세에 사내는 미친 듯이 수중의 검을 휘두르고 있었다. 강렬한 울림과 함께 사내의 신형은 상당히 느려졌다. 그러다 어느 한순간 오히려 사내는 뒤로 물러서고 있었다.

카카카칵!

살수에게 있어 가장 중요한 것은 역시 속도였다. 이는 쾌검을 의미하는데 쾌검을 넘어 섬(閃)의 속도를 가진 이가 바로 사내였다. 그런데 그런 사내의 속도를 깬 도 하나가 지금 사내의 목 어림에 가까이 있었다.

끼이이이—

물론 현백의 도였고 그 도와 목 사이엔 사내의 검이 있었다. 간발의 차이로 막아낸 것인데 문득 현백의 목소리가 들려왔다.

"오랜만이라고 해야 하나? 밀천사 양각."

"훗… 그렇게 볼 수도 있겠지. 수인도 현백."

두 사람은 바싹 붙어 있으면서도 병기를 거두지 않고 있었다. 문득 양각의 목소리가 들려왔다.

"참 많이도 오셨군. 이 내 목숨 하나를 위해 이토록 많이 왔다니 이렇게 황송할 경우가 없군 그래."

"온 우리들보다 맞아준 너희들이 더 많았을 텐데? 다른 사람들은 어디 있나?"

현백은 싸늘한 목소리로 물었다. 여전히 두 사람은 병기를 맞대고 있었고 살의를 거두지 않고 있었다. 그 긴장감을 깬 것은 양각이었다.

"합!"

채애앵!

양각은 힘껏 검을 놀려 현백의 신형을 뒤로 물려놓았다. 그리곤 자신도 일 장여를 물러난 후 입을 열었다.

"다른 사람이 다 있었다면 이야기가 다르겠지. 하나 오늘은 나 혼자뿐이다, 현백."

"……."

현백은 기이한 느낌을 받았다. 아무래도 이 양각이란 자, 죽음을 각오하고 있었다. 뭔가 이전과는 확연한 차이가 있었던 것이다.

"헛소리 그만 하고 사숙님은 어디 있나! 이곳에 있는 것을 다 알고 온 길이다!"

뒤쪽에서 누군가의 외침이 들려왔다. 장호익이었다. 그는 어느 틈에 현백의 바로 옆으로 와 있었다. 그에 양각이 대답했다.

"하하! 이거야 원, 화산의 무인들을 깜빡했군 그래. 어서들 오십시오. 그 뒤에서 계속 보고만 계실 건가요?"

양각이 말하는 사람은 두 명이었다. 바로 화산의 장문인 화주청과 이격을 말하는 것이었다.

두 사람은 어떤 이유인지 몰라도 나서지 않은 채 뒤에서 따라만 오고 있었다. 물론 문도가 위험할 땐 잠시 나서주기도 했지만 어디까지나 뒤에서였다. 앞에 나서지 않았던 것이다.

"큭, 하긴 사제를 볼 면목이나 있는 사람들인가? 나서고 싶어도 그럴 수가 없겠지. 하하!"

"…무슨 뜻이냐, 양각."

이번에 한 양각의 말은 거의 중얼거림에 가까웠다. 앞에 있는 현백이나 장호익만이 알아들을 정도로 작았는데 양각은 살풋이 웃으며 입을 열었다.

"떠나라, 현백. 지금 가면 아직 늦지 않았을 거다."

"…양각, 똑바로 말해라."

현백의 눈에서 한층 기운이 커지고 있었다. 양각은 그 현백의 눈을 바라보며 입을 열었다.

"자네 친구 지충표와 함께 어르신은 떠났다. 그런데 그 뒤를 따르는 놈이 있으니 그것이 문제다. 고도간, 그놈이 두 사람의 뒤를 쫓고 있다."

"……!"

고도간이란 말에 현백의 눈이 더욱 매서워졌다. 고도간이면 그리 좋은 관계가 아니었다. 두 사람의 뒤를 따른다는 의미가 무엇인지 모른다면 바보일 터였다.

"동쪽으로 떠났다. 나름대로 고도간의 눈을 돌리려 했지만 이놈… 교육을 단단히 받았더군. 실패했다."

"……."

현백은 신형을 돌렸다. 가슴이 두근거린 이유… 따로 있었다. 정작 그가 있어야 할 곳은 이곳이 아니었던 것이다.

"그냥 갈 수는 없겠지. 날 내버려 두고 갈 것이냐?"

움직이려던 현백은 신형을 멈추었다. 양각은 죽음을 바라고 있었다. 그의 수하가 아무도 없는 것만 봐서도 잘 알 수 있었다.

이미 수하들은 다 보냈다는 뜻이었다. 이곳의 일은 자신의 죽음으로 마무리한다는 것. 그 의미였다.

"가라, 현백. 여긴 내가 맡으마."

"……."

주비의 목소리가 들려왔다. 그는 창대를 비스듬히 세우며 양각의 앞에 섰다. 양각은 그제야 만족스런 얼굴로 입을 열었다.

"고맙군. 창룡 정도의 인물이라면 만족한다. 저 뒤에 녀석들이 아니라 안심이군."

양각의 말은 진심이었다. 주비가 나서지 않았다면 화산의 무인들이 가만있지 않을 터였다. 차라리 무인답게 깨끗이 죽겠다는 뜻이었다.

"부탁한다, 주비."

탓… 파아아앙!

주비를 향해 말을 남긴 채 현백은 허공에 신형을 뽑아 올렸다. 치솟아오르는 것 같던 그의 신형은 어느새 부드럽게 미끄러져 움직이고 있었다. 그 자신도 모르게 비연류의 경공이 흘러나왔던 것이다.

"현백의 뒤를 쫓는다! 어서!"

"옛!"

타타탓… 파앙… 파파팡!

사라져 가는 현백의 뒤를 따라 수많은 그림자들이 날아오르고 있었다. 화산의 무인들 모두가 현백의 뒤를 쫓아 움직이고 있던 것인데 달빛에 비친 그들의 모습은 정말 장관이었다.

"꼭 이렇게 끝을 내야 하나? 죽지 않아도 충분히 타개할 수 있는 방법이 있을 텐데?"

"…정말 궁금하군, 우리에 대해 당신이 아는 것이 얼마만큼인지. 대인께서도 경계하는 자네가 말이야……."

사방이 고요한 지금 남은 것은 주비와 양각뿐이었다. 두 사람은 마치 오래된 친구에게 이야기를 하듯 허물없이 말하고 있었다.

"언제까지 초호를 믿고 있을 것인지 모르겠군. 그 자신도 하수인이라는 것을 알면서도 이곳에 남아 있는 너를 이해할 수가 없다."

고개를 흔들며 주비는 입을 열었다. 그러자 양각은 살풋이 웃었는데 그는 고개를 끄덕이며 입을 열었다.

"당신이 대인과 잘 아는 사이라는 것은 짐작하고 있었지. 뭐, 아는 것은 그것뿐이지만. 아니, 하나가 더 있군. 당신 역시 뭔가 속을 감추는 사람이란 것. 언젠가 숨긴 날개를 펼 것이란 것 말이야."

싱긋 웃으며 양각은 입을 열었다. 그러자 주비 역시 살풋이 웃으며 입을 열었다.

"부인하지 않는다. 그러나 그건 나 혼자였을 때 이야기였지. 이젠 달라졌다. 함께할 사람이 있기에 그럴 필요가 없어졌지. 그나저나 넌 정말 죽기엔 아깝다. 정말 이 방법뿐이더냐?"

"큭. 내가 죽어야 한 사람이 산다. 그것이 누구라는 것은 이야기하지 않아도 알겠지?"

양각의 말에 주비는 고개를 끄덕였다. 보니 이 친구는 낭인왕 옥화진과 각별한 사이였다. 아마도 그를 위해서일 터였다.

"그런 의미라면……."

시링—

주비는 창날을 한번 털었다. 그리곤 다시금 입을 열었다.

"진심으로 상대해 주마……."

고오오오오…….

주비의 전신에서 강렬한 기운이 솟구치고 있었다. 이른바 최대한의 내력을 모두 키워 올린 것으로 단 한 수에 승부를 내려는 것이었다. 그리고 그것은 양각도 바라는 것이었다.
"고맙다, 창룡……."
알 듯 말 듯한 미소와 함께 양각은 검을 쥐었다. 그렇게 양각은 살수가 아닌 한 사람의 무인으로서 창룡을 향해 돌진하고 있었다.

2

"대체 언제까지 이런 장난을 하자는 것이지? 곧 있으면 동이 틀 텐데?"
옥화진의 목소리에는 이제 살기마저 어리고 있었다. 그러자 삼사자는 교태로운 미소를 지으며 입을 열었다.
"호호, 대협께선 뭐가 그리 급하십니까? 당장이라도 철수해도 됩니다. 그것이 우리가 받은 임무니까요."
"뭐라고? 그럼 어서 돌아갑시다. 너무 오래 있었소이다."
옥화진은 이 싸움의 결과엔 별로 관심이 없다는 듯 입을 열었고 이내 신형을 돌렸다. 한데 그 순간이었다.
"옥 대협께선 어디로 가시렵니까? 이제 저희랑 같이 움직이시는 것이 나을 겁니다."
"…무슨 뜻이오?"
뜻 모를 그녀의 말에 옥화진은 고개를 갸웃거리며 되물었다. 그러자 그녀는 여전히 교태로운 웃음을 흘리며 말했다.

"이제 사하로는 갈 필요가 없습니다. 그곳은 이미 버려진 곳, 그곳에 있던 모든 것들은 없어졌습니다."

"뭐라!"

옥화진의 눈썹이 역팔자로 휘었다. 지금 그녀의 말을 들어보자면 그곳은 폐쇄된다는 뜻이었다. 그곳에 있던 모든 것, 사람까지도 말이다.

"지금 무슨 소리를 하는 것이야! 그곳은 우리들의 마지막 힘, 버릴 수가 없는 곳이야!"

"흠… 전 다 결정된 것으로 알고 있습니다만… 대협의 의제께서 책임지시는 것으로 들었습니다."

"의제! 누가 그런 말을 했나!"

순간적으로 옥화진의 몸에서 강렬한 기운이 일고 있었다. 그리고 그제야 삼사자의 입에서 웃음이 사라졌다. 강렬한 기운 속엔 엄청난 살의도 담겨 있었던 것이다.

"저는 이미 알고 계신 줄 알았더니… 이야기야 저쪽에서 들었습니다만."

"……!"

그녀는 슬그머니 턱짓을 했고 그 의미를 모를 리는 없었다. 그 방향엔 한 사람이 신나게 싸우고 있었는데 바로 이사자 몽오린이었다.

"당신들… 대체 무슨 짓들을 벌이는 거야!"

타탓… 파아아앙!

스러져 간 사람들 305

한순간 그의 신형이 사라졌다. 적들하고 싸우고 있든 말든 그는 중요한 것이 따로 있었다. 왠지 모를 불안한 기운이 가슴 가득히 일어나고 있었던 것이다.

질리는 놈들이었다. 워낙 강한 공격에 점점 밀리는 것이 역력했는데 게다가 숫자도 확 늘어나 있었다. 이젠 자신들 모두가 다 위험한 상황인 것이다.

"제길!"

명사찬의 입에선 제대로 욕이 나오고 있었다. 그는 지금 한 명의 상대도 버거운 상황이었다. 가진 모든 무공을 다 풀어냈지만 아직도 상대의 옷깃 하나 스치지 못하고 있었다.

지금 상황은 겨우 백중세. 교착상태에 빠진 듯했다가 이내 역공이 시작되자 아주 몰린 상황이었다. 그나마 모인 장로가 제 실력을 발휘하는 바람에 겨우 유지되는 세였던 것이다.

만일 여기서 명사찬이 이자를 꺾어준다면 뭔가 해볼 만한 상황이 되겠지만 그게 그리 여의치가 않았다. 상대는 이미 그보다 강한 무공을 지닌 사람이었던 것이다.

"후… 십만 방도를 지닌 개방의 후계자. 이따위 무공으로? 큭큭, 지나가던 개가 웃겠다."

오히려 명사찬을 비웃으며 상황을 주도하고 있는 것이다. 명사찬은 이를 악물면서도 일단 진정했다. 여기서 흥분한다면 아무것도 될 것은 없었다.

"그 개 있으면 함 델꾸 와봐! 바로 싸질러 주마!"

"입은 살아 있구나. 크하하하!"

따아아아앙!

수중의 금사검을 가볍게 휘두르며 몽오린은 이죽거리고 있었다. 명사찬은 양팔을 벌려 검격을 피한 후 다시금 앞으로 짓쳐 나갔다.

참으로 어이없는 일이지만 자신보다 이도가 나은 상황이었다. 이도의 힘으로 인해 몽오린은 어느 정도 내상을 입었다. 저 입가에 비친 가느다란 핏줄기가 바로 그 증거였다.

그런데 자신은 그 부상당한 사람조차 이길 수가 없었다. 그 점이 가장 화가 나는 점이지만 침착해야 했다. 몽오린 역시 자신을 아직 이기지 못하고 있었으니 말이다.

하지만 그것이 그의 장난임을 알게 된 것은 금방이었다. 갑자기 그의 공격이 예리해진 것이다.

피리리리링—

감히 팔목에 찬 철수갑으로 막을 생각도 못한 채 명사찬은 그저 피하기만 하고 있었다. 그러던 한순간이었다.

"자, 끝을 보자! 찻!"

파라라라라…….

"……!"

명사찬은 두 눈을 의심했다. 분명 이건 검이 아니라 살아 있는 뱀이었다. 어디로 튈지 모르는 진짜 뱀 말이다.

좌우로 흔들리며 오는 몽오린의 검에 그저 뒤로 물러나기만 할 때였다. 일순 그 검이 변했다. 더욱더 빨라지면서 가슴 한쪽을 꿰뚫어 버릴 듯한 기세를 보여준 것이다.

쐐앳!

"아미타불… 갈!"

쩌렁!

한순간 불호와 함께 노성이 일자 날아오는 금사검은 튕겨 나가는 듯했다. 소림의 백양 대사가 손을 써준 것이다. 하나 미봉책에 불과했다.

피리리리―

검은 다시 힘을 내어 명사찬에게 다가오고 있었다. 절체절명의 순간, 명사찬은 이를 악물었다. 그리곤 온 힘을 다해 막아낼 순간이었다.

피이잉―

검날이 크게 휘고 있었다. 명사찬이 아니라 다른 방향으로 휘고 있었는데 그건 뒤편이었다.

그리고 이어 소리가 들려왔다. 묵직한 쇳덩이의 부딪침이었던 것이다.

쩌저저정!

그건 꽤나 큰 거부였다. 그리고 그 도끼를 든 사람은 명사찬도 아는 사람이기에 고개를 갸웃거렸다. 그건 자신들의 적인 낭인왕 옥화진이었던 것이다.

"너 미쳤냐? 지금 누구에게 도끼를 겨눠!"

"…사하는 어떻게 된 거냐."

낮은 목소리로 옥화진이 입을 열자 몽오린은 어이가 없다는 표정을 지었다. 그리곤 다시금 이 갈리는 소리를 내었다.

"미친 소리는 그만 하고 일단 여기부터 해결하지? 아님 그냥 갈까?"

"가든 말든 이들을 죽이든 신경 안 쓴다. 대답부터 해. 내 의제는 어디 있나?"

"후… 나참."

몽오린은 짜증이 가득 묻어나는 눈길로 주위를 바라보고 있었다. 주위는 이미 소강상태였다. 이 돌연한 상황에 다들 눈길을 주고 있었던 것이다.

"그렇게 궁금하면 가보지 그래? 나도 명령만 받았을 뿐 아무것도 모르니."

"……."

몽오린의 말에 옥화진은 얼굴을 굳혔다. 그리곤 바로 신형을 돌리며 손을 들었다.

그러자 옥화진이 데리고 온 수하들이 철수하고 있었다. 이 돌연한 사태에 몽오린은 머리를 흔들다 이내 고개를 돌려 소리쳤다.

"운이 참 좋은 놈들이군. 또 보자고. 큭."

몽오린이 수중의 금사검을 집어넣으며 손을 들자 그가 데리고 온 자들이 그의 뒤로 움직여 사라지고 있었다. 몽오린과 옥화진 두 사람은 각기 다른 방향으로 움직이고 있었다.

"이런 미친놈들… 누가 그냥 가게 내버려 둔다더냐!"

소리치며 나가려 했지만 명사찬은 갈 수가 없었다. 뒤쪽에서 모인이 잡아챘던 것이다.

"참아라, 사찬아. 우리 측 피해가 너무 크구나."

"……."

고개를 돌린 명사찬의 눈엔 참담한 표정이 떠올랐다. 상당수의 개방도가 땅에 쓰러져 있었다. 쓰러진 적보다 개방도의 숫자가 더욱 많았던 것이다.

둘로 갈라진 저들을 한쪽만 친다면 어쩌면 이길 수도 있었다. 그러나 이후 많은 고통을 감수해야 할 터였다. 많은 피가 흘러야 되는 것이다.

"제길……."

결국 명사찬은 신형을 돌렸고 곧 부상자를 돌보기 시작했다. 모인 역시 두 주먹을 쥔 채 입을 꽉 다물고 있을 뿐이었는데 그의 귓가에 백양 대사의 목소리가 들려왔다.

"아미타불, 현백을 만날 필요는 없을 것 같군요. 이젠 누가 적인지 확실히 알 것 같습니다."

"그렇습니다. 옥화진의 앞에 서 있던 자, 몽오린이라 했던가요? 그가 모든 일의 원흉인 듯싶습니다."

백양 대사의 말에 환주 도인이 동의하고 있었다. 모인 역시 살짝 고개를 끄덕여 동의를 표하며 입을 열었다.

"제가 여러분을 만나서 할 이야기도 이 점이었습니다. 현백을 보는 것이 아니라 진짜 적을 봐야 됩니다. 그래서 먼저 모시려 한 것인데 저들이 선수를 쳤군요."

"아미타불, 빈승 원영, 개방의 모인 장로님께 감사드립니다. 향후 저희와 같이 가서서 이 모든 일에 증언을 부탁드립니다."

"이를 말입니까? 그리하겠습니다."

미소와 함께 모인은 입을 열었다. 이제 모든 것이 다 잘되었다. 그런데 왠지 마음이 조금 무거워지고 있었다. 뭔가 마음에 걸렸던 것이다.

현백에게 혐의를 둔 사람들에게 진짜 적을 알려준 것은 좋은 일이었다. 잘된 일이고 현백은 이제 어느 정도 자유로워질 터였다. 한번 겪어본 이상, 무공이 비슷해 혐의를 둔다는 것은 무의미하다는 것을 깨달았으니 말이다.

그런데도 불구하고 이 마음 한구석 아려오는 것, 그것을 곰곰이 생각하던 모인은 고개를 들었다. 그것이 무엇 때문인지 안 것이다.

원흉… 이 한 단어 때문이었다. 과연 저자가 원흉이라 불릴 수 있는지 그것부터가 의심되었던 것이다.

복잡하고 또 복잡한 사건이었다. 그 모든 사건 속에서 원흉을 찾는다는 것은 그야말로 안개 속에서 바늘 찾는 격이었던 것이다.

*　　　　*　　　　*

우드득!
"컥… 커억!"
지충표의 입에서 피화살이 뿜어져 나왔다. 그의 가슴엔 고도간의 발이 얹혀져 있었는데 고도간은 지충표를 완전히 밟아버리고 있었다.

벌써 양팔과 양다리가 부러진 상황이었다. 이젠 움직이지도 못하는 상황에서 고도간은 지충표의 늑골까지 부수어 버렸던 것이다.

"큭! 이봐, 여기 좀 보라구. 이 얼마나 우스워. 안 그래?"
지충표의 피화살에 다리 부근을 적신 채 고도간은 고개를 돌렸다. 그곳엔 자신을 기다리는 두 사람이 있어야 정상이었다.

소룡과 제룡. 바로 그 두 사람이 있어야 하건만 두 사람 다 어디로 갔는지 보이지 않았다. 고도간은 피식 웃으며 다시 시선을 돌렸다.

"뭐, 빌어먹을 놈들이 도망칠 궁리만 하고 있었으니 그리 놀랍지도 않구만… 좋아, 여흥은 나만 즐기면 그만이지. 어때, 억울하지 않아? 너랑 나랑 같은 책을 익혔는데 내 무공이 이토록 강해진 것이 말이야."

"미… 친놈……. 퉤!"

지충표는 침을 뱉었다. 피가 섞인 침을 뱉어냈지만 그리 멀리 가지도 못했다. 말하기도 힘든 상황이니 어쩔 수 없었던 것이다.

침은 그의 뺨에 들러붙었다. 그 모습을 보며 고도간은 흉측하게 웃었는데 이어 그의 목소리가 들려왔다.

"푸하핫! 등신 같은 놈. 억울하긴 한가 보구만. 그러나 어쩔 수 없는 것이지. 니가 배운 것은 껍데기일 뿐이니… 내가 배운 게 진짜니까 말이야."

고도간은 계속 벙글거리며 입을 열고 있었다. 뭐가 진짜라는 것인지 지충표는 알 수가 없었는데 그때 고도간은 품속에서 뭔가를 꺼내 들었다.

"이거… 이게 필요한 거다. 이게 없으면 그 천의종무록인지 뭔지는 휴지 조각이야. 알겠어?"

비릿한 웃음과 함께 그는 품에서 꺼낸 것을 흔들었다. 그건 천에 싸여 있었는데 고도간은 이내 천을 풀곤 안의 내용물을 꺼내 보였다.

하얀 구슬 같은 것이었다. 유리로 빚어진 듯한 작은 구슬인데 아주 밝고 차가운 빛을 뿜어내고 있었다.

"삼사자, 그 요부 같은 년이 준 이것이 없으면 아무것도 안 되는 거야. 이것 말이야. 크크크."

스러져 간 사람들 313

괴소를 흘리며 고도간은 그 구슬을 입에 넣었다. 그는 잠시 입을 오물거리더니 이내 뭔가를 뱉어내었다.

"퉤!"

파삭.

입에서 나온 것은 그냥 투명한 구슬이었다. 땅에 떨어진 그 구슬은 부서지며 반짝거리고 있었는데 지충표는 시선을 돌려 고도간을 바라보았다.

"쿨럭… 컥……."

고도간은 상당히 괴로워하고 있었다. 대관절 저것이 뭔지는 몰랐지만 짐작 가는 바가 있었다.

또 다른 세상… 그 삼사자인가 뭔가 하는 여자가 말해준 것이었다. 무공이 막히지 않느냐며 은연중에 말한 그것. 그것이 아마 지금 고도간이 하고 있는 것이 아닌가 싶었다.

어쨌든 다행이었다. 그때 유혹에 넘어갔으면 지금 지충표도 같은 꼴을 당할 수 있었다. 고도간의 모습은 이미 정상이 아니었던 것이다.

"크악… 칵… 이 빌어먹을 것들! 어디로 튀어버린 거야……."

이젠 자신이 있는 공간이 어디인지도 잊은 것 같았다. 도망을 치려면 이런 순간에 도망쳐야 했는데 아쉽게도 도망칠 기력이 그에겐 남아 있지 않았다.

"그래… 너… 이놈, 너 이놈! 죽엇!"

이젠 그냥 죽여야만 상대로 인식되고 있는 듯 보였다. 지충표가 보는 고도간은 지금 완전히 미쳐 가고 있었다. 그는 그저 발길을 들어 올린 채 지충표의 머리를 밟으려 하고 있었다.

지충표는 눈을 감았다. 짧다면 짧은 인생 후회는 없었다. 다만 왜 그런지 몰라도 오유의 얼굴이 떠올랐다. 그저 이 순간 한 번 더 볼 수만 있다면…….

퍼어억!

"……."

파육음이 들렸다. 그건 이 미친 고도간이 발길질을 했다는 뜻이고 누군가 맞았다는 뜻이었다. 그런데 지충표에겐 고통이 느껴지지 않았다.

뭔가 이상한 생각이 들었다. 자신이 아니라면 맞을 사람이 없었다. 같이 데려왔던 두 놈은 어디론가 사라지고 남은 사람이라곤 칠군향밖에 없었던 것이다. 칠군향 말이다…….

"……!"

그럴 리가 없다며 지충표는 두 눈을 크게 떴다. 누군가 자신의 몸 위에 있었다. 하얀 머리를 치렁하게 날리는 칠군향이었던 것이다.

그는 지금 양팔을 땅에 댄 채 힘겹게 버티고 있었다. 무공도 없는 그가 이 정도로 버틴다는 것은 기적이었다. 문득 지충표는 칠군향의 몸에서 작은 빛이 흘러나오는 것을 보았다.

그 빛이 조금이나마 칠군향의 몸에 가해지는 힘을 해소하고 있었다. 지충표는 그 힘의 정체를 알 수 있었다. 그건 무공이 아니라 법술이었다.

정신의 힘, 육체의 힘이 아닌 정신의 힘으로 칠군향은 지충표를 막아서고 있었던 것이다. 도저히 믿을 수 없는 일이었다. 하나 발로 내려치는 사람은 쉼없이 발을 놀리고 있었다.

"크아아아!"

퍽! 퍼퍽!

"커억!"

그러나 이어진 공격엔 그도 어쩔 수 없었다. 노구를 쓰러뜨리며 지충표의 몸 위로 그가 쓰러졌다.

"어… 어르신, 어서 비켜나십시오! 어서요!"

"쿨럭… 쿨럭……."

뿜어내는 기침 사이로 걸쭉한 피가 흘러나오고 있었다. 이대로 가면 몇 대 맞기도 전에 칠군향은 죽을 것이었다. 그건 지충표로선 최악의 결과였다.

차라리 자신은 죽어도 칠군향은 살려야 했다. 그는 온 힘을 다해 몸을 움직이기 시작했다. 어떻게든 몸을 뒤집어 칠군향을 살려야 했던 것이다. 한데,

"……! 어르신, 어서 손을 놓으세요. 이러다 큰일 납니다!"

칠군향의 두 팔이 지충표의 몸을 누르고 있었다. 칠군향은 계속 맞으면서도 지충표를 살리기 위해 애썼던 것이다.

"어르신… 야, 이 미친놈아! 어딜 쳐! 여길 치라고, 이 미친 개자식아!"

지충표의 입에서 고래고래 소리가 터져 나왔다. 그의 눈앞이 부옇게 흐려지면서 잘 보이지 않고 있었다. 이렇게 욕이라도 하지 않으면 견딜 수가 없었다.

"나야, 나, 지충표! 이 돼지 같은 자식아! 날 죽이란 말이야! 이 어르신 말고~!"

지충표는 피를 토하면서 소리치고 또 소리쳤다. 여기 있는 칠군향보다 먼저 죽어야 한다는 듯이 말이다.

그리고 그런 그의 노력은 곧 결과를 맺었다. 다시금 고도간의 발이 지충표를 향하고 있었다. 그의 발은 곧장 지충표의 머리로 향했던 것이다.

눈물 때문에 부옇게 흐려져 있지만 지충표는 알 수 있었다. 이제야 마음이 좀 편해지겠다는 생각이 들고 있었다.

"……."

문득 한쪽 하늘이 밝아진다는 느낌이 들었다. 하긴 이제 해가 뜰 때도 되었으니 당연한 노릇이었다. 이 마지막 하늘을 보며 지충표는 웃었다. 그나마 새로운 하늘을 보고 죽는 셈이었다.

콰악… 파가각!

한쪽 귓가로 괴이한 소리가 들려왔지만 지충표는 신경 쓰지 않았다. 어차피 죽을 것은 매한가지… 게다가 눈물 때문에

스러져 간 사람들

앞에 부연 것도 보이지도 않았다.

다행이었다. 만일 내려쳐지는 고도간의 발걸음을 봤다면 그것이 더 악몽이었을 터였다. 그렇게 편하게 마음먹었을 때였다.

"……"

참 이상한 노릇이었다. 그의 눈에 자신의 모습이 보였다. 눈물을 흘리며 온통 얼굴이 피범벅이 된 자신이 말이다.

잠깐, 아주 잠시 동안 죽은 사람은 자신의 얼굴을 볼 수 있다고 하는 말을 들은 적이 있었다. 그리고 지금이 바로 그 순간이라고 지충표는 생각했다.

한데 뭔가 이상했다. 죽었다면 왜 지금 온몸이 아픈지 이해가 되질 않았다. 지충표는 뭔가 기이한 생각이 들었다. 그리고,

시링—

귓가에 서늘한 소리와 함께 뭔가 눈앞에서 움직이고 있었다. 분명 자신의 모습은 보였지만 그 모습이 조금씩 흔들리는 것같이 보였던 것이다. 게다가 이상하게도 곧 그 얼굴은 완전히 사라지고 다른 얼굴이 나왔다.

"훗……"

헛것이 보인다고 생각했었다. 새로이 보이는 얼굴은 거꾸로 보이는 얼굴이었다. 그리고 그 얼굴은 지충표도 잘 아는 얼굴이었다.

"충표……"

"……!"

그러나 그의 목소리를 들었을 때 그는 몸을 떨었다. 이 목소리는 꿈이 아니었다. 귓가에 들려오는 소리는 실제의 소리였던 것이다.

그제야 지충표는 알 수 있었다. 눈앞에 있던 것의 정체를… 그건 한 개의 도였다. 도면이 상당히 넓은 도가 눈앞에 비스듬히 찔러진 것이다.

고도간의 발길질은 그 도면을 밟고 옆으로 미끄러진 것이다. 그 이후의 일은 알 수 없었지만 확실한 것은 주위에 고도간의 모습은 보이질 않았던 것이다.

그 넓은 도와 목소리, 그리고 이 얼굴… 틀림없었다. 현백이 나타난 것이었다.

"크윽……."

지충표는 자신도 모르게 신음성을 내었다. 현백이 그의 신형을 세웠고 허리를 세워 땅에 앉을 수 있게 해주었다. 그러자 지충표의 눈에 한 사람의 모습이 보였다. 자신만큼이나 피를 토한 칠군향이었다.

"충표… 사부님… 을 부탁한다."

왠지 현백의 목소리는 힘이 없어 보였다. 그는 손을 뻗어 칠군향의 신형을 안아 지충표의 가슴에 안겨주었는데 양팔이 부러진 그는 겨우 그 신형을 안을 수 있었다. 그런데,

"……! 어… 어르신!"

칠군향은 이미 미동도 없었다. 그냥 조용히 누워만 있었다. 지충표는 황급히 그의 몸을 안으려 했다. 하지만 그저 버둥댈 수 있을 뿐이었다.

"죄송합니다… 죄송합니다… 어르신! 으허엉……!"

지충표의 입에서 통곡 소리가 흘러나왔다. 칠군향, 그는 이미 이 세상 사람이 아니었던 것이다.

그 모진 발길질을 견딜 수가 없었을 터였다. 결국 자신을 위해 죽었다고 생각한 지충표는 통곡할 수밖에 없었다. 지금 이 순간 할 수 있는 일이라곤 이렇게 칠군향을 위해 우는 것밖에 없었으니 말이다.

"울지 마라, 충표."

"흐엉……."

우는 충표를 오히려 현백이 달래고 있었다. 현백은 지충표의 신형을 살짝 안았다. 그리곤 조용히 입을 열었다.

"우는 건 조금 이따가 하자, 충표."

"크엉……."

현백의 말에도 지충표는 좀처럼 진정하지 못했다. 그러다 이어진 현백의 말에 그는 진정해야만 했다. 피보다 진한 현백의 살기 어린 음성이 흘렀던 것이다.

"저놈을 찢어 죽이고 나서… 그때 울자, 충표… 그때……."

"현… 백……."

지충표의 눈이 현백을 향했다. 현백은 어금니를 꽉 깨문 채 턱을 떨고 있었다. 그의 눈에선 그 어느 때보다 밝은 빛이 좌우로 길게 뻗고 있었다.

"지켜봐라, 지충표. 저놈… 내 손으로 죽인다!"

현백은 신형을 일으켰다. 그리곤 앞으로 서서히 움직이기 시작했다.

고오오오오오―

현백의 주위에서 강렬한 공기가 회전하기 시작했다. 현백의 모습이 부옇게 보일 만큼 강렬한 공기의 회전이었다. 그러다 어느 한순간 거짓말같이 현백의 몸으로 사라졌다.

"고~ 도~ 간~!"

파아아앙!

현백의 신형이 빛살보다 빠르게 앞으로 나가고 있었다. 그가 있던 자리엔 투명한 물방울들만이 허공에 흩뿌려지고 있었다.

第九章

끝나지 않은 폭풍

1

새벽 운무는 언제나 사람의 마음을 들뜨게 만들었다. 특히나 이런 운치있는 곳의 운무라면 두말할 필요도 없었다. 사람들은 그 정경에 감탄하며 움직이고 있었다.

"과연 대단한 광경입니다. 천하의 솟사림이라 그런지 몰라도 이토록 신비한 곳에 있을 줄이야."

"하하하! 과찬이십니다. 절경이라 하시지만 막상 이곳에 오래 살다 보면 그런 생각은 들지 않을 것입니다. 이건 뭐 언제나 사람의 마음을 소홀하게 만드니……."

양진의 말에 오위경은 씨익 웃으며 입을 열었다. 그러자 여러 사람들이 고개를 끄덕였는데 그 말이 틀린 것이 아니었다.

각 문파는 저마다 절경이라 불릴 만한 것을 최소한 하나씩은 가지고 있으니 말이다.

사람들은 그곳에 와서 절경이니 여기 매일 살면 좋겠다고 이야기들 하지만 막상 사는 사람들은 그런 생각을 하지 않았다. 그저 일상의 하나일 뿐이니 말이다.

이곳 솔사림도 그랬다. 끝없이 펼쳐진 죽림, 그 죽림 속에 길이라곤 단 하나뿐이었다. 그 길을 지금 걷고 있었던 것이다.

밤을 새워 달려온 길이었다. 강호의 곳곳에서 일어나는 사태를 보면 이제 더 이상 지체할 수가 없었다. 오위경은 빨리 움직여야 했던 것이다.

그리고 그 효과는 두말할 것도 없었다. 모두의 얼굴에서 불만 어린 감정은 찾아볼 수가 없었는데 그때 양진의 목소리가 다시금 들려왔다.

"오… 저곳이 정문 같군요. 솔사림의 정문 말입니다."

"하하, 그렇습니다. 이곳이 솔사림입니다."

오위경은 사람 좋은 웃음과 함께 입을 열었다. 그는 앞으로 한 걸음 더 나아가 대문을 향했는데 정말 거대한 대문이었다. 그 높이만 해도 삼 장여에 이르니 말이다.

다만 그 문이 굳게 닫혀 있는 것이 좀 마음에 걸렸지만 어쨌든 오위경은 한결 가벼운 마음으로 앞으로 나갔다. 안에는 미리 연락을 했으니 알고 있을 터였다. 그것도 모자라 강상서를 보내놓은 상태니 말이다. 그때였다.

끼이이이이이—

굳게 닫혀 있던 대문이 열리고 있었다. 오위경과 같이 온 추색대원들은 저마다 눈을 살짝 크게 떴는데 문은 좌우로 완전히 활짝 젖혀지고 있었다. 그리고 그 열려진 문 안쪽에 일단의 사람들이 보였다.

"하하하! 어서 오십시오, 사형, 그리고 강호의 영웅들이시여."

"오… 네가 마중을 나왔구나."

반가이 인사하는 오위경의 앞엔 모두 네 명이 있었다. 바로 오서술의 네 사람이 서 있었던 것이다.

"대사형께서 강호의 영웅들을 데리고 오신다는데 어찌 버선발로 나가지 않겠습니까? 어서들 오십시오. 림주께서도 여러분을 환영한다 하셨습니다."

한 사람 한 사람 눈을 맞추며 강상서는 입을 열었다. 그러자 뒤편에서 토현의 목소리가 들렸다.

"괜한 강호의 무부들이 청정을 방해하는 것은 아닌지 모르겠소이다. 오자고 해 왔지만 괜시리 마음이 무거워집니다."

"그렇습니다. 저 또한 림의 청정을 방해하는 것 같군요. 괜히 숙연해지는 듯한 느낌입니다."

무당의 장연호까지 분위기를 봐가며 이야기를 하자 강상서는 한층 더 짙은 웃음을 걸었다. 그리곤 한 손을 뒤쪽으로 펼치며 입을 열었다.

"림주님께서 워낙에 조용한 것을 좋아하셔서 화려한 환영식은 없습니다. 이 점 양해해 주십시오."

"어이 그런 말씀을… 천하의 술사림에 발을 들여놓는 그 자체가 영광입니다."

양진이 함박웃음을 지으며 말하자 오위경이 입을 열었다.

"일단은 들어가서 이야기를 하시는 것이 좋을 것 같습니다. 모두들 들어가시지요. 전 여기 사형제들과 잠시 이야기를 하겠습니다."

"알겠습니다. 그럼……."

"먼저 들어가 보지요."

오위경의 말에 사람들은 발길을 옮겼다. 오위경은 그들의 신형이 사라질 때까지 바라만 보고 있었는데 사람들은 좌우의 풍광을 보며 구경하기에 여념이 없었다.

"림주님께서는 특별한 말씀이 없으셨습니다. 그저 잘 맞아들이라는 말씀뿐이었지요."

"모든 사정을 다 설명하긴 한 건가?"

강상서의 말에 오위경은 미간을 찌푸리며 입을 열었다. 그러자 강상서는 고개를 끄덕이며 말을 이었다.

"물론입니다. 놀랍게도 림주님께서는 거의 모든 것을 다 알고 계셨습니다. 아참, 사형께 이 안에서도 저들과 같이 움직이라고 하셨습니다. 따로 보고는 할 필요 없다고 하시면서 말입니다."

"그래? 다 알고 계시다고?"

다 알고 있다는 강상서의 말에 오위경은 고개를 갸웃거렸다. 뭐, 자신이 모시는 사람이야 워낙 대단한 사람임을 알고 있으니 별 놀랄 것도 없었지만 왠지 마음 한구석 기분이 이상하게 느껴지고 있었다. 오위경은 고개를 갸웃거리며 앞으로 움직였다.

"그래, 알겠다. 그리고 다른 문파의 사람들은 이따 점심경부터 들어오게 될 것이니 각별히 신경 쓰거라. 먼저 들어가마."

"예, 사형. 염려하지 마십시오."

오위경은 그렇게 안으로 사라지고 있었다. 강상서는 잠시 그 자리에 서서 멀어져 가는 그의 뒷모습을 바라보다 신형을 돌렸다. 열려져 있는 대문이 보였다. 언제나 굳게 닫혀 있던 문이 열린 것을 보니 강상서는 만감이 교차하는 듯 보였다. 문득 그의 입술이 열렸다.

"큭큭. 오위경, 똑똑한 척은 혼자 다 하더니 너도 바보였구나. 그렇게 머리가 안 돌아가냐?"

그는 앞으로 걸어가고 있었다. 열려진 문으로 다가가 그 문을 어루만지며 이야기는 계속되었다.

"수고했다, 수고했어. 이 일로 우린 유명해질 테니. 솔사림이 세상에 나가게 되니 말이야."

탁탁.

열려진 문을 한번 두들기곤 강상서는 신형을 돌렸다. 그리고는 다시금 입을 열었다.

"그러나 그때의 솔사림에 넌 없을 것이다. 넌 일을 이따위로 만든 데 대한 책임을 져야 할 테니까. 큭큭, 니가 곧 열쇠가 되는 거야. 강호로 나가는 열쇠 말이야. 알겠나?"

뭐가 그리 재미있는지 모르지만 강상서는 얼굴에서 웃음이 떠나질 않고 있었다. 활짝 열려진 대문을 뒤로한 채 강상서는 앞으로 움직였다. 그의 앞엔 부연 안개 사이로 거대한 전각들이 조금씩 그 모습을 드러내고 있었다.

*   *   *

사람이라 보기 힘들었다. 아무리 봐도 고도간은 사람처럼 보이지 않았다. 비대한 몸은 더욱더 비대해서 거의 둥근 물체끼리 연결되어 있는 것처럼 보였던 것이다.

이유는 알 수 없었다. 아니, 알고 싶지도 않았다고 말하는 것이 옳을 터였다. 현백에게 있어 그는 죽어야 할 사람일 뿐인 것이었다.

"후욱… 훅… 빌어먹을… 내가 너무 시간을 지체했나?"

툭, 투툭.

정신은 들었지만 겉보기에 고도간은 사람이 아니었다. 비대할 대로 비대해진 몸은 둘째 치더라도 붉어진 두 눈은 정상인의 모습이 아니었다.

입에서 침을 질질 흘리며 고도간은 현백의 앞에 서 있었다. 비록 보기엔 이상해 보이는 몸이지만 그 무공은 경시할 수가 없었다. 그리고 그건 고도간 역시 마찬가지였다.

고도간은 끝없이 현백의 주위를 살피며 허점을 노리고 있지만 그게 잘 보이지가 않았다. 그저 본능적으로 현백에게서 흘러나온 강대한 기운에 의해 주춤대고 있을 뿐인 것이다.

하지만 그런 대치 상태가 오래 지속되지는 않고 있었다. 서로가 서로를 살펴볼 정도로 냉정한 상황이 아니었다. 특히 현백으로선 말이다.

파아아아!

빛살이라고 표현하는 것이 옳았다. 현백의 신형은 하나의 실이 되어 허공을 날고 있었다. 그리고 그 빠른 신형보다 더 빠르게 고도간에게 다가간 것이 있었다.

펑… 퍼펑!

지면에 얇은 선이 깊게 파이며 흙먼지가 일고 있었다. 그건 바로 현백이 날린 기운이었다. 현백은 미리 움직일 거리를 차단한 것이다.

타탓! 파아아앙!

그러나 예상외로 고도간은 피하지 않았다. 오히려 현백을 향해 덤벼들었는데 어느 사이엔가 그의 두 손바닥은 근 두 배

정도 커져 있었다.

　현백은 상대가 달려와도 속도를 늦추지 않았다. 그리곤 오른손을 벼락같이 휘둘렀다. 목표는 고도간의 정수리였다.

　피이이잇.

　거의 소리가 들리지 않을 만큼 쾌속한 손놀림이었지만 고도간은 반응하고 있었다. 오른손을 정수리로 재빨리 돌려낸 것이다.

　쩌어어어엉!

　"이야아압!"

　손바닥과 철로 된 도가 부딪치는데 놀랍게도 철끼리 부딪치는 소리가 흘러나오고 있었다. 어느새 주위에 모인 화산 사람들이 지켜보는 가운데 현백은 오른손에 힘을 가했다.

　카가가각!

　현백의 힘에 그대로 버틴 단단한 손바닥은 사실 완전히 손바닥은 아니었다. 손바닥과 현백의 도는 약 반 치 정도 떨어져 있으니 말이다. 내력으로 버틴 것이다.

　"크큭, 나의 내력을 우습게보면 안 되지. 나도 그간 많은 발전이 있었다. 이렇게 허투루 죽지 않아!"

　"……."

　무슨 할 말이 이리 많은지 모르지만 고도간은 끝없이 소리치고 있었다. 현백은 대답 대신 차가운 눈빛으로 이를 대신했다. 그리곤 그냥 내리누르던 자신의 도에 변화를 가했다.

현백은 한층 내력을 키우며 오른손에 힘을 가했다. 몸 안에 휘도는 모든 기운들을 도로 옮겼다. 그러자 도 주위에 약한 아지랑이가 생기며 공간을 내리누르고 있었다.

고오오오오—

"크큭, 컥, 이… 이건… 붕검!"

고도간의 입에서 괴이한 소리가 흘러나오고 있었다. 현백은 바로 붕수를 시전한 것인데, 그러자 이젠 양손을 다 받쳐 현백의 도를 밀어내고 있었다.

카가가각.

그러나 아무리 밀어도 현백의 도는 끄떡도 없었다. 현백은 일순간 도를 잡아 올렸다. 내력을 급격히 회수하며 인수를 펼친 것이다.

"헛……!"

부우우웅—

고도간의 거대한 몸이 허공으로 솟구치고 있었다. 현백의 눈에 당황한 고도간의 얼굴이 보이고 있었다. 그 얼굴을 바라보던 현백의 허리가 비틀어지고 있었다.

파아아앗!

신형이 휘돌며 그의 오른발이 같이 돌고 있었다. 한순간 쭉 뻗은 그의 발은 정확하게 고도간의 오른뺨을 날렸다.

빠가각!

"쿠억!"

끝나지 않은 폭풍

뼈가 부러지는 듯한 괴이한 소리가 흘러나오며 고도간의 신형이 공중에서 빙글 돌고 있었다. 현백은 이어 왼손을 쭉 뻗었다.

장법에 관해선 모르지만 손에 내력을 실어 보낼 줄은 알고 있었다. 현백은 왼손으로 고도간의 가슴을 밀어내었다.

빠아아앙!

"우움!"

고도간의 신형이 뒤로 튕겨 나가고 있었다. 그 모습을 보며 현백은 오른발을 한 걸음 앞으로 내밀었다. 한데,

터어어어! 파아아앙!

"크아아아앗!"

괴성을 지르며 고도간이 현백에게 덤벼들고 있었다. 정말 놀라운 일인 것이 마치 고무공이 튕기듯 뒤로 날아갔던 고도간이 나무에 퉁기자 다시 되튕겨 왔던 것이다.

그 탄성을 이용하여 고도간은 현백에게 덤비고 있었다. 양팔을 좌우로 활짝 편 상태에서 말이다. 그러자 고도간의 양손 주위에 거대한 손 그림자가 펼쳐져 있었다.

"우압! 기다리고 있었다!"

끼이이이이―

공기가 압력으로 인해 눌리면서 괴이한 소리를 내고 있었다. 양손은 곧장 현백의 머리를 노리고 있었다. 그런데 현백은 그저 무릎을 살짝 숙일 뿐이었다.

아무리 봐도 이건 현백이 너무 자만한 듯싶었다. 양쪽 귀에 고도간의 팔이 거의 닿을 듯 말 듯하게 보이는 상황이었다. 고도간은 온몸에 힘을 꽉 주며 그대로 양손을 합쳤다.

"죽엇!"

쩌어어어엉—

공기의 울림이 예사롭게 들리지 않을 정도로 거대한 힘을 모아 친 일격이었다. 그 일격에 만족하며 고도간은 웃었다. 한쪽 얼굴은 퉁퉁 붓기 시작했지만 그게 중요한 것이 아니었다.

이긴 것이다. 현백을 죽였으니 이젠 이 화산의 떨거지만 죽이면 될 일이었다. 그리고 자신은 삼사자의 야들한 몸을 다시금 탐닉할 수 있게 되고 말이다. 고도간은 양손을 다시 벌렸다.

"……!"

고도간의 눈이 커졌다. 현백의 얼굴이 보이고 있었다. 뭐가 어떻게 된 일인지 알 수가 없었는데 이어 그의 귓가에 현백의 목소리가 들려왔다.

"이게 최선을 다한 건가?"

"…어떻게……!"

더 이상 말을 잇고 자시고도 없었다. 한순간 현백의 신형이 사라지고 있었다. 사람이 실처럼 늘어난다는 것을 고도간은 믿을 수밖에 없었다. 눈앞의 현백이 그렇게 사라지니 말이다.

파아아아아―

그저 그렇게 사라진다고 생각했다. 그러나 뒤에서 느껴지는 섬뜩한 감각에 고도간은 신형을 돌렸다. 그리곤 반사적으로 양손을 들어 몸을 보호하려 하는 순간이었다.

"……."

뭔가 좀 이상했다. 현백은 눈앞에 있었으니 그의 감각은 정상이었다. 감각이 아니라 다른 것이 이상했다.

손… 그의 손이 문제였다. 오른손은 가슴께로 왔는데 왼손이 올라오질 않고 있었던 것이다. 무심코 그의 눈길이 왼손으로 향했다.

왼손은 그대로 있었다. 다만 이상하게 위로 올라오지 못하고 추욱 처져 있었다. 마치 내 손이 아닌 듯이 말이다. 그리고 그 순간,

파아아앗!

"크아아아아악!"

피분수가 솟구치며 고도간은 비명을 질렀다. 그의 왼쪽 어깨 어림에서부터 피가 솟구친 것인데 이어 왼팔이 땅에 떨어져 내리고 있었다.

투툭.

잔떨림을 보이는 왼팔을 보며 고도간은 몸도 같이 떨기 시작했다. 문득 그의 귓가에 현백의 목소리가 들려왔다.

"이제 시작이다, 고도간. 지충표와 내 사부님은……."

"…흐어!"

차가운 현백의 말에 고도간은 정신이 번쩍 들었다. 현백의 두 눈에서 흘러나오는 살기는 이젠 거대하다라는 말로 표현될 정도로 커지고 있었다.

"더한 고통을 겪으셨다!"

한자한자 씹어뱉는 현백의 목소리에 고도간의 몸이 살짝 떨리고 있었다. 진정한 악몽은 이제부터 시작이었던 것이다.

"보인단 말인가? 어떻게 그럴 수가……."

이격은 멍한 기분이었다. 현백의 무공, 생각하면 생각할수록 더 이상했다.

현백의 무공이 가진 가장 큰 특징이라고 한다면 우선 그 이해할 수 없는 괴이한 움직임이었다. 야수나 가능할 그러한 움직임 때문에 사람들은 현백을 수인도라 불렀다.

그런데 지금 현백의 움직임은 절대 그렇게 볼 수가 없었다. 이젠 오히려 절제되고 정제된 움직임을 보이고 있었다. 화가 머리끝까지 나 있을 텐데 너무도 차분히 움직이고 있었던 것이다.

아니, 어쩌면 그 자신도 모르고 있을 수 있었다. 현백의 무공은 오히려 더 단순해져 있었다. 초식이라고 부르기도 뭐한 베기와 찌르기뿐이지만 그 적절한 움직임은 내력과 더해져 무서운 결과를 낳고 있었던 것이다.

방금 전만 해도 소름 끼칠 정도로 침착한 일격이었다. 고도간이 양손을 마주치는 순간 바로 한 발 뒤로 물러서 피했던 것이다.

 정말 한 치 차이로 이를 피해내고 바로 반격에 들어갔었다. 그리고 반격에 들어간 순간 이격은 그의 신형을 따를 수가 없었다. 이젠 그가 자신보다도 더욱더 고수라는 뜻인 것이다.

 "다듬어져 가는 것인가?"

 "……."

 문득 들려오는 소리에 이격은 고개를 돌렸다. 그곳엔 언제 왔는지 주비가 서 있었다. 그의 모습을 보건대 그리 격렬한 싸움은 한 것 같지 않았다. 단정한 옷매무새 그대로였던 것이다.

 "진짜… 고수로……."

 계속된 그의 말에 모든 사람들의 시선이 다시금 현백에게로 향하고 있었다. 현백은 오른손 아래 도를 살짝 늘어뜨린 채 고도간을 바라보고 있었다.

 "흐어… 이 빌어먹을… 이봐, 나도 정신없이 저지른 일이야. 다 이거 때문이라고!"

 고도간은 현백에게 소리쳤다. 그의 손엔 차가운 구슬 같은 것이 들려 있었는데 품속에 있는 것을 꺼낸 듯 보였다.

 "그 빌어먹을 년이 준 건데 이걸 먹으면 잠시 동안 정신없어져… 그때 한 일이라구!"

지충표의 부상과 칠군향의 죽음이 모두 자신의 의지와는 무관한 일이라 고도간은 주장했다. 그러나 현백의 모습은 요지부동이었다.

"그래서……"

"응?"

문득 현백의 입술이 열렸다. 차가운 그의 얼굴은 여전히 살기가 가득했는데 이어 그의 목소리는 계속되었다.

"그래서 네가 죽인 게 아니라고? 변명치고는 웃기지도 않는다……"

"…제길!"

고도간은 이를 부득부득 갈며 오른손을 들어 올렸다. 그리곤 손안에 들린 그 구슬을 한꺼번에 입에 털어 넣고 있었다.

"좋아, 어디 해보자! 내 이 모든……!"

입 안에 넣고 우물거리던 고도간의 눈이 커졌다. 현백, 그의 신형이 갑자기 보이지 않았던 것이다.

"뭐야!"

고개를 돌리던 고도간은 두 눈을 부릅떴다. 현백의 신형이 다시 보였다. 보이긴 보였는데 너무 크게 보이고 있었다.

어느새 자신의 턱밑으로 다가온 것이었다. 그리곤 그의 왼팔이 빠르게 올라오고 있었다.

쩌어어어엉! 우두두둑!

"컵… 커억!"

고도간의 입에서 피화살이 뿜어져 나왔다. 내상으로 입은 것이 아니었다. 현백의 왼 주먹이 턱을 올려치자 입 안에 있던 구슬들이 모두 깨지며 피가 솟구친 것이다.

쉬윳…….

현백은 쾌속하게 움직였다. 그리곤 왼팔만 허우적대는 고도간의 등 뒤로 돌아가 그의 뒷덜미를 왼손으로 잡아당기며 허리를 틀었다.

콰각… 부우우우웅!

고도간의 거구가 하늘로 솟구치고 있었다. 근 일 장여나 붕 떠오른 그의 신형을 보며 현백은 오른손을 뒤로 젖혔다.

풍도… 바람의 길을 보며 깨달은 힘을 다시금 쓰려 하고 있었다. 그가 낼 수 있는 모든 힘을 다 기울여 현백은 도 안에 힘을 압축시켰다.

우우우우웅—

귀를 멍하게 할 정도로 강렬한 소리가 들리는 가운데 현백은 오른손을 힘차게 앞으로 내밀었다. 그러자 잡아당기기 힘들 만큼 묵직한 감각이 느껴지고 있었다.

이것이었다. 이 강렬한 감각. 마송과 싸웠을 때의 그 느낌이었다. 현백은 이를 악물며 그대로 쏟아내었다.

"이것으로 악연을……."

콰아아아아—

현백은 허리를 확 틀며 도를 들어 올렸다. 그리고 어느 한

순간 벼락같이 도를 내려쳤다.

"끊는다!"

스파파파팟!

그저 일그러진 빛줄기가 허공을 가르고 있었다.

뭐라고 해야 하나. 보이지 않는 것도 아니니 검기 같은 것은 아니었다. 하나 그렇다고 해서 검강 같은 유도 아니었다.

현백의 한 수. 그건 뇌전이었다. 좌우상하로 불규칙적으로 튀는 하얀 빛줄기 그건 틀림없는 뇌전의 힘이었다. 그리고 그 뇌전의 힘은 세상 무엇보다도 빠르고 강하게 앞으로 발출되었다.

팟!

고도간의 신형에 현백의 뇌전이 작렬하고 있었다. 그 강렬한 힘에 비해 너무나도 멀쩡한 모습으로 고도간은 떨어져 내렸지만 그건 너무 빠른 일격 때문이었다.

쿵… 파아아아아!

떨어져 내리자마자 그 충격으로 피가 분수처럼 솟아오르고 있었다. 주위가 부옇게 흐려질 만큼 엄청난 피가 허공에 솟아오르고 있었던 것이다.

고도간은 완전히 반으로 갈라져 있었다. 상체와 하체가 갈라져 잔떨림을 계속하고 있었다. 주비는 그에게서 시선을 돌렸다. 더 이상 그는 살아 있는 사람이 아니었던 것이다.

대신 그의 눈에 들어온 사람은 현백이었다. 현백은 사람들을 등 뒤에 놓은 채 그냥 서 있었다. 그의 앞엔 아무것도 없었다.

　그냥 그렇게 서 있을 뿐이었다. 아무런 행동도 없이 말이다. 한데,

　시링— 콱!

　현백의 오른손에서 도가 미끄러져 내렸다. 미끄러진 도는 대지에 살짝 박혀 곧추서 있었는데 이어 그의 두 무릎이 꿇리고 있었다.

　털썩!

　어느새 동이 터오르고 있었고 현백은 해를 보고 있었지만 눈부심 따윈 신경 쓰지 않는 것 같았다. 문득 그의 고개가 살짝 떨어지고 있었다. 아울러 그의 양어깨가 조금씩 흔들리고 있었다.

　"…흐으……."

　잘못 들었을까? 현백의 목소리가 들린 듯 생각되었다. 마치 울음소리 같은…….

　"흐어어……."

　"……."

　잘못 들은 것이 아니었다. 현백은 울고 있었다. 세상에서 가장 서러운 사람이 되어 그는 울고 있었다.

　"어헝……!"

　어느새 그의 울음소리는 통곡이 되어 세상을 울리고 있었

고 주비는 신형을 돌렸다. 눈물을 삼키고 있는 지충표를 향해 그는 신형을 움직였다. 이젠 모든 것을 정리해야 할 때였던 것이다.

"사숙님! 죄송합니다, 사숙님… 크엉!"

"사숙님……."

칠군향을 위해 우는 화산 무인들의 울음소리와 함께 또 하루가 시작되었다. 이른 아침의 태양이 빚어내는 긴 그림자를 보며 주비 또한 눈에 고인 눈물을 닦아내고 있었다.

2

"……."

옥화진은 믿을 수가 없었다. 눈앞에 펼쳐진 이 지옥 같은 광경에 그는 할 말을 잊었다. 이건 그가 생각지도 못한 결과였던 것이다.

시신뿐이었다. 여기저기 보이는 것이라곤 모두 자신의 수하들, 그리고 양각의 수하들뿐인 것이다.

이미 태양은 중천에 떠 있는 상황이었다. 이곳까지 오느라 반나절 동안 미친 듯이 내력을 써서 왔지만 지금 그것이 문제가 아니었다.

양각, 그가 있었다. 옥화진의 눈앞에 양각이 있었던 것이다. 차가운 시신이 되어 그를 기다리고 있었다.

"의… 의제!"

옥화진은 그를 안았다. 두 무릎을 꿇은 채 그를 안고 어깨를 떨기 시작했다. 눈물이 쉼없이 떨어져 내리고 있었지만 양각은 아무런 반응이 없었다. 그는 정말로 죽은 것이다.

마치 잠을 자듯 그렇게 양각은 죽었다. 옥화진은 한참을 붙잡고 울다 이내 눈에 힘을 주며 눈물을 참아내었다. 그리곤 고개를 들며 소리쳤다.

"나와라!"

간결한 말이었다. 하나 그 말에 옥화진의 수하들은 일사불란하게 움직였다. 모두 옥화진을 둘러싼 채 보호하려 하고 있었던 것이다.

"우리들이오. 적이 아니오이다."

"……."

나타난 것은 두 사람이었다. 바로 소룡과 제룡이었다. 옥화진은 수하들을 제지하며 앞으로 나갔다.

"이게 어떻게 된 일이지… 누가 이렇게 한 것이냐."

옥화진의 목소리엔 소름 끼치는 살기가 가득 들어 있었다. 제룡은 그런 옥화진의 모습을 보다 입을 열었다.

"표면상으론 화산이 한 짓이지요. 그리고 이 친구의 목숨을 앗은 것은 창룡이고 말이오."

"창룡! 창룡이란 말이지……."

옥화진은 이를 악다물었다. 창룡이란 두 글자에 미쳐 버린 것처럼 보였는데 이어 제룡의 목소리가 계속 들려왔다.

"창룡이 그를 죽인 것은 맞지만 그는 자살을 한 것이나 마찬가지일 것이오. 죽음을 알면서도 움직이지 않았으니……."

"뭐라?"

옥화진은 제룡의 말을 이해할 수가 없었다. 죽을 것을 알면서도 움직이지 않는다… 어떻게 생각해야 할지 알 수가 없었던 것이다.

"이곳에서 일어난 일은 쉽게 볼 수가 없는 일입니다. 좀 더 생각을 해봐야 알겠지만……."

"……! 지충표는… 그리고 화산에서 온 사람은 어찌 되었나?"

갑자기 드는 생각에 옥화진은 황급히 입을 열었다. 그러자 제룡과 소룡의 얼굴이 어두워지고 있었다.

"무슨 일이지?"

그 심상치 않은 기색에 옥화진은 다시 입을 열었다. 그러자 이번엔 소룡의 입이 열렸다.

"그 화산에서 온 칠군향은 죽었소이다."

"뭐라!"

옥화진은 미칠 지경이었다. 분명 그 사람은 그리 중요한 것이 아니었다. 인질을 죽일 것이라고는 생각지 못했는데 그건 정말 바보 같은 짓이었던 것이다.

"우리 당주가 그를 죽였소. 아울러 지충표 그 친구도 거의

끝나지 않은 폭풍

죽기 직전까지 만들었지요. 그러고 나서……."

"지금 그걸 말이라고 하나!"

콰아악!

말을 하던 소룡의 멱살을 틀어쥐며 옥화진이 소리쳤다. 이건 완전히 박살나도 가루가 되어버린 셈이었다. 제룡은 옥화진의 손을 잡으며 입을 열었다.

"우리도 어쩔 수가 없었소이다. 우리 당주는 거의 미쳤소. 그 삼사자가 준 이상한 구슬 때문에 말이오."

"…이 빌어먹을 놈은 대체 어디 있어!"

옥화진은 노성을 질렀다. 그가 말하는 사람은 고도간이었다. 하나 그 고도간도 더 이상 볼 수가 없었다.

"죽었소… 현백에게."

"……."

죽었다는 말에 옥화진은 맥이 탁 풀렸다. 이젠 이곳에 대한 흔적은 남지 않은 것이 분명했다. 진짜 삼사자의 말처럼 이곳에 올 필요가 없었던 것이다.

"……!"

문득 옥화진은 몸에 돋는 소름을 느꼈다. 알고 있었다. 저들은 이런 모든 결과가 올 것을 알고 있었던 것이다. 그런데 자신은 몰랐었다.

눈치를 보니 여기 두 사람도 모르는 모양이었다. 한데 여기 누워 있는 그의 의제는 알고 있었다.

자신의 상관이 궁금했다. 초 대인은 알고 있는지 아닌지 정말 궁금해지는 순간이었던 것이다.

"쯧! 내 여기 있을 줄 알았다. 이곳에서 무얼 하느냐? 어서 가자."

"…대인!"

초호의 목소리에 옥화진은 고개를 돌렸다. 그러자 바로 옆에 한 사람의 얼굴이 보이고 있었다.

틀림없는 초호였다. 그는 살짝 웃으며 시선을 내렸는데 그의 의제를 바라보고 있었다.

"장사를 잘 치러주거라. 우릴 위해 모든 것을 희생했구나."

"그 무슨 말씀이십니까? 희생이라니요?"

옥화진은 발끈했다. 대관절 무슨 소리인지 알 수가 없었는데 그때 초호가 빙긋 웃으며 입을 열었다.

"오늘부터 우린 이름없는 사람들이 아니다. 네가 그토록 원하던 순간이 왔구나. 우리도 이름이 생긴 것이다."

"예?"

마치 헛소리를 하는 듯 그는 입을 열고 있었다. 뭐가 어떻게 되는 상황인지 헷갈려 갈 때 초호의 목소리가 계속 들려왔다.

"우린 이제부터 단체의 소속이 된다. 그리고 그 단체는 가장 강하면서도 명분있는 곳이 될 것이다. 이름 없는 자를 위한 너의 봉기가 헛되지 않음이야."

"……"

단체라… 의제의 죽음도 덮을 만큼 대단한 단체인가 싶었지만 왠지 옥화진은 초호가 멀게만 느껴지고 있었다. 낯선 사람처럼 느껴지고 있었던 것이다.

"그리고 너희 둘… 그동안 고생 많이 했구나. 강호에서 많은 정보를 얻어준 것에 대해 감사하게 생각한다. 이건 진심이야."

"……."

문득 소룡과 제룡을 향해 하는 말에 두 사람은 눈을 껌벅였다. 갑자기 이 무슨 상황인가 했는데 문득 제룡의 입이 열렸다.

"당신이었군… 당신이 우리의 대인이었어……."

"……!"

제룡의 말에 소룡은 눈을 크게 떴다. 그러자 초호는 커다란 웃음을 지으며 말했다.

"하하하하! 역시 제룡 넌 머리가 비상하구나. 그래, 내가 너희들의 윗선이자 고도간의 윗선이다. 너희 둘 다 내가 가진 힘을 나누어주었을 뿐이다."

"……."

제룡은 멍한 기분이 들었다. 이 모든 것이 다 저자의 농간이라니 믿을 수가 없었던 것이다.

"정말 열심히 일한 거군. 그간 강호에서 보고된 모든 것을 다 알려주려 그리 애를 썼으니……. 제길!"

소룡의 비틀린 소리가 들려왔다. 그는 초호를 좋은 시선으로 보고 있지 않았는데, 이는 당연했다. 이자가 이렇게 말하는 이유가 있을 것이니 말이다.

"결정을 어찌했는지 궁금하군. 여기까지 이야기되면 우리 둘에 대한 처리는 이미 결정한 것이겠지. 안고 가든지 죽이든지."

"큭… 소룡 넌 눈치 하나는 정말 빠르구나. 맞다. 이미 결정되었다."

초호는 빙긋 웃었다. 그러다 손을 앞으로 들어 올리며 다시금 입을 열었다.

"삼계를 위해 너희들은 있어선 안 되지. 그간 수고했다."

파팟!

"헉……."

"컥……."

답답한 두 마디를 남기고 두 사람은 땅에 쓰러졌다. 황금빛의 지력이 두 사람의 심장을 꿰뚫어 버린 것인데 초호는 아무런 일도 아니라는 듯 신형을 돌려 입을 열었다.

"가자꾸나. 이젠 여기 있어선 안 된다. 우린 우리의 이름으로 활동해야 한다. 솔사림이란 이름으로 말이다."

"……!"

솔사림이란 이름에 옥화진은 놀라고 있었다. 설마하니 그 이름과 자신들이 연결될 줄은 몰랐던 것인데 이어 초호의 말은 계속 들려왔다.

"삼계란 우리의 종적을 감추는 일, 그리고 새로운 앞날을 위한 변신을 의미한다. 넌 이 결과를 이미 예상하고 있었을 것이다. 그러니 충격받은 표정은 그만둬. 너답지 않다, 옥화진."

"……."

초호의 말에도 옥화진은 움직이지 않았다. 물론 그도 삼계를 안다. 그리고 언젠가 그 결과를 놓고 지충표와 싸우기도 했다. 물론 지충표는 그게 삼계인지 몰랐지만 말이다.

막상 닥치고 보니 달랐다. 이건 아니었던 것이다. 그가 생각하던 세상은 이런 게 아니었다.

"먼저 가마, 화진. 추스르면 빨리 오거라."

그 말을 마지막으로 초호는 시야에서 사라졌고 옥화진은 잠시 멍하니 서 있었다. 그러다 그의 손이 움직였다.

스윽.

양손으로 의제의 시신을 안아 들고는 움직이기 시작했다. 조금 전에 초호가 움직이는 방향으로 가고 있었다. 그런데 그 얼굴이 조금 이상했다.

굳은 얼굴. 무언가를 결심한 얼굴이었다. 그렇게 초호의 뒤를 쫓아 옥화진과 그 일행도 떠났다.

"큭……."

그들이 떠난 자리에 작은 신음성이 흘러나왔다. 그건 제룡의 신음이었다. 그는 억지로 힘을 내어 신형을 일으키고 있었다.

"후우… 후우……."

숨 쉬기가 곤란한 듯 그는 가쁜 숨을 몰아쉬고 있었다. 그러다 옆에 있는 소룡의 모습을 바라보았다. 소룡은 이미 싸늘한 시신이 되어 있었다.

"솔… 사림… 후우……."

두 눈을 빛내며 제룡은 자리에서 일어나고 있었다. 그리곤 비틀거리며 움직이고 있었는데 그 방향은 옥화진이 간 방향이 아니었다.

"내… 심장이… 오른쪽에 있음은……."

움직이는 그의 입술에서 작은 소리가 흘러나오고 있었다. 이를 악물며 그는 움직이고 있었는데 그의 말은 계속되었다.

"너의 운이… 다했음을 말… 한다, 초호!"

살기 어린 그의 목소리만이 허공에 울리고 있었다. 그렇게 제룡은 힘겹게 발걸음을 내딛고 있었다. 그가 가는 방향은 바로 현백이 있는 방향이었다.

『화산진도』 6권 끝

Book Publishing CHUNGEORAM

무한 상상 · 공상 세계, 청어람 신무협 & 판타지

이인세가 | 김석진 지음

이인세가

김석진 新 무협 판타지 소설
FANTASTIC ORIENTAL HEROES

최고 장수 인기작 『삼류무사』의 완결 후 1년. 마침내 드러나는 새로운 대작!
기연을 찾아 떠난 주인공이 마주치는 다채로운 여정 속에 깊이 빠져든다!

『삼류무사(三流武士)』의 묵직한 명성은 잊어라!
빠르게 이어지는 『이인세가(二人世家)』의 화려한 시대가 도래하리니!!

"건강 도인술로 내공을 돌리고 육합권법보다 못한 주먹질로 강호의 안녕을 지키려 나서는 천하제일가의 무상(武相)이라?"
가문의 비기, 황하육권은 약을 팔 때나 쓰는 편이 나을 듯했다. 그래서 필요했다.
극강하면서도 획기적이며 단시간에 가능한 무엇!

그것은 기연(奇緣)!! "기연에 임자가 어디 있어? 먼저 가서 얻으면 땡이지!"

유행이 아닌 자유추구 -
WWW.chungeoram.com

Book Publishing CHUNGEORAM

BOOK Publishing CHUNGEORAM

BLUE BOOK

무한 상상 무한 도전의 힘!
블루부크

EXCITING! BLUE! 블루부크(BLUE BOOK) 청어람의 또 다른 이름입니다.

BLUE는 맑게 갠 가을 하늘과 넓은 바다입니다.
그곳에는 미래에 대한 희망과
보다 넓은 미지의 세계에 대한 동경이 담겨 있습니다.

BLUE는 젊음과 패기를 의미합니다.
언제나 새로운 시작을 위한 힘이 있고
세상에 대한 도전의식이 충만합니다.

블루가 새로운 도전과 희망으로
곧! 여러분과 함께합니다.

BLUE BOOK
도서출판 청어람

유행이 아닌 자유추구 -
www.chungeoram.com   Book Publishing CHUNGEORAM

초등학생이 반드시 읽어야 할 좋은 책 49권

각 학년별로 초등학생이 반드시 읽어야할 좋은 책을 선정하여 통합논술의 기본이 되는 '올바른 독서법'을 일깨워 줍니다.

교과서와 함께하는
초등학교 통합논술

초등1학년 | 값 12,000원 / 초등2학년 | 값 9,500원 / 초등3학년 | 값 11,000원 / 초등4학년 | 값 9,500원 / 초등5학년 | 값 9,500원 / 초등6학년 | 값 11,000원

♣ 혼자 할 수 있어요.

엄마가 책 읽는 방법을 가르쳐 주어도 좋아요.
독서지도하는 선생님이 가르쳐 주어도 좋답니다.
"초등 교과서와 함께하는 **통합논술 시리즈**"는
아이 스스로 독서할 수 있도록 꾸며진 책이에요.
엄마와 선생님은 요령만 가르쳐 주시면 된답니다.

♣ 교과서의 중요한 내용이 총정리되어 있어요.

각 학년별로 중요한 교과 내용이 함께 수록되어 있어요.
초등학생은 교과서 내용을 충실하게 공부해야 합니다.
아울러 그와 병행한 독서가 대단히 중요하지요.
"초등 교과서와 함께하는 **통합논술 시리즈**"는
두가지 방법 모두 알려준답니다.

♣ 이 책은 훌륭하신 선생님들이 함께 쓰신 책이랍니다.

동화작가 선생님들이 쓰셨어요. 소설가 선생님도 쓰셨답니다.
국어 논술독서지도 선생님들도 함께 쓰셨지요.
"초등 교과서와 함께하는 **통합논술 시리즈**"는
엄마의 마음으로 모든 선생님들이 함께 꾸민 책이랍니다.

입소문을 통해 아는 분은 다 알고 계십니다!
올 한해 공인중개사 최고의 화제작!

1~2권 합본 | 이용훈 지음
3~4권 합본 | 이용훈 지음
5~6권 합본 | 이용훈 지음
용어해설 | 이용훈 지음

수험생 기본 필독서
만화 공인중개사

제목 : 만화공인중개사 쓰신 분에게 감사드립니다.

학원을 두 달 다녔어요. 근데 과연 그 숫자 외우기 그런 게 몇 문제나 나올까 생각을 했어요.
아니라는 생각이 드네요. 학원강의를 뒤로하고 서점을 갔어요. 내 머리에 가장 이해될 수 있는
책이 없나 하구요. 거기서 만화를 발견했어요. 무조건 세 번 봤어요. 3개월 걸렸어요. 문제집을 보라고
했는데 그건 시행을 못했어요. 근데 합격을 했네요.
어떻게 감사의 말을 해야 될지…….
도서관에서 만화책 들고 다니니까 사람들이 비웃더라구요. 만화책으로 공인중개사를 공부한다고
미친 사람처럼 보더라구요. 근데 그거 다 감수하고 했던 내가 자랑스럽습니다.
어떻게 감사의 말을 해야 할지… 정말 감사합니다.
부디 행복하세요. 제 나이 41살에 좋은 스승을 만난 것 같습니다.
엎드려 감사드립니다.

－본사 홈페이지에 독자분이 올린 메일 中에서 발췌－

BOOK Publishing CHUNGEORAM

이명박
기도하는 리더십
이명박의 삶과 신앙 이야기

젊은이들에게 성공 신화의
주역으로 주목받고 있는

이명박!
과연 그 이유를 어디서 찾을 것인가.
그것은 기도하는 삶이었다!

이명박 기도하는 리더십 | 이채윤 지음 280쪽 | 9,900원

기도하는 삶이
지금의 이명박을 만들었다!
leadership

『이명박 기도하는 리더십』은 이명박의 탄생과 신앙, 그리고 그간의 업적을 한눈에 볼 수 있는 책이다. 한편으로는 신앙 간증서라고 말할 수도 있겠지만, 이명박의 삶은 신앙과 떨어뜨려 놓고는 생각할 수 없는 관계에 있다.
이 책, 『이명박 기도하는 리더십』은 대한민국 성장의 역사, 그 주역이었던 이의 삶을 통하여 이 시대의 젊은이들에게 부족한 정신들을 일깨워 줄 수 있을 것이며, 앞으로 더욱 큰 신화를 만들고 추진해 갈 이명박의 비전을 알고자 하는 이들에게 적합한 서적일 것이다.

BOOK Publishing CHUNGEORAM